相约油茶树下

王丹阳 著

華文出版社
SINO-CULTURE PRESS

图书在版编目（CIP）数据

相约油茶树下 / 王丹阳著. -- 北京 : 华文出版社，2025. 3. -- ISBN 978-7-5075-6125-8

Ⅰ. I247. 5

中国国家版本馆 CIP 数据核字第 2025R1A386 号

相约油茶树下

著　　者：王丹阳
责任编辑：刘超平
出版发行：华文出版社
地　　址：北京市西城区广外大街 305 号 8 区 2 号楼
邮政编码：100055
网　　址：http://www.hwcbs.cn
电　　话：总编室 010-58336239　责任编辑 010-58336222
　　　　　发行部 010-58336267
经　　销：新华书店
印　　刷：三河市人民印务有限公司
开　　本：889mm × 1194mm　1/32
印　　张：11
字　　数：220 千字
版　　次：2025 年 3 月第 1 版
印　　次：2025 年 3 月第 1 次印刷
标准书号：ISBN 978-7-5075-6125-8
定　　价：85.00 元

谨以此书献给我的父亲

他不仅让我感受了爱

也学会了爱

他还是我

对世界抱以善意的根源

在世上无畏生活的依仗

序言：孤独，是智慧的曙光

有些人，纵使失去了联系，也不会忘记。

有些事，纵使模糊了岁月，也依然清晰。

有些情，纵使历经了艰辛，也永不停息。

这是一段用细碎的时光和细腻的情感书写的命运。

一个村庄，一棵油茶树，一份生命的情缘。聚散离合，人非物换，三个女孩的友谊，如一个缠绕起来的线团，在絮絮叨叨中，以一个荒唐的“约定”为线头，缓缓地拉扯出来。

我有深刻记忆的童年是从20世纪80年代初开始的，作为一个生长在浙江嵊州山村的女孩，我耳闻目睹了诸如重男轻女等问题带来的家庭悲剧，在今天看来，可谓奇闻逸事。我和我的童年伙伴，常常相约在一棵油茶树下，那是我们在无尽的农活和母亲的责备后最后的也是最好的去处，我们躺在那里谈梦想，谋出路，立誓言……但不同的家庭背景和性格命运，让山盟海誓的我们最终各奔东西，生活就像一出戏，结局完全不由自己……

这个长长的故事在心中酝酿了很多年，我却一直没有勇气公之于众，就像我小时候的很多秘密，自认为犯下的罪恶和丑陋肮脏的一面，我不敢说出来。不敢说出来的秘密久而久之便板结成我的冷漠和自私，它像一层石膏硬邦邦冰凉凉地包裹了我那颗本来热情明亮的心。直到有一次，我回到老家，遇见了近三十年未见的童年伙伴，她那依然美丽的容貌和强颜的欢笑怎么也掩盖不了满脸的沧桑。在这之前，我听母亲谈起过她不幸的经历，我的内心突然堆起暖暖的情绪，我想向她忏悔童年时对她做的恶作剧，我想祝福她，即使人已中年，也希望她有美好的未来。

但是，我该如何启齿呢？

2017年3月，我父亲被查出肺癌晚期。一个明媚的早晨，我陪同他时给他讲了一个我和她之间的童年故事。他听后惊讶地看着我，满眼都闪着光。“你可以写出来啊。”他坚定地说。我于当晚便打开了电脑，一气呵成写出了第一章。之后，每天写一段，跟父亲讲一段，从未间断。当我把最后的打印稿送到父亲手上时，他笑得口水都流了下来，戴上老花镜、跷起二郎腿一字一句地读起来。“可以编成一本书了！”他这次没有看我，只是自言自语。

我知道，这是他对我的希望。那么多年来，他一直认为我的才华和努力都被我的任性和散漫给挥霍掉了，没有结出一个让他可以去骄傲、去向亲朋好友证明他当年被当傻子给女儿筹钱读书是有远见的果。他一次次吞咽着遗憾，又一次次

地安慰我也是安慰他自己“只要过得开心就好”。

这一次,面对他小小的要求,我重重地点头答应了。

但是,我还是不够积极地推进这本书的出版。父亲走了,我握着他渐渐冰凉的手,答应他:阿爹,等这本书正式印出来了,发送的第一站就是你的坟头。

再回首,是什么让我愿意撕开千疮百孔的面具,将那不完美却无比真实的灵魂,血淋淋、赤裸裸地展示出来?是父亲对生命的提醒,他的相信和鼓励,让我完全地打开自己,走进往事,并以长篇小说的形式坦白出来。

这是一个关于女性命运和友情成长的故事,承诺与背叛、黑暗与光明、救赎与解脱。它在我的童年生活中萌芽,随着时光生长、演变。传统的桎梏、妖化的迷信、绝望的誓言、死亡的阴影、沉默的呐喊,在漫长又漫不经心的日子下面暗流涌动。然而希望总是存在的,就像黎明总是会在黑暗之后到来。

写作的过程时时让我脸红,常常使得我要借着月光拆骨头洗肠子掏心掏肺。作为一个事实的参与者,又深感一种莫名其妙的虚空,孤独感如浪潮一般将我一次次淹没。

因为有父亲慈祥的目光在背后,我勇敢地接纳它。

一位智者说,孤独是智慧的曙光,我们应该对这种孤独做投资。当你感到孤独时,你便是对每年每日轮回的生活感到不满意了,你便会想要去开创一种新的更为有趣而开阔的生活。

是的,我始终感到不满意,却在逃避。在这趟写作旅程中,我一次次地投资孤独,选择面对,面对自己和书中人物的孤独。

小说中的主人公若非有各自的孤独感，就不会走上一条救赎和自我救赎之路。我呢？我在想，如果我没有父亲以生命的启示，让我有了一种观望四方的孤独感，我真的坐不下来夜以继日地写下这个故事。尽管它只是一个故事，但于我自己来说，是一种怎样伟大的尝试和突破？它至今仍在拍打着我的孤独和悲伤感，却没有让我陷入莫名的消极；恰恰又是它提醒我要如何坚定自己的梦想，催赶我的脚步永不停歇，它注视并支持着我，帮助我不忘初心，锁定彼岸。它有时就像一根百变拐杖，我相信跳上岸的那一刻，它会自动消失。在这之前，我需要它、拥抱它、感谢它；有时，我更欣赏它。

想起写这个故事前，读了莫言先生的一段话，他说："编造一个凄凄惨惨的故事，对于以写作为职业的人来说，不算什么难事，但那种非在苦难中煎熬过的人才可能有的命运感，那种建立在人性无法克服的弱点基础上的悲悯，却不是能够凭借才华编造出来的。……只描写别人留给自己的伤痕，不描写自己留给别人的伤痕，不是悲悯，甚至是无耻。只揭示别人心中的恶，不袒露自我心中的恶，不是悲悯，甚至是无耻。只有正视人类之恶，只有认识到自我之丑，只有描写了人类不可克服的弱点和病态人格导致的悲惨命运，才是真正的悲剧，才可能具有'拷问灵魂'的深度和力度，才是真正的大悲悯。"

我由衷地认同，使它贯穿于我的叙述中。这次写作的速度是惊人的，因为我的手停不下来，记忆一旦打开了闸门，就一发不可收拾，连同那些带着时代特色的流行歌曲和文学。我在写作，也在阅读；我在叙述，也在聆听；我在旁观，也在参与。事实上，它是自我的一场对话，是经历的一次回放，是心

灵的一次洗涤。而在这个过程中,我只遵循一条原则:自发流动,老实交代。我写我亲自体验过的、内心感悟到的,它们自始至终都在替我看见自我的真相、替我代言我的人格、替我呈现人生的面向、替我表达对这个世界的态度。我将我的写作理解为一种美的信仰。所有的虚构,都是为了呈现真实;所有的回忆,都是为了唤醒现实。

另外,在中国南方方言和越剧腔调里泡大的我,经常性地会主宰自己的表述,否则写作的思维会不知所措。因此,很多对话都是原生态的。我以为,这些方言具有原始的力量和优美的旋律,那是一种亲切的节奏和生命力,但愿你能体会到我的感受。

本书出版前,故事早已在亲朋中广泛流传,一部分读者给我反馈,对书中天男的结局感到意外和遗憾。我非常理解,但那是命运对她最为悲悯的安排,她受了无尽的苦,最终第一个抛掉了那根拐杖,直达彼岸,自我圆满。她的圆满,也圆满了所有人。

我为什么要那么“宠爱”天男这个人物?她不只是我童年的伙伴,还是所有生活不易的“70后”农村女孩、美好爱情的向往者、无情生活的绝望者、至今依然挣扎并打拼着的女人……时代背景、家庭环境、人格个性等因素注定她要走一条艰难而屈辱的路,不到断崖不回头,它与红颜无关,与他人无关——除非觉醒,她才可脱离苦海;除非宽恕,她才可拥有幸福。

就在现实里,有多少人的心里比天男的命运辛苦得多得多?

不断有人问我，甚至直接跟我说，书里的雨晴就是我本人，说我真是慷慨，讲了那么多自己的经历。其实不然，她只是以“我”的名义去叙述生命真相的灵魂，尽管有我的一部分经历和影子，但远远超出了我。

我大概不会和你分享我所经历的和正在经历的，我所经历的和正在经历的，只有我自己能经历和感受。这份奥妙，可以理解为一种事实的孤独，从这个意义上讲，每个人生来就是孤独的，要来孤独地走一遭，然后拿着这份孤独清单交差。有的人要到生命的终点才能交，有的人年纪轻轻就交了出去，然后回归——当你和整个世界、所有众生一体时，你就不再知道孤独为何物了。

最后，特别感恩我的父亲母亲，在那个重男轻女、把读书机会都留给男孩子的时代和环境中，千辛万苦并义无反顾地供我上大学，给了我独立思考和选择的权利。尤其是父亲，他的包容和仁慈，滋养了我的童年，让我脱离了农村女性的轮回。感恩我的两位好友育飞和吕群，在我的成长和生活中，给予我无条件的支持和爱！

萧山区文联主席俞梁波、萧山区民政局局长董茶仙、杭州艺文报刊印务有限公司陈君和华文出版社刘超平等为本书的出版付出了很多心血，在此表示感谢！

2019年5月

第一章

1983年端午节

林妹妹，今天是从古到今，天上人间
是第一件称心满意的事啊
我合不拢笑口将喜讯接
数遍了指头把佳期待
……

高塘村山岗上的高音喇叭一改往日哀哀戚戚的越剧选段《梁祝》，唱起了《金玉良缘》，我踩着贾宝玉高亢兴奋的节奏，兴冲冲地从楼上跑下来，楼阁板扬起的灰尘也跟着在空中雀跃。经过堂前时，遇到妈妈抱着东张西望的弟弟，打着哈欠从她的卧室里走出来。他俩总是起床最迟，妈妈从来都不做早饭，冬天里，还让爸爸把早饭端到床前。

“今日噶高兴！”妈妈扬着她的娘娘腔。

“当然，冬红（端午节）。”我嬉笑着仰起脸。

“就你们小孩子空开心，过节过日还不是一样？你听听这广播，乐极就生悲。”

乐极，生悲——妈妈指的是不知情的贾宝玉将红盖头下的新娘误认作林黛玉，真是乐极。但他很快就要因为知道真相而生悲了。妈妈喜欢借题发挥，泼我冷水。但这次，我不以为然，却为学到了一个新的成语而乐上加乐。

“那只是戏文好不好！我是我，我就开心，我就乐极，怎样？”

看到正在整理灶台的爸爸，我放大了音量，还瞟了妈妈一眼，继续哼着调子去拿书包，心里满是对这一天的美好构想。

我喜欢所有的节日，孩子们大概都是这样的吧！节日总是洋溢着轻松欢乐的气氛，大人们会变得不一样。他们自己也许不知道，但小孩子是很敏锐的，尤其是我们女孩子，平日里得小心翼翼说好话做好事，一旦触碰到大人的哪根神经，简直就像是踩到地雷，自讨伤痛。谁叫他们是大人呢，体积比我们大，心却小得跟针眼一样。但节日这一天，大人们的心变大了，他们爱心发现，大慈大悲，小孩子可以大大方方地任性甚至偶尔出格，可以拒绝做家务活。从这一点上来看，小孩比大人活得更聪明。

我是比较幸运的，只要爸爸在身边，我就不怕妈妈骂我打我，我紧紧地黏在爸爸身上，他会一一帮我挡着。他总是拦着暴跳如雷的妈妈说：“她总归还是个小孩子哩。”但自从有了弟弟后，爸爸起早摸黑外出忙活，吃饭时间和我们也凑不到一起，有时还出去打工，几天不回家。所以，若是碰到节日又加上爸爸在家，那真是莫大的幸福。

“今天中午，我想叫天男和王音来咱们家吃午饭。”背上书包后，我跟爸爸说。

天男、王音、我，三个好朋友，我们自称“三人组”。我觉得，这应该是天下人都知道的事，爸爸当然是懂得的。

“好啊！我和你妈多准备一些麦果。”爸爸爽快地答应了。

“你叫她们来吧，我再多做几个香袋。”妈妈说完，又打起了哈欠。我知道她今天会很慷慨，慷慨的背后还蕴藏着另一个意思：多几个香袋就多几个赞扬。不得不承认，她的手艺活是无敌的。

我从进入教室开始，就盯着桌子右上角的小圆钟，看着秒针一圈一圈地走，暗暗为它加油，尽管知道那是白费力气。想到午饭是我们最爱的芝麻馅麦果，我们可以放开肚皮吃，无所顾忌。还有妈妈不知做了什么样式的香袋，心形的还是木鱼形的？红的还是黄的？妈妈一定会和颜悦色甜言蜜语地夸我们（其实是夸她自己的手艺，但那也无所谓），我就欣喜得坐立不安，盼望着早点放午学。趁着老师板书的当儿，我朝右后方的位置看，王音正在朝我挤眉弄眼，看来她的心情也和我一样好。天男呢，她比我们高一届，在隔壁班，但我确信，她这会儿也是在等着我的哨声响起。

对了，小学校长是我的姨夫，因为这个关系，他在我升上三年级的时候，就从五年级毕业生的手中拿回了小闹钟和哨子，郑重地交到我的手上。“我想，你可以承担这个光荣的任务了。”他摸着下巴上的独根胡子说。此事还引起过一阵子的流言，“吹哨子的从来都是男生，哪有让女生来干的？”“看人头做！偏心！”同学们窃窃私语，但我那铁面无私的姨夫不理不睬，一声不吭。从此，全校师生都听着我弱弱的哨子声上下课，常有玩得过于疯狂没听见哨声而迟进了教室的男生被罚站，于是，放学的路上，他们趁机拦住我一顿臭骂，以解怒气。

漫长的等待终于结束，在秒钟不紧不慢地走到“10”的时候，我的屁股已经离开了板凳，由于过于激动，双脚差点被下挂的书包带子给绊倒。我飞也似的跑向走廊中央，鼓起腮帮子以平时两倍的力气吹响了哨子。

我和王音在教室门口等天男，他们班的老师是位非常严厉且有点肥胖的中年妇女，总是拖堂，每天都这样。

“今天端午节，‘母老虎’总该早点放人了吧！”王音说。

“谁知道呢？”我的眼睛始终盯着天男的教室门口。

眼看着其他所有班级的学生都走光了，天男所在的教室还传出了朗朗的读书声。我们只得靠在墙上无聊地玩起手绢，照例我卷复杂的“小老鼠”，王音卷简单的“纸包糖”，不过她还是卷得很费劲，两条黄脓鼻涕趁机从她的鼻孔探头探脑地爬出来，并以肉眼看不出的速度下行，等到达了上嘴唇，王音觉察到了，就用力一吸，然后它们又开始第二个轮回。平时下课的时候，我喜欢用它来计时，十个轮回下来，我就要去留意上课时间了。对于王音的这个功能，我可从来没跟她说起过，不然，她准会把我按在地上当马骑的；但我跟天男说过，把她给笑得肚子疼。此时，我看着两条“黄虫”正在悄悄行进，心想，再过三个轮回，天男应该会出来了。

果不出我所料，我们听到了天男压着兴奋的声音：“雨晴，王音……”她是第一个从教室里跑出来的，她那乌黑齐耳的头发如菊花一样绽开，她那美丽的眼睛闪着黑亮的光泽。她冲到我们中间，左手挽起我，右手挽起王音。王音用她的半成品“纸包糖”横擦了一把鼻涕，马上亮起了她豪迈的歌喉：“我们

走在大路上，意气风发斗志昂扬，毛主席领导革命队伍，披荆斩棘奔向前方，向前进！向前进……”五音不全的我晃着“小老鼠”轻轻地和着声，只有天男低头哧哧地笑着，即使是最值得欢乐的时光，她也总是这样文气。

有人称她为西施。

天男确实是全校最漂亮的女生，尽管她自己从来都不这么认为。我和王音为了让她这么认为，就集齐了平日里从大人口中听来的话：“你看你，厚皮厚肉喽，嘴巴像个小樱桃喽，眼睛像对黑葡萄喽，皮肤像团糯米粉喽，还有两个小酒窝喽，活像一个小西施喽！”她被我俩推着夸着，满脸通红地笑着，笑完了很快又晴转多云。她总是有太多的心事。

“可是我妈说，好看又不能当饭吃，没长‘茶壶嘴’勿值钱。”

“又不是你妈一个人说，全村妇女都是这么说的，我妈也说我，让她们说去，哼。”泼辣有余的王音双手抱拳。

“我和你们不一样：王音，你有哥哥；雨晴呢，有了弟弟；我啥都没有，我妈和我爸为此天天吵架，但愿这次妈妈能够生下一个弟弟。”天男尽管是我们三个中年龄最大的，但她总是显得最柔弱。

天男——添男，这是她的母亲认为带她来到这个世上的最大价值，然而她的母亲一连添了两个女儿。“第三胎生下来竟然是一个死的女婴。”大家都这么说。怀上第四胎的时候，天男的妈妈去算了一卦，那时已经五个多月了，结果那算卦先生说是女的，又去堕胎了。

天男的妈妈每生一胎女婴，就要发疯一个月，天男爸爸的脾气就会坏一个月，天男就常常被打一个月。等到后来，计划生育政策只允许生两个，意味着天男妈妈没有机会再生了。然而哪能死心呢，她便偷偷地怀上了第五胎，等到肚子大起来，就躲在阁楼上，对外称是去外地做副业了。这件事天男却告诉了我和王音："我们是好朋友，天下除了我奶奶、我爸、我和妹妹，只有你们两个知道，千万不能说出去，你们的爸爸妈妈也不能说。如果说出去了，我会被我妈的口水淹死，我会被我爸的竹鞭抽死。"我们三人拉钩，"金钩钩，银钩钩，谁骗人，是小狗"。

此时的我们走在正午的阳光下，山岗上的高音喇叭又开始嘹亮地响起，却不是《金玉良缘》，而是凄婉无比的《葬花》。

"那个负责播放的大伯一定是睡着了，放这种哭哭啼啼的戏文，真扫兴！"王音禁不住抱怨起来。我倒没受影响，想着金黄色的麦果，只顾咽着一股股溢上来的口水，和天男相视一笑。

我们走过了大路，经过了电厂，转到了池塘边。

我们停住了。

池塘两侧站了很多人，像是在夹道欢迎某个重要人物，我们也站入了队伍中间，随着大众的目光，望向前面的弄堂口。只听得人们窃窃私语着：

"一定是有人举报了。"

"真是罪过啊！"

还没等我们询问，那个人物出现了。我和王音目瞪口呆。

我想起了早上刚从妈妈那里学到的成语——乐极生悲！

第二章

那红尘中有却有些乐事,但不能永远依恃……瞬息间则又乐极悲生,人非物换,究竟是到头一梦,万境归空。

——《红楼梦》

“妈?”

天男跑上前去。只见天男妈一边用右手抹着眼泪,一边用颤抖的左手抚摸着高高隆起的肚子,她身上穿着非常宽松而陈旧的男式衬衣,脚上趿拉着拖鞋,头发蓬乱,像是刚从床上起来。她无助地挪着步子,身后紧跟着的是村里的妇女主任,稍后是三个腋下夹着公文包的男人和一个女人,这些人一看就是乡镇上来的干部。

天男从正面抱着她的妈妈,其实是抱着妈妈的肚子,她妈妈停止了脚步,哭声加重,边哭边跟天男也是跟所有在场的人哭诉:“这下咋办呀?再过一个月就好生了呀!呜——”

村妇女主任上前来,轻轻地拉开天男,她的眼眶也红着:“乖乖女,让你妈走吧,这是没有办法的事呀!”

人群中,有人低下头直抹眼泪,有人在叹息:“都噶大的肚皮了,要去引产,苦头真要吃煞了。”而有的人却装腔作势地同情着，暗暗地幸灾乐祸。

我看到我妈抱着弟弟小跑着跟出来，她的脸上还挂着眼泪，她腾出一只手拉过天男，又示意我和王音过去。就这样，我们一步三回头地看着天男妈被带走，又一言不发地跟着我妈来到了天男家。

房间阴暗，天男爸坐在角落的竹床上垂着脑袋闷头吸烟，一口接着一口，天男的妹妹帅男挨着他，我爸站在他旁边劝他。天男的奶奶，这个高个子的“三寸金莲”摇摇晃晃地一手拄着拐杖一手拍着大腿喊着冤骂着人：“真当天打雷劈啊！人命关天啊！通风报信的下作坯，要断命十八代啊！”

天男奶奶是传说中的高塘村第一泼，听说她早些年不用拐杖时和人吵架，都是拿着砧板和菜刀做道具的，边骂边斩，骂得荡气回肠、鸟雀惊散；对方有再好的口才、再好的理，也只得退回家门忍气吞声，她却还要得寸进尺对着人家的门骂上半天才肯偃旗息鼓。很多年轻人会说，这个老巫婆，惹不起，躲得起，并且最好躲得远一点。所以人们给她起了一个“尊名”——“老骂子”，她倒是欣然接受，甚至高兴时，便扯着嗓门向人传经授道：“骂人是门技术，要有连落的词，要有圆润的腔。你们都不知道我是在水深火热中练出来的，没有经过长期压迫，哪来今日当家功夫。”

她说的长期压迫，是指她六岁做童养媳之后的漫长岁月。那时，很多女人都经历了这样的压迫，我的奶奶是，王音的奶奶也是。有些人一辈子处于受压迫中，有些人会有朝一日起来反抗，待媳妇熬成了婆婆，一个大翻身，当家做了主。天男奶奶显然是后者，她家里所有的人，包括天男爸爸、妈妈和天男姐妹在她面前都是不敢吱一声。有一次,我听到天男妈妈跟我妈妈在诉苦,说婆婆放狠话了,若再生不出个“茶壶嘴”,就把她赶出去。又有一次,我和天男在她家玩,我不小心把一个碗打破了,她操起她的龙头拐杖朝我晃过来:“你个小丫头片子,没有‘茶壶嘴’还要噶淘气,你爹娘咋个教你的?胆子有噶大,手脚有噶笨,动作有噶粗,看看你的样子倒是噶细发……”趁她还在源源不断地创造发明新的词儿、酝酿新的情绪,天男早已拉着我的手拔腿跑掉了。

这会儿,这位身重脚轻的老人老泪纵横,现场所有前来安慰的人,陪着她抹泪,附和着她咒骂。几个月来,她都是盼望着盼望着,眼看希望来临了,却被无情地带走了。当然,她心疼的是天男妈肚子里的那团肉,那团很可能生了“茶壶嘴”的肉,而不是天男妈。

大家的声音慢慢平息下来后,我妈终于擦完了最后一把涕泪,朝蹲在门角边的我们仨走来。“走吧,你们先去吃麦果,下午还要去读书。”我早已饿了,和王音站起来,但天男看看奶奶看看爸爸,摇摇头不肯起身:“我不饿,不想……”还没说完,又抽着肩膀小声哭泣了起来。作为好朋友,我知道她在哭什么,我想她的奶奶是不知道的,她的爸爸也不知道。

还在上午课间时,我们三个猜测着各自能吃几个麦果,我说五个,天男说四个,王音竟然说八个,末了加了一句:“如果你妈没意见的话。”这个精瘦的假小子胃口超大,尽管我想妈妈不会在这一天骂人,更不会在外人面前显小气,但我还是为她报的惊人数目而感到了一种担忧。我怕我妈真的会不太情愿,从而不再答应有下一次。

“六个吧,你多包一点馅就是。”我变个说法让她少吃点。

“王音你还想吃的话,我的份里给你一个,我三个也够了。”天男随时都是牺牲精神。

“不不不,天男你已经够少的了。我吃雨晴的。”

“去,我才不给你,你这头小猪,就知道吃吃吃。”我皱起鼻子向她白了一眼。

“你你你,你个小气鬼——”王音抱着拳跺着脚在那里发飙,这是她的招牌动作。

然而这会儿,我吃了两个,王音吃了三个,就都不想再吃了。

妈妈还是笑着给我俩挂上了香袋,是红色的心形的,但不管是什么颜色什么形状,我们都无所谓了,想着天男还在哭,我们也笑不起来,妈妈也就听不到我们的赞美了。不过,她仍然满眼慈爱地看着我们,还特意抱了抱我们。

妈妈包了十个麦果,让我们带到天男家去给大家吃。在这之前,人人都说我的妈妈是个有着菩萨心肠、能顾全大局的人,我却并不喜欢这个只会对外人好却不对自家人客气的菩萨。但这会儿,我心里很感激她,觉得她简直就是观音菩萨。

路上,王音跟我商量,下午我们一起逃课去陪天男,我同意了。

天男的奶奶已经骂累躺在懒椅上睡着了,天男的爸爸仍在吸烟,目光空洞,粗黑的皮肤上筋脉突起,天男和妹妹坐在她爸爸身旁。我把香袋给天男姐妹挂上,王音把麦果放在她们面前,东张西望的帅男拿起来就猛吃,天男还是摇摇头不

肯吃。

王音跺了几下脚，急得不行，强行拉起天男的手，往外走，我连忙跟出去。

正午的太阳有点火辣辣的，地上的泥石显得很白，我们踩着自己的影子，来到了后山上的油茶树林，那是我们假期的乐园。我们会约上一些同学在这里做戏文，每一次都是轮流从家里偷出床单，挂在两棵油茶树间，作为幕布。一般情况下，都是我做导演，天男扮旦角，王音扮小生。天男喜欢托着腮，心中似有无尽的哀愁，所以她演的角儿总是苦旦。此时，我们坐在最大的油茶树下，“苦旦”的眼泪流也流不干，我和王音除了陪着哭也无事可做。没过多久，主见最大、生性最强的王音唰地站起来。

“我有一个想法，一个很坚定的想法，希望你们俩同意。”她咬牙切齿，捏紧拳头。

“什么想法？”我抬头问。

“今天我们在这棵油茶树下约定，我们三人相依为命，一生一世都不跟男人谈恋爱、不嫁人、不生小孩，去他的‘茶壶嘴’。”王音说完，眼光如两把利剑投向我。我看着她半晌，脑海中竟然浮现起弟弟出生前后的情景——

那是三年前的一个晚上，我六岁，睡梦中被妈妈娇滴滴的声音吵醒。

“人人都说我的肚子是尖的，一定生儿子。”

“生囡也一样的，你看雨晴和晚晴两姐妹，既乖巧又聪明，不是很好吗？”这是爸爸的声音。

“再聪明也抵不上一个‘带把儿’的光荣，你真是榆木脑袋，若是再生一个囡，都要让人当笑柄，被你爹娘看轻了，我可活不下去了，我就是想要生个‘茶壶嘴’。”

“那是你自己空想想的，是你要面子。”

“天下所有结了婚的女人都是这么想的。”

……

他们你一言我一语地争了很久，最后爸爸争不过，就说：“好嘞好嘞，你说是‘茶壶嘴’就是‘茶壶嘴’。”

我第一次亲耳听到妈妈重男轻女的言辞，伤心得整晚都睡不着。在这之前，我听奶奶说起过，我生下来时，只有三斤重，气若游丝，接生婆说，怕是养不活了，提议放弃。妈妈竟然一点态度都没有，是爸爸坚持要把我养活。后来，妹妹出生时，妈妈理都不理她，还因为不是个儿子而抹眼泪，导致妹妹的头型严重变形，长大后人人叫她“榔头”。

一个星期后，妈妈待产，她痛苦地号叫着，我拉着妹妹的手想进去看看妈妈，却被拦在房间外面。婶婶说：“小孩不能进去看。”我俩就乖乖地坐下了。可是她忽然折身又说了一句：“何况你们是丫头片子。”我马上站起来问她：“丫头进去的话会怎么样？”她马上拉下脸狠狠地说：“别多嘴多舌，当心你没有弟弟，又多一个妹妹。”四岁的妹妹晚晴听了，欢乐地拍着手掌：“妈妈要生妹妹喽！我要妹妹。”婶婶一脸惊慌，连忙用手掌来捂住妹妹的嘴巴。

妈妈如愿以偿，给我们生了个“带把儿”的弟弟。我和妹妹被婶婶放行进去的时候，妈妈尽管很累，但还是拉起我的手，满脸笑容地问我：“你高不高兴？”我点点头。自那以后的很多个日子，亲戚们在我身边来来往往，却没人有空跟我说

话，就连爸爸都没时间理睬我了，我感觉自己像空气一样没存在感。我走出去时，村里人看见我就说：“你爹娘出人头地嘞，你有弟弟嘞，光荣吧？不过，你就要做更多的活嘞，有得苦嘞。”如果我和天男一起走在路上，人家朝我说完这段话，就会朝向早已低头的天男：“天男啊，希望你妈也快点给你生个弟弟出来，否则日子不好过啊！”那语气，明显地使得我们俩有了等级差别。

有了弟弟后，妈妈就让我和妹妹每个晚上到奶奶家睡，爸爸更加繁忙，总不见他的人影。每天放学后，我要洗很多尿布，还要做晚饭，再也不可能像往常那样和小伙伴们一起去玩跳房子、跳皮筋、弹弹珠。想着弟弟不但剥夺了我的爱，也剥夺了我大部分玩耍时间，而我在人家面前还要表现得很欢喜很满意的样子，心里就满是憋屈。

“雨晴，你发什么呆啊，我问你，你同意不同意？你先说。”王音双手叉着腰在催着我。

“我同意。生小孩那么痛苦，生下来万一不带‘茶壶嘴’还要被人瞧不起。”想起刚才这些记忆，我毫不犹豫。

“天男，你呢？”

“这样可以吗？万一爸爸妈妈把我许配人了呢？”天男泪眼婆娑，楚楚可怜。

“以——死——相——逼，逼他们同意。”王音一字一顿。

天男擦干眼泪，想了想，轻轻地说：“我要再想一想。”

“天男，你这婆婆妈妈的，给你两天时间考虑，最多不能超过三天。你总是这样，真不好。其实，我是为你着想，你是最该同意的。”说着，王音靠近了我，使了个已经胜利的眼色，仿佛因为我是她的同盟而有了十足的底气。

过了两天，我发现爸爸神色凝重，用网兜儿装着脸盆、被子等，看到我，停了一下后继续装：“今天我要陪你妈去镇上，可能要住好几天。妹妹已经在奶奶家了，你放学后也去奶奶家。”

“你们去干什么？”

“去医院。但你不要多问。”

“为什么？”

“我跟你说了，你也不懂。你妈哭了一个晚上，她很害怕。”爸爸压低音量，却是命令着我乖一点去奶奶家。

哎！每次看到爸爸因为妈妈而一脸担忧，我就会非常心疼爸爸，就会很听他的话。

后来，婶婶告诉我，妈妈是去做绝育手术了，做了这个手术，就不会再生小孩出来了。村里生了三个小孩的都要在这几日里去做这个手术。有的是妻子去，有的是丈夫去。总之，一定要有个人去。上面的通知早就下来了，我妈妈排在第一批。

我百思不得其解，小孩是女人生出来的，为什么有的家里是男人去做绝育手术呢？但我没再问婶婶，她总是嫌我太“费糟糟”（麻烦）。我想，也许王音会知道。

果然，她知道。她说她是从大人那里偷听来的，她最爱干的事就是偷听大人讲些机密的事。

“男人把‘茶壶嘴’里的东西放进女人的卵泡里，女人才会生小孩，绝育就是把那个东西拦住。女人绝了育，男人的东西就进不去了；男人绝了育，‘茶壶’里就放不出东西了。”王音像

模像样地说。

“‘茶壶’里除了尿尿还有其他东西？我看我弟弟的‘茶壶’只放出尿尿，没有其他东西了。”我好奇地问。

“这个嘛，我没有听大人们说起。下次我再去偷听，一定告诉你们。”王音显得很有把握。

“难道小孩子是卵泡里生出来的？我以为是在屁眼里生出来的。这么小的一个地方要生出这么一个人，不会吧？”天男又问。

“千真万确！是卵泡里生出来的。”

天男打了一个寒战，双臂抱住了上身，然后斩钉截铁地说：“王音、雨晴，我同意了。我同意不嫁人，不生孩子。”

王音鼓起了掌，又说：“说到做到哦！一生一世的约定，谁先违反，谁就不是我们的朋友，主动退出我们‘三人组’。”

“好！”

于是，我们三人拉钩，为了表决心，连续拉了三次。王音为了庆祝我们的成功约定，慷慨大方地掏出了她辛苦收集了大半年的宝贝——花花绿绿的香烟壳纸和糖纸，本来她是要到年底才向我们展示的成果，这回她全部贡献出来，一半给我，一半给天男。我和天男用手心捧着漂亮而珍贵的礼物，相互看看，突然大笑起来，在无比放松的笑声里，我们仿佛已经看见了自己自由解放的一生。

第三章

再过一天，就是星期天了。天空下着细雨，如密密的帘子从空中挂下来，一层又一层。爸爸从镇上回来了。

“你和天男都去看看自己的妈妈吧。”

知道要去镇上了，我很开心，跑进雨帘冲向天男家去叫天男。天男尽管没有喜形于色，但我能从她钩着我手指的手里感受到她的心情。手术，对于一个从没进过医院的九岁小孩来说，是模糊的，但能够去热闹的镇上，那种经历是具体的。

医院并没有我们想象中的那样宽大和干净，而且在这样的阴雨天里显得有点黑暗和潮湿。爸爸说，这里原来是一个供销社，现在改造成了一个临时住院部，真正的医院在镇的西面。为什么要设这个临时住院部呢？因为逃避计划生育的人家太多了，但终究是逃不过的占大多数，一下子多出那么多人要做引产手术，就没地方住了。这里就专门用来接待做完绝育和引产手术的人。也就是说，这些人先在医院里接受手术，然后被担架抬着，穿过镇上长长的街道住到这里来。正当爸爸站在门口跟我们解释时，有三副担架匆匆地抬了过来，我们连忙让开一个过道。我看到上面躺着的人闭着眼睛，眉毛紧锁，嘴里呻吟着。

临时住院部共有二层楼，做完绝育手术的病人住在二楼，引产手术的病人住在一楼。楼道里摆满了四四方方的煤油炉子和杂物，空气里夹杂着煤饼燃过的特殊气息、笋干菜煮榨面的香味、医院的酒精味和人来人往的汗酸味，气味很浓烈、很复杂；但于我来说，它是新鲜的、令人兴奋的。我像小狗觅到了新的食物一样，不停地用鼻子嗅着吸着。爸爸见状，轻声责备着："你这狗鼻子又来了，让人见了多笑话，一个姑娘家还得有点教养。"

爸爸先带着天男去了一楼，我跟在后面。到了一个房间，我们看到天男爸爸正在抽着香烟，里面烟雾弥漫，看到我们，他淡淡地说了一声："来了？"就用目光把我们一起带向了天男妈妈，她的肚子已经瘪了，这个因长得好看而被称为"花娘"的女人，此时显得异常枯槁，在我看来甚至有一点点恐怖。她的头发像草窝一样蓬乱着，我想应该是打了很多死结了，或者长满了虱子吧。想到虱子，我就一身鸡皮疙瘩，忍不住用手去头上挠痒痒。天男妈妈看了我一眼，干裂的嘴唇动了一下，又归于寂寞。她大大的眼睛空洞地望向天花板，两行清泪默然地淌下来。

天男叫了一声"妈"，便扒到她身上抽泣了。但这个女人对女儿的叫喊无动于衷，过了几秒钟，嘴唇再次蠕动了一下，挤出三个字："罪过啊！"

我一直紧靠着爸爸，第一次在医院里看到病人的模样，感觉时间真是难熬。我把目光移向屋子里其他的几个病人，她们看上去都好像奄奄一息的样子，面色苍白、毫无生机，我感受到自己手臂上的汗毛在一根根地立起来。我那一直紧紧抓着爸爸中指的手用了一下力，抬眼去看他，爸爸好像读懂了我的意思，跟天男爸爸打招呼："那我们先上去。"

走出天男妈妈的房间，我长长地呼出了一口气。上楼梯时，我问爸爸："做手术是不是很痛？妈妈是不是也这个样子？我有点担心。"爸爸说："做手术当然很痛，但你妈很坚强，她只是当天哭了一次，今天都会讲笑话了。"我的手自然地松软下来，以爸爸几乎听不到的声音轻轻地笑了。妈妈会讲笑话了——这是一个好消息，意味着爸爸不会有担忧了。妈妈讲笑话的时候，也会唱歌，还会变得特别宽宏大量，那是我最欣赏她的时候。

我们走到一个房间的门口，爸爸停住了脚步，蹲下来轻声细语地跟我说："你妈这会儿可能睡着了，我们就不要叫她，让她好好休息，嗯？"我用力地点点头，一点也不妒忌……

在以往，爸爸若是这样要求我，我会在心里和妈妈争风吃醋。我常常觉得，爸爸每天起早摸黑忙里忙外，妈妈却那么懒散，脾气那么不好，对爸爸一点儿也不温柔体贴，还要欺负爸爸，她不值得爸爸那么去爱她。但事实上，爸爸爱妈妈总是要胜过爱我一点点，他还常常在离家前提醒我："听话，不要让妈妈生气。"然而，正因他的提醒，我从来都不会忘记惹点麻烦来挑起妈妈那根脆弱的神经，故意让她骂我打我，然后期待爸爸回来安慰我。聪明的妈妈却是看得一清二楚，她以一种大人不计小人过的高尚姿态，轻描淡写地说："你有几根小肚鸡肠，我做娘的还不知？我们娘儿俩生来就相冲。还好，明冲。"说完，得意地笑着，恰到好处地在我的脸蛋上掐一把——别人看起来很轻，我却感觉到生疼。

奶奶说:“你和你娘啊,就如同水和火。”

这会儿,妈妈病人的身份,让我对她产生了同情,一下子忘记了所有她对我的苛刻,心里只剩下她对我的种种好。想想天男,我已经很幸福了。

轻轻地推开门,我看到姨妈抱着熟睡的弟弟坐着,妈妈躺在床上睡着了。那样子很安详,我却鼻尖发酸,往日里故意惹她生气的种种罪行历历在目,提醒着我要向妈妈忏悔。我扑进爸爸的怀里,他抚摸着我的头,我的眼泪终于顺流而下。我听到姨妈的赞扬声:“雨晴这囡头,到底是懂事啊,都晓得心疼娘了。”

爸爸安慰着我,我终于哭够了,把目光移向别的床,一个妇女皱着眉头痛苦地呻吟着,那声音像是努力压抑着,尽量不发出。她的额头上全是细细密密的汗珠,她的手从被子里伸出来,又紧紧地抓着床单。我跟姨妈说:“她看上去很痛。”姨妈这下很不屑地对我说:“她是刚刚做完手术就被抬过来了,明天就会不痛了,女人的皮肉是很贱的。”我咬住了嘴唇再问:“难道男人的皮肉不贱吗?他们就会一直痛下去吗?”姨妈无语了,就朝我翻了一个白眼,她跟婶婶一样,都嫌我多嘴多舌,懒得应对我。在她们面前,我也已经习惯了压下满腹的疑问,它们一个个积压在我的肚子里,王音会帮我消化掉一些,但更多的还需要等待着长大的某一天自己去解惑。

我继续偷偷地看着那女人,不一会儿,她的丈夫走过来,把手臂放在她的手边,那女人竟然狠狠地掐下去,当她的呻吟声停止的时候,男人手臂上渗出了血丝,我便再也不敢去看了。想到我、王音、天男三人的约定,暗自庆幸着:“王音的主意真是好,我们三个是一辈子都不会受这个苦了。”

妈妈醒来了,看到我,眼睛一亮。我以为她要哭,可她却笑了,并且笑得有点忘形。

“终于熬过去了,今后再也不用受那倒糟的皮肉之苦了。”她把声音故意提得很响亮。另外几床的女人也来应和了:“一生一世都不用受了,干干净净。”这几个女人你一句我一句地回顾着手术的过程以及那个男手术医生,时不时地发出阵阵狂笑。我爸说:“一会儿哭一会儿笑,也就你们女人了。”我妈就笑得更厉害了,那笑声让醒来喊痛的女人也忘记了呻吟。我听得云里雾里,但看着妈妈笑得眼泪都出来,笑得捂着肚子喊“痛”,我也跟着笑起来。

不过,我突然明白,同样是手术,为什么二楼的人会笑,一楼的人不会笑。我为自己的这一顿悟而感到自豪。

笑罢,妈妈突然问我:“想不想听歌,我现在有的是力气唱。”我连连点头,她清了清嗓子,唱起了我们刚刚在学校里学的歌——《听妈妈讲那过去的事情》。

月亮在白莲花般的云朵里穿行
晚风吹来一阵阵快乐的歌声
我们坐在高高的谷堆旁边
听妈妈讲那过去的事情
……

妈妈的歌声清亮,饱含深情。我想起了每逢农忙“双抢”季节,劳累了一天的爸爸坐在石道地抽烟,我和妹妹绕着他的膝头缠着他讲故事，妈妈就会哼起这首歌，把我们吸引过去，给我们讲她小时候的故事。那时候，她的目光也是如夜晚的月光般柔和明亮。我多么希望这样的夜晚能够停留，我希望这样的妈妈停留。但是，第二天太阳一出来，妈妈就又变成了那个火急并苛刻的女人。

这一天的大多数时候，我都是和天男趴在二楼的走廊栏杆上，默默地看着街上来来往往的人和各种小摊，隐隐约约听着从远处传来的越剧《十八相送》，偶尔跟唱几句。到了午后，雨突然停止了，浅浅的阳光给所有的物什涂上了一层淡金色。

“看那儿！”天男指着天空。

“彩虹！那是彩虹哎！”我欣喜地叫起来，惊动了走廊上的其他人。有位老人呵呵笑着说：“小孩子啊，都是大惊小怪！”爸爸却没有这么嗤之以鼻，他在走廊那头一边摆弄着煤油炉一边朝我们这边喊：“看到彩虹，运气好呢！”

这半天来，我终于看到天男的笑容了，她先开了个头，我们一起唱起了儿歌：

雨过天晴白云飘
蓝天架起一座桥
赤橙黄绿青蓝紫
数数颜色有几道

“什么桥？”我故意问。

“彩虹桥。”天男老实回答。

“几道颜色?”这下她问我。

“嗯嗯嗯,几道呢?”我又故意摸摸头问。

“七道啊!”天男再次老实地替我回答。我伸伸舌头,高兴地看着天男,我多么希望她总是这样开心啊!她笑起来的样子实在是太迷人了。王音总是这样说:“天男一笑,花儿谢掉。天男一哭,天都发乌。”

“雨晴,我们有福同享,有难同当,我们之间没有秘密,好不好?”

“好,天男。一言为定。”

“如果我做错了事,或者做了对不起你的事,你要原谅我。反正如果是你做错了,我一定会原谅你的。”

“那当然。不过呢,除了我们三人的约定,王音说过的。”

“什么约定?”

“你忘啦?这辈子我们不嫁人、不生孩子的那个约定呀!”

“哦!是这个。”

“难道你还不能确定?”

“我也不知道,有时候我会觉得自己无依无靠,包括爸爸妈妈奶奶在内的所有人都不喜欢我,他们一心只想要一个儿子。我想有个人来喜欢我。”

“哎呀,你这个没良心的,我和王音那么喜欢你,你还需要谁来喜欢呀?”

“嗯!是啊,幸亏有你、有王音,可以让我忘记那么多苦恼。”

“雨过天晴是彩虹!”

“真的呢,这句话里还有我们的名字。”

“无论发生什么,我们不分离。”

“不分离。”

天男仰着头望着天空,目光炯炯,我从侧面看她,竟然会有一种心疼的感觉。我记得上一次心疼时,是看到妹妹被几个臭小子打了,她泣不成声地跑来告诉我,我立马邀上王音去为妹妹报仇。那时,我只有一个念头,我要保护好妹妹,绝不让别人再动她一根手指头。现在,天男好好地站在我眼前,我在心疼什么呢?我被自己的这种感觉搅得思绪有点飘远,我突然想起了奶奶的话……

“雨晴,你在想什么呢?你皱起眉头的样子很滑稽。”天男好奇地问我。

“哦——是吗?我在想我和你的过去,我听我奶奶说,人是有前生前世的。那个时候不知我们是什么样的人,我们是什么关系?”我仍望向前方。

“哈哈,我们一定是好姐妹,我觉得。”天男显得很自信。

“是啊!一定是,我们还一起吃奶呢,听说吃了同一个人的奶,就是情同手足了。”

听我奶奶说,我出生的头半年,妈妈身体太虚弱,没有奶水,我也笨得像只小猫,不会吮吸。奶奶每天将我抱到了天男家,央求奶水丰足的天男妈妈喂我。天男妈妈后来常开我的玩笑说:“你吃了我的奶,很快从一只小猫变成了一头小老虎,霸道得很,天男常常被你踢开。所以,你这一生一世是欠天男的,知不知道?如果以后你的日子过得好,你可要加倍地还天男。”

天男在一旁跟我做鬼脸，笑着对她妈妈说："欠什么欠呀，是我自己愿意的，我们可是天下最好的朋友。"从我们懂事起，我就能感受到天男一直忠诚于我们的友谊，什么都会忍让我。但在我的直觉里，我和天男有一种胜过友谊的血缘之情，可能与这一段吃天男妈妈的奶有关吧。我不会过多地为王音担心，但我会担心天男，就像担心我的妹妹一样，甚至更多一点。是的，不知为什么，我总是隐隐地为天男感到担心，但我没有把这份担心告诉她，我不敢说出来，生怕一说出来，这份担心就会兑现似的。有时候，我会因自己的有所保留而感到自责，因为她可是把什么都告诉我的。所以，天男妈说对了，她曾有一次跟我妈说："你家雨晴可是有几根肚肠的，以后会难侍候的。不像我家天男直心肠好弄，不过直心肠的人注定会吃亏。"

第四章

连绵的阴雨天，总有彻底放晴的时候。天男家的阴影也渐渐消散，我在天男的眼睛里完全能看出来。我们向往的暑假很快就要到来了。

尽管我们各自都有做不完的家务活，主要是穿烟叶、洗衣做饭，那是每天的必修课；其次是跟随大人去山上帮忙干活打下手。但我们总有结伴在一起的快乐，比如午睡时光和黄昏。

我们在王音的带领下，早已在学校里练就了一副佯装睡着的娴熟本领，她一边示范，一边说："眼睛要闭得沉，呼吸要比平时深长一点，偶尔蠕动一下嘴，最好挂一条口水下来，这样值日生就会忽略过去，把注意力专门放到那些动来动去的同学身上。这时候，我们就可以自由地做一些不发出声的小动作。"

学校里，一张课桌椅坐两个人，午睡时，同桌两人轮流睡椅子或桌子。尽管桌子要宽很多，但我们都喜欢睡狭窄的长凳子，因为这样比较隐蔽。每当轮到我和王音都睡凳子的时候，我俩经常会隔着两张课桌椅打哑语，有时实在忍不住想笑，却因为不能笑出声来，涨得满脸绯红，不得不化作几声咳嗽；咳嗽也是一种声音，但那不会受罚。当然，这么频繁地进行，也有被打小报告的时候，也有因忘乎所以被发现的时候，于是被罚站、罚扫地、罚抄作业等。但是，相比于老老实实地睡觉，我们宁可偷偷摸摸地变着法子玩，罚一下也心甘情愿。

有一天，我的校长姨夫在窗户外看见我和王音正被面壁罚站，便摇着头走进来，拎着我的右耳朵把我往外拉。我被拉得龇牙咧嘴，整个身体都不由自主地向上提起，一直提到了走廊，他才松开我，捋了一下他下巴上那根孤独的胡子，举起右手用食指指背重重地击在我头上：“你看看你自己，一点都不像小女孩相，以后嫁都嫁不出去，我告诉你娘去，好好收拾你一下。”他当然只是吓唬我而已，这种小事，在我转身返回教室时，他就忘了，而我却永生难忘。我看到王音正朝我不停地吐舌头做鬼脸，心里懊恼至极。

在这件事上，王音认为近亲不如不亲，为了让我避免再受此苦，家境较好的她从家里偷拿出来一些零食，还有她哥哥玩过的弹珠、自制皮筋铁丝枪，她暗地里用这些搞定了值日生。“喏！我可是冒着被我妈打的危险哦！”她向我翻了一下白眼，我投去了仰慕的目光。从此，我们的午睡时光很太平，只是比较同情天男，她不能和我们一起，不知要忍耐多少个美好的中午！

暑假，我们终于可以逃脱值日生的魔眼，却仍得在家里继续佯装睡觉，瞒过大人。我很纳闷，为什么大人们总是要强迫小孩午睡，其实小孩真的不想午睡，他们的心不在地上的那张方寸破草席，而在无限的外面空间。有一次，我反抗，妈妈拿着竹丝追着敲打我的胳膊，我听到了她的一种理由：“中午太阳高照，河水鬼（河妖）最活络，它要出来抓小孩。它有一种魔法，专门引那些走出家门的小孩到河里玩水，然后就把你拖下去。所以，这就是为什么那些小孩都是在中午淹死在河里的。这下你该死心了吧！”我觉得，妈妈一定是道听途说的，太迷信了。就摇摇头，硬着嘴反驳：“反正我没亲眼看到过河水鬼。”妈妈的竹丝再次落下来，我终于受不了疼痛，选择暂时投降。

那天晚上，我在睡梦中，迷迷糊糊地感到手臂上的刺痛缓解了，那是爸爸用嘴在吹我的伤痕，然后温柔地批评妈妈：“你下手也太重了点。”我顿时便委屈地哭起来，爸爸抱起我，说了一句让我顿觉疼痛减轻的话：“晴啊，你妈妈脾气急了点，但她只是不希望你有意外发生，我也不希望你出事，你万一出了事，我们怎么办？”我觉得妈妈只会发脾气吓唬人，而爸爸却总能说到我的心坎上。是啊！我多么希望妈妈一直是在乎我的，像在乎弟弟一样，她如果好好说话，像爸爸那样温柔，我一定不会嘴硬。为了不让爸爸操心，从此，每个中午我不再反抗，乖乖地佯装去午睡。

在我的熏陶下，妹妹很快也学会装睡。我们先让自己早早地趴在席子上，沉沉“入睡”，耳朵却是竖得老高。妈妈哼着小调哄着弟弟走向床边，经过我们身边时，停顿、俯身（我能感觉到她的气息）观察我们是否已睡着，然后继续放心地哼调，上床。

当听到妈妈的小调越来越慢，越来越轻，直至无声无息，我按住那颗早已经痒痒的心，告诉自己再忍耐一会儿。等妈妈终于响起了轻微的鼾声，我便轻轻推一下妹妹。有时候，妹妹会从佯装睡觉进入熟睡，我就不管她。但大多数时候，她的眼睛滴溜溜地转着，然后我们屏着气，提起塑料凉鞋，蹑手蹑脚地开门，悄悄出房间。

为了不被父母发现，我们有的是耐心，至少要走出家门100多米远了，才把手上的鞋子放在地上，穿好鞋慢慢走几步，接着便拔腿往山上的油茶树林跑去。常常是王音第一个到，我和妹妹第二个到，天男和她妹妹第三个到。有时候，还会有其他的小伙伴加入，我们一起采集山上的花草，一起捉迷藏，一起在树林里寻宝；有时候，仅仅是爬到树上说说笑笑也很开心。而这些属于我们秘密的欢乐时光，妈妈从来都不知道。有一次，一向爱睡觉的她说：“哎，你们真是不会享受，只睡一会儿就起来了，午睡多惬意啊，让我睡到半夜我都愿意。”我就这样回答她：“还好啊，我们也是比您早一点点起来而已。”

我们相聚的油茶树林，是非常阴凉的地方，大人们管这山叫风凉山，春天的时候，满山都是杜鹃；夏天的时候，栀子花香气四溢，还有很多不知名的黄白小野花和青青长长的藤蔓，我们常常用它们来编织花环；秋天的时候——啊！秋天，尤其是秋末初冬是我们三个共同喜爱的季节，不知为什么，也许是因为我们常常相聚的地方是油茶树下。坚韧的油茶树上挂满了素白黄蕊的油茶花和绯红的油茶果，片片如眉的枝叶嫩绿如海，圆滚滚的油茶果如小太阳般生长在树枝上。闲暇的清晨，我们会特地跑到山上，用嘴去吮吸油茶花蜜，脸颊都染满了黄色的花粉，弥漫着淡淡的芬芳和香甜，我们都很喜欢这味道。有时，我们吸不过来，便会小心翼翼地把花蜜引接到瓶子里，

带回家慢慢喝。

爸爸总是很自豪地跟我说："油茶树可是我们高塘村的发财树呢！它的果子能被家家户户提炼出油茶籽油，它是油中的珍品，可以卖一些钱。"有一次，爸爸带我去采油茶果，让我猜猜这树的特点，我看了半天，说："果子像小太阳，光亮亮红彤彤，花瓣像布做成的一样，树皮像人的皮肤一样。"他听了很高兴，朝我竖起了大拇指，然后发表了他的看法："你看到没，油茶树在外形上要比别的树沉稳，而且四季常绿。那是因为它有适应恶劣环境的本领，要历经五个季节十三个月的风霜雨雪。而且，只有油茶树是花果同枝，抱子怀胎，这算是人间奇观了。"经爸爸这么一说，我对油茶树新增了敬佩和亲切之情。

不过，"属于"我们三人的那棵油茶树只开花不结果，那是我们后来特别留意时才突然发现的。我把爸爸跟我说的分享给她们听。

"好奇怪，怎么就这一棵树不一样呢？"天男问。

"这不正是天意吗？我倒是发现，这棵树长得特别茂盛，花朵也很肥大。让我们像它一样，只管开自己的花，仅让人来欣赏，不结果子。"王音马上一语双关。

这一天正午，我们又偷偷地聚在油茶树下，知了鸣成一片，我们嘻嘻哈哈闹成一团。待兴奋劲过后，天男一边编织着花环，一边兴奋地说："我爸爸和妈妈已经很多天没吵架，也没有打我和妹妹了，还陪我们一起睡呢。昨天晚上，我都舍不得睡着，开心地听着爸爸的呼噜声听到天亮。"

"哦？他和你妈妈一定已经想通了，不会再一心想着要生儿子了。”我因为天男的高兴而感到高兴。

“他们会罢休吗？他们罢休，那个‘老骂子’肯定不会放过他们。”王音却不这么认为。她提起“老骂子”，我不由自主地心头一紧，想起了她的龙头拐杖。

“但是姐——姐，几——几天前，我听——听到爸爸在跟妈妈说话，他说，做——做人没意思。然后妈妈哭——哭了好几下。”天男的妹妹帅男因为急于表达，口吃着结结巴巴地插了一长句。

“看吧，他一定还在想着这事，觉得生了儿子才有意思。”王音坚持自己的观点。

“但已经没有办法了呀，难不成还要再躲一次？”我觉得不可思议。

“那有什么？我听我妈说，很多女人为了再生个儿子把远房亲戚都躲了个遍，我妈说什么来着？对，打游击战。”王音获得的信息总是最丰富。

“我们女儿有什么不好？那些儿子多淘气，又不干活。妈妈自己也是女的呢，也不想想。”

“我爸爸有一次喝多了酒说起，他兄弟几个中，就他没有儿子，奶奶说他不争气。我觉得我爸爸很不容易，他太辛苦了。其实，我一直希望爸爸妈妈生个弟弟，这样他们一定会对我们好的，不会再拿我们出气了。我多么希望爸爸永远像这几天那样对我好。”天男仰望着天空，无限憧憬的样子。

“天男，别多想了，也许有一天你爸爸妈妈会真的想通了，你奶奶也不再干涉了。”

天男望着我，眼睛里闪烁着信任和喜悦，那是一种备受安

慰的踏实和放松。

当天黄昏，我和王音在我们常聚的石道地上一边撑花线、打陀螺玩，一边等天男到来。但直到月亮升空了，她也没来。正当我们想要去天男家时，我听到爸爸远远地叫我的名字，便知道他从山上回家了，可能给我带回了美味的野果子，我便急匆匆告别了王音往家跑。

果然，爸爸带回了一种叫作“黄灯灯”的果子，酸酸甜甜。我和妹妹坐在爸爸的膝边开心地享受着温馨时光。妹妹缠着爸爸讲“聊天”，就是鬼故事，爸爸总是说：“聊天八只脚，逃去追不着。”他却喜欢给我们讲当年日本鬼子进村的故事，妹妹很快就把她的“榔头”脑袋歪在爸爸的手掌上睡着了，我却听得屏气凝神，有时不得不打断爸爸的讲述，告诉他我得喘口气，我得站起来好好地恨一下日本鬼子。爸爸看我高高噘起来的嘴唇，笑着阻止我，他说：“不要恨，恨人就是害己，要自己强大起来，让日本鬼子再也不敢来侵略。现在不是用枪杆子的年代了，所以你们学生子要读好书，用头脑、用笔杆子去战胜他们。”

我觉得爸爸说得很有道理，我说我要把这个道理告诉天男和王音去。说完就要出门，恰巧妈妈抱着弟弟进家门了，她说：“你今晚别去了，天男一家人在一起说说笑笑很开心呢，我看她爸爸从来都没像今天这样耐心过，真是太阳从西边角落头出来了。”

天男一直羡慕我，是因为我有个和蔼的爸爸。尽管我们之前在家里的地位是差不多的，但我爸爸还是很爱我，从来不会打骂我。她说她常常做梦，梦见她爸爸背着她，给她好吃的东西，对她笑呵呵。那么现在，天男的梦想实现了，她当然不愿离开家来找我玩了。

次日上午，天气还算凉快，爸爸就让我随他去山上帮忙为番薯除杂草。虽然有点不情愿干这个活，但能和爸爸在一起，我还是挺高兴的。一路上，我跟在爸爸身后，和他说着天男的各种好，又说："天男爸爸要是能一直像您对我这样对她就好了。"爸爸听后没作声，却慢下脚步，与我并排走着，把他的手揽在我肩头。我侧眼看了看他那宽大的手掌，稳稳地保护着我，满心的欢喜。我真想告诉他，我是多么向往他这个动作，这让我天不怕地不怕，当然连妈妈也不怕。但是，我说不出口，只让自己沉默着，用心地感受着。

在这个不大不小的高塘村，几乎人人都知道，天男爸爸是个生活不得志（他种的庄稼总是长势不佳，收成不好，所以家境也不好）的人，性格懦弱（任他的娘，也就是"老骂子"摆布，不敢吭一声）、脾气暴躁（由于前面的原因，只好把怒气撒在老婆和孩子身上），他平时沉默寡言，不交朋友，因为我和天男的关系好，和我家算是唯一的交情，偶尔来我家坐坐，也都是唉声叹气着抽闷烟。

"他也是有苦说不出啊，不过脑子也是一根筋，现在想通了就好了。"爸爸跟我解释。整个上午，我一边磨着洋工，一边叽叽喳喳地跟爸爸说个不停，说关于我、天男、王音之间的故事。爸爸一定听得出来，我很在乎天男，所以他说："你们以后要多去天男家，让她爸爸越来越开心，这样的话，天男也会越来越开心。"

天越来越阴，像要下雨。村里的高音喇叭也唱起了越剧，预示着午间要到了。爸爸站起身来,看看天空说:“时间过得这么快,都快十一点了,我们再干半小时活就回家去。”正要再次蹲下来,便传来一声声呼喊:“阿叔、阿叔——”只见隔壁大妈的儿子少亮气喘吁吁地跑上山头,一屁股坐在我们的地里,好一会儿才缓下来,一边擦着如雨的大汗,一边结结巴巴地说:“那个,那个茂安,茂安,喝毒药了,要,要死了,乱套了,阿婶,阿婶叫我快来叫您回去,快,快。”

第五章

茂安——天男的爸爸!

只见爸爸扔下手中的锄头,抬腿就跑,少亮跟上去。我看着他们的背影,一时还反应不过来,手中的泥巴一点点掉落。突然,爸爸停住脚步,回头朝我喊:“晴,你也快回家,把农具整理好,放着就是。”

他们转眼消失在我的视线里。在这寂静的山上,头顶的乌云铺天盖地地压下来,仿佛要把我吞噬。一颗心脏快要蹦到喉咙口,又被某些东西压了下去,我感觉有眼泪要涌出来,又被紧迫的慌张憋了回去。我用力地迈开步子跑起来,可是那呼呼的风力紧拽着我的衣角,让我的脚步跌跌撞撞难以稳定;又感觉屁股后面似有妖魔鬼怪狞笑着跟随——这情景像在某个噩梦中,我一个踉跄便摔倒了,接着一次、两次,一连摔了四次。看着膝盖上的鲜血,我终于摔醒了,放声大哭,边哭边叫边跑:“爸,等我!等等我!”

爸爸当然听不见我的哭喊,我也没有追上爸爸,就这样一路举着双臂尖叫着跑进村口。我看见前面有很多人如一股洪水,急匆匆地涌向一个方向,我追上去,汇入其中。

在离天男家不远的拐弯处，我听见了女人声嘶力竭的号哭，仿佛要把整个天空给掀掉。人群中有人也喊:“老天啊，罪过啊——”

我挤过密密林林的大人的腿，看见了躺在地上的天男爸爸，我看见了他整个人，但转瞬我的眼睛只被他嘴上汹涌而出的白色泡沫吸引，它们似乎正在将他淹没。我眨了眨眼睛，又看见天男的奶奶跪在他身边张着嘴“啊啊啊”地号叫着，双手高举着，像要去抓住老天的手，此时，她往日所有的骂词都浓缩成了一个“啊——”天男的妈妈跳着拍着自己的大腿，天男和她的妹妹趴着，死死地抱着爸爸的脚。接着，有那么一刹那，我感觉周遭的一切声音都静止了，一切画面都模糊了，就像电影的慢镜头加特写镜头。我只看到了那雪白的泡沫在漫延、在膨胀，向着我的方向……

待我再次反应过来的时候，天男爸爸已被人抬走，留下已经打翻的酒杯和农药瓶。现实的嘈杂重又回来，我看着天男，只需看她一眼，眼泪就奔涌而出。我跑过去抱住全身几近痉挛的天男，又被随后赶来的王音抱着，就这样，我们拥抱着，闭着双眼一起哭，一直哭到一点力气也没有了，眼泪也干涸了，我们还紧紧抱在一起。王音的妈妈过来将我们拉开，我慢慢睁开眼，看到了她在擦天男的眼泪:“好，不哭了，再哭要伤身了，这事谁想得到呀。”我看到我的妈妈和几个女人正在揉搓着天男妈妈的手，安慰着她。

我彻底平静下来后，听着众人议论纷纷，确信天男的爸爸死了，是喝农药敌敌畏自杀的，是从山上拔完草回家后喝下去的。我突然想起那天帅男说的话，她说她爸爸在跟妈妈说，做人没意思。难道,他早就有了自杀的心思?一定是了,否则他为何突然对天男姐妹那么好呢?这时,天男妈妈哀哀戚戚地回忆起来——

“十多天前的晚上,他回来说,他在山路上远远看见了一个雪白的东西,像是瀑布从天上挂下来。但那里是山,不可能有瀑布,没多少工夫,瀑布消失了,他感到全身很冷,像是有一个冰凉的东西侵入了他的身体里面,接着走路也很吃力。那晚半夜他就发烧了。我认为是他太累了脑子糊涂了,他却自认为是鬼缠身了,是阎罗王来叫他了。我觉得他是这么说说而已,哪会想到他要干这等事呢……接下来几天,他是反常得很,对我们百般地好,我都没有警觉。啊呀,是我太毛糙了,不知道他真的要走了,啊呀——”

在场的人都唏嘘不已,在这个总被鬼故事笼罩的山村里,大家都愿意去相信天男爸爸是被附体了,至于附体的原因,众说纷纭。有人认为,他整日唉声叹气、精神不振,毫光(那时村里的人们认为人活着就是因为身上有毫光,一旦这光没了,就会死去。按现在的说法,就是正气)倒掉了,邪气便入侵了。但多数人认为,是因为那两个未出生便被他弄死的女婴来报仇了。

我像听故事一样,听完就回到了现实中,确切地说,是回到了天男的现实中——这意味着,从此,天男从小渴望获得爸爸的爱的梦想,彻底破灭了。

在后来的两天时间里,我和王音一次次走进那个阴暗的堂前,陪我们的朋友天男守灵。每当我看向那团护在死人嘴上的白色棉絮(当地风俗),我总误以为那是泡沫而感到胃部不适。我想，原来是真的，我曾经对天男的担心都是真的，她真是太不幸了。

“都怪你这个讨债鬼，克夫的女人啊！克了肚子里的儿子又来克丈夫，我们家欠你什么了？”天男的奶奶突然指着天男妈妈边哭边骂。众人相劝：“老人家你别动气，伤了身子，这事不能怪她啊。”一向在老人面前忍气吞声的天男妈妈这次毫不相让，站起来回道：“要不是你一直逼我们生儿子，他才不会自杀，我也想一死了之。”“好，你死，你死，你倒是死给我看看。”天男奶奶的话音未落，天男妈妈就向附近的柱子撞去，幸亏被人拦住。又一阵哭天喊地。然而，天男却在这样的吵闹声中安静了下来，她不再哭，或者说已经哭尽了所有眼泪，她只是默默地、静静地看着她的爸爸，面无表情。我和王音，被我们各自赶来的妈妈从天男身边强行拉开，只允许我们站在门外，不能再进屋里去。“晦气，不要靠太近。”王音妈妈一次一次地提醒我们。

出殡后的很多个日子，天男一直保持着沉默，我和王音去找她，她也不理不睬，一个人躲在楼上。

直到有一天晚上发生了一件事。

那天晚上，天男在睡梦中听到了敲门声，她叫妈妈，可是妈妈累了睡得很沉，她便起身去开门，就在她伸手要去拨门闩时，透过月光，她从门缝看见了父亲垂着的双手，她有点害怕又有点惊喜地轻声问：“是谁？”没有回声，她继续问：“是爸爸吗？”依然没有回声。她大胆地打开了门，却发现门外空无一人。但是，她是如此确信，她听见了敲门声，她看见了爸爸的手——那双她永远都不会忘记的手。

当次日所有的大人小孩都笑话她患了梦游症时，她急得哭了，问我们：“雨晴，你信我吗？王音，你信我吗？”我和王音同时点头，说：“信。”然后，她就抱着我们跳啊笑啊哭啊，“爸爸还在的，他还管着我们，他还看着我们的，我不怕鬼的，即使他是鬼，那也是好鬼，他不会害我们的。我们的好日子才刚刚开始呢，他怎会丢下我们呢？”

中午的时候，我在门外听到爸爸在跟妈妈谈论着天男，爸爸担心地说：“我看这孩子脑子有点不正常了，雨晴跟她在一起会不会受影响？”

妈妈回道：“小孩子嘛，只是想念她爸爸，过段时间就会好的。”

这次，妈妈的回答倒是让我很满意。我冲到爸爸面前，对他有点不满，委屈地说：“天男当然正常，你才不正常，你们大人才不正常。”说完，不等他开口就跑到了楼上，蒙在被子里哭起来。我的内心非常矛盾，一方面，我愿意相信天男所说的一切；另一方面，我也担心爸爸说的是真实的——天男的脑子出问题了。

我去找王音。很多时候，当我疑惑不解或处于矛盾纠结中时，我会去找她，不光是因为她古灵精怪神通广大，而且她还有个博览群书的哥哥，总是会教给她许多科学知识。

“这个问题，我早问过我哥哥了，我们在天男面前，要相信她，如果连我们都不相信她，那她就太可怜了。但我们自己私下里要明白，天男说的话不可信，我哥说，那只是天男怀念她爸爸的心理在作怪，叫什么——幻想，对，是幻想，也就是空思梦想。”王音非常自信地说。

“那幻想会不会让她的脑子坏掉呢?”

“你傻呀你,想想哪儿会坏,我哥说,她想一段时间后,就会不想了。”

“可是,自从天男说过后,我就有一种感觉,每次去她家,我都会感受到她爸爸在头顶上方看着我们,然后等我抬头看房顶时,就会看到穿过瓦缝照进来的光线,它和其他光不一样。我听我奶奶说,死人上天后,会以光的形式来到人间的。”

“你那是迷信,老人说的大都是迷信,你也信?我哥说的才是科学。”

尽管王音是这样说的,但我一见到天男,就完全相信她说的。因为我看到她变得和从前一样快乐了,她那雪白的牙齿和乌黑的眼睛重现了光彩。我想,这些已经足够,管它是幻想的还是真实的,只要是让天男高兴的事,都是好事。

第六章

时间，是最公平、最仁慈的老人，它会抚平人们心中一切伤痛。

这年夏末，村里发生了一件让全体村民都奔走相告的大事——村大会堂里多了一个油漆发亮的立式柜子，柜子门的锁一打开，里面藏着一台方方正正的14英寸黑白电视机。

这件事让村里所有大大小小的人都抬起了骄傲的头。我们仨更是多了一个相聚的乐子。几乎每天晚上，我们都坐在高高的台阶上观看。一些小伙子为了能准时看到热血沸腾的电视剧《霍元甲》，听到那豪气万丈的主题曲《万里长城永不倒》，早早地穿好了干净的的确良衬衫，头发梳得顺滑整齐；而大姑娘们则穿上了花衬衫，编紧了麻花辫。一开始，男的坐左侧，女的坐右侧，中间隔着很多中老年和小孩。看到最精彩处，这边小伙子一声喝彩，眼睛却瞟向了那侧心仪的姑娘，只见姑娘一低头，那羞涩在灯光下暴露无遗。连续剧一集一集播，日子一天一天过，有小伙和姑娘一点一点坐得越来越近，到了年底就有媒人上门去了。

我爸后来常说，一台黑白电视机顶得上十个大媒人。“可惜——”他想起了自己的大龄小弟，“电视机再厉害，也不如家境好和人年轻活络啊。”

小叔三十出头了，家徒四壁，人又老实，他没有的确良衬衫，一开口就脸红，去看个电视也要等天暗了，最后一个悄悄溜进去站在最后头。爸爸叹口气，无奈地说：“看来他这辈子要打光棍了。”

爸爸把话题切换到电视剧《霍元甲》，连连招呼我：“雨晴，今天你不用洗碗了，早点去占座位，占前面一点，中间一点。”

我开心地把长凳扛上肩直奔村大会堂，天男伸长脖子在等我，王音却早已和一群小男生在台上吵闹着奔跑了。

对于我们几个来说，最喜欢的还是动画片《聪明的一休》——

格的格的格的格的格的格的
我们爱你
格的格的格的格的格的格的
聪明伶俐
……
困难重重
你毫不介意
爱惜时光
学习知识
你却最努力

我和王音选着最好玩的歌词，学着一休最经典的动作，一起逗天男，每每此时她就会掩面而笑。

国庆节,天男妈妈带着她们两姐妹回娘家去小住几天。我和王音都感到有点遗憾,仿佛要久别似的。而我,不知为什么,心里又有一种隐隐的担忧——自从天男爸爸走后,我对天男有了一种新的担心,具体是什么,我说不清楚。然而之后的事实,证明了我的担心是对的,想不到此行将在天男心中种下一粒永久性的毒种子。

“一星期吧,哦,最多五天,我一定要回来的,外婆家并不好玩,又没有电视机。”

“那你住一天就回来吧,住我们家好了。”王音说。

“不过,我小舅会讲故事,很耐心,对我也很好。我以前常常想,我爸爸像他那样就好了。只是他那么大了,还没有讨到老婆。外婆会经常念叨,这事倒真的有点烦。”

“雨晴的小叔讨不到老婆,你小舅为什么也讨不到啊?是不是长得很丑?”王音好奇地问。

“才不是呢,还是因为家里穷吧。还有我妈说,他扭扭捏捏像个女人。”天男说着就笑起来。

我们三人说着大人的事儿,一起到了村口,还是依依不舍。天男妈笑着说:“要么你们俩跟我们一起去外婆家玩几天?”我和王音立刻把头摇得跟拨浪鼓似的,因为这是不可能的,我妈妈还等着我回去做家务,王音的妈妈也不会允许的。

三天后的一个傍晚,我正在一边哄弟弟一边做晚饭,天男突然出现了。我放下饭箩,就朝她扑过去。

“太好了,你们这么快就回来啦?”

“我一个人先回来的,我妈和妹妹还在那里。”天男并没

有显示出我这样的热情，只是无声地笑笑，蹲到我弟弟身旁看着他。

“你想死我们了吧，我就知道，你会待不住的。”我还是沉浸在喜悦之中。

“不——”她突然声音变得哽咽起来。

“啊？你不想我们啊？那你为什么要一个人回来？”我绕到她面前，她立马把目光移开。

“没什么，就是想回来而已。”

“天男，你好像有心事，不行，你得跟我说，发生了什么不愉快的事吗？你外婆待你不客气？”

“没有的事。”

“那你会讲故事的小舅不在家？你觉得不好玩？”

一阵长长的沉默后，她再次开口：“不要说我小舅，我再也不想看见他了。”

“啊？到底怎么回事？”

天男一直支支吾吾到晚上，电视也不想去看。王音赶来我家后，我们三人坐在月亮下的草堆旁边，天男跟我们说了一件让我们咬牙切齿的荒谬的事情。

第七章

天男到外婆家后，第一时间便去找小舅。小舅带她和妹妹去买了糖，去溪流边玩，还给她们讲故事。天男最喜欢听八仙过海的故事，听得入了迷，一直到晚饭后，还是缠着小舅继续讲。外婆家没有多余的床铺，妈妈说：“我带你妹妹挤外婆床上，天男你挤小舅床上。”天男一听乐开了怀，她巴不得呢，这样，她就可以听小舅讲一个晚上的故事了。

天男不知道自己是什么时候睡着的，一个正在长身体的小孩子是爱睡觉的。她在小舅讲述许仙和白娘子的故事时睡着了，一开始睡得很沉很沉，然后她做梦了，梦里她走了很长很长的路，感到累极了。后来，她看到了一个开满鲜花的山坡，就跑过去躺下来休息，她闻着花香，伴着清风，快要睡过去了，却突然感觉自己的裤子滑到了膝盖。她想伸出手去拉，却碰到了一只手，那只手正在抚摩她的“小泡泡”。她一惊觉，意识清晰了，原来不是梦，是睡在旁边的小舅不知什么时候把她的裤子给拉下来了，那只手正是小舅的手。天男尽管不懂得详细的男女之事，但她大概知道了小舅在做什么。平时在众人面前说话还会脸红的小舅，被外婆说“老实”的小舅怎么能这样做呢？她为他感到害臊，她觉得自己的脸在黑暗中一定是很红很红的,她的心跳得好快好快。

她想叫出声,想逃下床去告诉妈妈。但天男,这个刚过十岁、尚未发育的小姑娘,身体里住着一个成熟的灵魂,长期小心翼翼看大人脸色的生活使她懂得了三思而后行。她知道,她若这么做了,那么小舅——一直以来让她欣赏又感到亲切的小舅,他的日子就会过不下去。她想起妈妈说的:“我这个弟啊,女人相,心肠细得一塌糊涂,什么都藏在肚皮角落,不够敞亮大方。”是的,她若是揭穿了小舅,他一定会无地自容。甚至,甚至会像爸爸那样结束性命。啊!那样太可怕了。想到爸爸,天男的鼻腔溢满了酸酸的液体,堵得难受。于是,她假装继续做梦,闭着眼翻了一下身。小舅发现她的动静后,快速移开手,并把她的裤子拉回了原处。接着,天男能细腻地感觉到小舅屏住了呼吸。空气一时凝固,在那长长的寂静里,天男的心在狂乱地蹿着,她用右手轻轻地压在那里,最后化作一个沉默的心声:“小舅啊,你真是害了我了。”小舅终于缓缓地吐出了一口气,轻轻地翻过身去,不一会儿,就打起了鼾。天男却闭着眼一直清醒着,直到快天亮的时候,才迷迷糊糊地再次入睡。

“你的亲舅舅哎!怎么可以这样无礼呢?简直是畜生!你怎么不告诉你妈和外婆,怎么不揭穿他?”王音捏紧了拳头生气地说。

“正因为他是我亲舅舅,所以我不能说出来,否则怎么做人啊!他就更加讨不到老婆了,我妈妈一定会骂我的,她可能还会说我造谣。”天男说完又用双手蒙上了眼。

“那你觉得你小舅他知道你当时醒了吗?”

“我想他应该不知道吧。第二天早上一起来,他就又给我讲了两个故事,好像什么都没发生过。我在想,他会不会是梦游呢？我多么希望他是梦游。”

“你太天真了,天男,我听哥哥说,男人长到了一定年纪,也就是有了胡子,声音变了,就会想要老婆。你小舅那么大一个人,肯定想了很多年了。他看到你,就熬不住了！哎,他有没有对你做其他动作?”王音追问。

“没有了,但我第二天晚上就找借口拒绝了和小舅一起睡。我看见他的脸红了一下。那一刻,我在心里原谅了他。但我却无法原谅自己,我突然觉得自己很脏。我看到他这个人,就感到自己身上很脏。”

“天男,你怎么可以这样想呢？这又不是你的错。再说,你也不脏,你哪里脏了？如果你不好意思开口,我们去告诉你妈。”我和王音异口同声。

“不,求求你们不要那样做。我妈不会相信的,再说,我也不希望再有什么不好的事情发生。我反正是一个肮脏的人,我奶奶在我很小的时候就说过,我出生时全身很脏,洗了很久才洗干净,她说我的前世一定是从很脏的地方来的。这次,只是小舅的事让我记起了奶奶的话,提醒了我,我是很脏的。”天男说完哭泣了起来。

我感觉自己的心有点疼,我轻轻地走过去,想去拥抱天男,谁知她猛地跳开了,哭着尖叫:“不要碰到我,脏的。”

我的眼泪夺眶而出,只能抱住王音哭,实在想不出能用什么话来安慰天男,心里真是着急、难受。还是王音有办法,她说:“天男,告诉你吧,我才脏呢！我五岁的时候掉进了粪坑里，全身被淹没，还吃了一点屎尿进去。被救出来后，足足臭了一个星期，谁也不敢靠近我。哪有谁比我脏啊？”

天男听得张开了嘴巴：“那你当时很难受吧？你用什么东西清洗的？肥皂水吗？”

“就用清水冲啊冲，后来妈妈听说，如果男的掉进去是没关系的，但女的掉进这种地方就是件伤风败俗的事，不洁的东西就会永远附在身体里。妈妈很着急，她听说红药水可以把不干净的东西赶走，就把整瓶红药水倒在了我的身上。我就整整红了半个月。”

“红药水可以吗？那是涂伤口的药呢！”天男认真地问，眼睛却放出希望的光芒。

“嗯，她们说，我有看不见的伤口，不涂的话，心里会慢慢烂起来的。”

“我想她们是对的，我不光是身上有伤，我感觉现在我的心里也有伤口，并且已经在烂了，我需要涂红药水。”天男摸着自己的胸口，那表情看上去仿佛那里真的已经在烂了。

次日下午，天男要求用红药水涂她的“小泡泡”，王音和我说：“那索性我们也预防一下吧。”于是，我们三个人反锁在天男家的阁楼上，脱光了衣服。我突然发现，天男的“小泡泡”已经有些红肿，上面还有抓破的痕迹！“天男——”我忍不住叫她。她连忙用手去遮掩，拿过红药水，背过身去，我又看见她的屁股上同样有抓痕。

“让一切在今天结束吧，天男！你不脏的，你是干净的，如果你是脏的，我们也同样是脏的。”

她没作声，用一块蘸了红药水的棉花快速地涂着那两个地方。

我禁不住地皱起了眉头，那些伤痕遇到药水会痛吧！我心疼地问："天男，痛吗？"天男摇摇头，又在胸口和后背也涂上。

我和王音也连忙行动起来，和天男涂得一模一样，然后我们站在一面破镜子前，正面反面、相互间看看，那样子实在是滑稽。王音禁不住大笑起来，我也跟着笑起来，天男终于也笑起来。

"天男，这下我们三个人是一样的了，我们都已经消毒了，是干净的人。"我望着天男。

"今天这事，再次让我们坚定了遵守我们曾经的那个约定的决心。几年之后，等我们长大，我们的约定一定会轰动整个高塘村，甚至整个镇，让所有人都惊讶，这一定是个天下最伟大的约定。我们这一生一定要做一个伟大的女人，不靠男人、不靠'茶壶嘴'，要靠自己。"王音一边欣赏着自己身上的杰作，一边得意地说着。

"嗯，我们干干净净地做一个单身的姑娘，绝不让男人侵犯我们，把我们弄脏，让我们经受生孩子的痛苦，让我们经受生不出儿子的歧视。"我也接着她的话大声说。

只有天男没有接话，但她还是点点头。

我觉得，这件事应该是平安地过去了。天男说的心头伤口也一定愈合了，因为她再也没有提起脏的事情来。

那年11月，村里有两桩婚事成了人们茶余饭后的重大谈资。其中一桩是天男妈妈和侄子天宝结婚了，侄子就是天男爸爸的远亲堂哥的儿子,他早已是一个大龄青年,却一直没有条件讨到老婆:一方面是家境不好,另一方面是因为他是个屠夫,专干杀牛杀猪的活,干多了,满眼弥漫着一股杀气,人家姑娘避他七分。

"嫁给这样的人,慌兮兮的,万一哪天喝醉了酒,迷糊了,把你当成一头猪,哦哟,太可怕了!"大家都这么说。

但是那年冬天,天男妈妈和这个比她小七岁的男人在一起了。这是人们闻所未闻的事——女大男小、婶婶嫁给侄子,"老骂子"一开始很生气,赶到天男家指着天男妈妈的鼻子骂她是狐狸精、扫把星。但转念一想,这等家丑也不外扬了,再说这个大家族中的后代再这样下去也是光棍一个,兴许这样族里还能多个"带把儿"的。于是,她又装出一副大慈大悲的菩萨相:"这有什么不正常的?两相情愿的事,老天都会成全他们的。再说,这样一来,天男母女她们也好有个靠山。"

后来听说,当年天男妈妈嫁到村里的时候,这个当时年龄尚不到二十的天宝就看上了她,只因辈分不同,也无因缘,便死了心。天男爸爸去世后,他勤快地来串门,帮天男妈妈干活。左邻右舍隐隐约约有些闲话出来,我妈听到了,我爸也听到了,然后在饭桌上我也听到了。我去问天男,天男却否认了:"天宝哥很好的呀,他只是来帮我家干活。"

但事实如流言一样,最先知道这个事实的却是我们仨。

有一天下午,我们商量着打算自己编织一条围巾,天男说她家的柜子里有一种毛线是绿色的,非常漂亮,而且有好几个线团,想带我们去看看。她说她妈妈这会儿一定不在家,她可以分给我们每人一个。

于是，我们三个蹑手蹑脚地走上阁楼，摇开竹门，却听得里面一声："谁？"但是，我们小孩子的脚却已经活络地迈进去了，我走在最前面，看见了那张床，天男妈妈躺在那里，露出一张惊慌的脸，她的身上趴着一个光屁股的男人。接着，天男和王音都看到了，我们转身就要跑，却被天男妈妈叫住了。我们就这样背着他们站着，等他们窸窸窣窣穿好衣服后来发落。天男的手指紧紧地钩着我的手，拨弄着。她朝我紧张地看看，嘴巴一撇一撇的，像要哭出来，仿佛她干下了一件伤天害理、惊天动地的丑事。

"雨晴啊，王音啊，还有我们天男啊，你们都是乖乖囡，你们什么都没有看见的，对不对？"天男妈妈绕到了我们面前，满脸通红，却佯装镇定地微笑着，以表示她的亲和。

我们三个不约而同地点头，王音加了一句话："嗯嗯嗯，我们什么都没有看见，也——没有听见。"

"这就对了！那么，现在，你们去外面玩吧，今天可以玩到天黑再回来。天男，晚饭也不用你做了。"

我们仨飞也似的跑了。

来到油茶树下，天男蹲下去，把脸埋在自己小小的双手里，双肩起伏，过了一会儿，她的声音才从指缝里艰难地发出："丢脸！难看！龌龊！讨厌——"

我和王音相互看看，也感到很不是滋味。我首先想到的是，下一次爸爸妈妈再谈起的时候，我会有什么反应？深谙世事的王音却在那儿自言自语，冷嘲热讽道："他们难道一直这样偷鸡摸狗？有种就去结婚啊，现在这样可怎么行啊，以后叫天男怎么叫他呀，叫天宝哥？叫爸爸？”

“王音——求你快别说了，我的脑袋要炸了，脏死了。”天男一边求着，一边用右手去抓自己的裤裆。我这才意识到，天男小舅对她心里造成的伤害一直没有愈合。我走过去蹲在天男身边，轻轻地跟她耳语。

“天男，大人的事情，我们也搞不懂，你也不要多想了，也许你妈说得对，我们当作什么都没看见，他们是大人。但是，你可不脏，你如果说自己脏了，王音怎么办？”我为自己能说出这句安慰的话而感到高兴。果然，天男点点头。

事实如此，大人的事情，我们真的不懂。过了三天，就听到妈妈在跟爸爸说：“听人说，他们真的要成亲了，长辈都已经同意了，名正言顺了。”我听罢，反而长长地舒了一口气。

然而，村里人的吐沫沸腾了。

在一片喧哗中，我也没见天男有什么特别不高兴的，她照常地上学、照常地和我们玩，偶尔说起天宝哥（她对他依然保持着这个称呼），她的反应也很自然。一开始，我对她的反应感到意外，直到她说了这番话，她说：“妈妈过得比以前开心了，只要她开心就好。再说，天宝哥对我和妹妹也不错，这样就好。”我便知道，天男她是太向往有个爸爸了。

慢慢地，人们浓墨重彩的谈资，因为天男一家人的无所谓态度而慢慢懈怠了，他们很快把目标转向了另一对新人。

第八章

就在天男家的隔壁，一个名叫华明的小后生要讨老婆了，讨的老婆是城里来的。听说这个女人做的戏很是上道，一腔一调都圆润。她长着一张鹅蛋脸，样子清秀，条干姣好，走路成一字，反正完全和农村里的女人不一样。

后来听一个长年在外跑腿的男人在村中央的石道地上栩栩如生地讲述着："今年夏天我还看到过她，简直是七仙女下凡，是穿裙子的嘞，袜子也没包一双，两条雪白的大腿就那样打着二郎腿，看上去是个有点厉害的女人，不知这个阿呆华明顶不顶得住。"说完，赤膊的男人们抖动着身上的肥肉哈哈大笑，女人们则白一下眼，带着很是不屑的口气说："那一定是个小妖精！"有的压低了声音从牙缝里挤出两个字"骚货"。

小后生华明是村里有名的"书呆子"，尽管他从小家里穷，没有条件，只上了三年学，但是他每天都要看书。他看的书都很厚，人们管这书叫"砖头"，他们说："喏，又专心致志捧砖头嘞！"

华明农忙回家后泥腿子都来不及洗，饭也顾不上吃，先要拿起书。拿起书的他就忘乎所以了：人们唤他，他听不见；他娘骂他，他也听不见。有顽皮的小孩做试验向他扔石子，他依然目不离书，只用手去揉一下被石子击中的地方。

这在农村是奇人怪事，所以人们称他为“阿呆”，经常拿他开玩笑：“阿呆啊，读书可以当饭吃？”“阿呆啊，读书可以增加小队的工分？”“阿呆啊，读书可以讨到老婆？”但是，这个冬天，人们悄然省略了最后一句话。喜欢读书的阿呆不但讨到了老婆，而且讨到的还是一个城里的标致的老婆。

听说阿呆华明上半年去城里打短工，在一远房亲戚家里吃饭，遇见了姑娘红梅。红梅姑娘发现华明尽管是个农民，但捧着书的样子文质彬彬、沉着英俊，便是一见钟情了，回家后便要她父母来提亲。父母获知后，哪里肯同意，但从小受宠又见过世面的红梅绝食抗议，终得成愿。华明父亲早逝，一直为他婚事担忧的老母亲老泪纵横，跪在堂前激动得磕破了头：“祖上积德啊，我们华明无德无能，却活活捡了个大元宝。”

喜事那天，几乎全村的人都放下了手里的活儿，主动来华明家里帮忙打杂，目的是可以尽早看见那位传说中的“七仙女”。我们小孩子也不省心，早早聚在大油茶树下商量，如何去问新娘子讨喜糖，顺便看看她的样子。

尽管我们三人有了庄严的秘密约定，但是对于新人结婚，我们依然喜欢凑热闹，这就是小孩子的天性。我们趴在天男家阁楼的窗台上，整个上午都俯视着华明家人来人往，一派忙碌、热闹的景象。我们三人各自的妈妈也都在其间，端着碗盘，正忙得不亦乐乎；时不时地向路口张望着，相互询问着时辰。一听说离 11 点还差 10 分钟时，大家都停止了手中的活儿，急匆匆地向路口奔去。我妈妈抬头间看到了我们，大手一挥，示意我们下去：“快去村口，嫁妆到了，新娘子也要到了，马上就要放鞭炮了,快摸红鸡蛋去。"

我们仨连忙跑下天男家那摇摇欲坠的楼梯,穿过人群,跑到了最前面。村口的小广场上已经围满了人,有些人还是外村来的,我们都不认识。只见大家围着的是好几个轿子的嫁妆:一个轿子的马桶痰盂、两个轿子的蜡瓶碗筷、三个轿子的棉被床褥……足足有十二个轿子,每一件大大小小的物品都用胭脂红的棉丝带系着。最后一个轿子,大家像看着西洋镜一样大呼小叫着:那里是铮亮的洋车(缝纫机)、脚踏车、收音机和一个镶着珠子的梳妆台,这是以往村里人见识过的最稀罕的嫁妆。有几个女人看得目瞪口呆,"啧啧"着口水都快流下来了。

小孩子们已经耐不住性子了,挣脱了大人的手掌,一窝蜂地围到了轿子边,把一只只脏手伸进崭新的被子,打开瓶瓶罐罐,去摸红鸡蛋、红花生、红糖果,惊喜得"哇哇"叫声不绝。大人们在一边指指点点着,着急地替自家的孩子出着好主意,真是巴不得自己亲自上去摸。

"大笨蛋,去打开那个蜡夜壶,里面一定有糖。"

"笨手笨脚的小人儿,快点,那床红被子里的鸡蛋要被摸光了。"

"哎哟喂,呆勿呆啦,勿要挤在一道嘛,快到另一个人少的轿子去。"

……

孩子们还在吸着鼻涕伸着脏手摸着宝贝,却听一声鞭炮飞起,这才捂起耳朵撤回到大人身边,细数着手中的战利品。我们三个却自成一派,远离唠唠叨叨的大人。无疑,王音摸到

的蛋最多。“要摸就摸大的东西，那些花生和糖，我才不要。”她一副精明的模样。我其次，但糖最多。天男只有几颗糖和花生，我和王音连忙把自己的蛋分给了天男，天男咬着下嘴唇，也很高兴：“回家我给妹妹一半。”

接着，锣鼓响起，一派欢天喜地，简直比过年还热闹，我听到站在我旁边的大娘在跟旁人说：“听说阿呆的老丈人在部队里当过军官的，是有文化的人。”又有人附和着：“这不是嘛，钞票全是娘家出的呢，要不阿呆家哪来这么多钱办喜酒，真当是运气跟到了他屋里！八百辈子修来的？”

“来了，来了，你看，那转弯处，红色的一伙儿人！”有眼力好的手指着远方，大家齐声“哦”一下，把目光放到那里。

“看到了，看到了，新郎、媒人和我们这边的家属走在前面，新娘子走在后面，好多的陪姑娘啊！一个，两个，三个……我看足足有九个呢，这排场啊，不得了！”

等待着、等待着，队伍终于近在眼前了，新郎和媒人走到了人群中，各自取出香烟或喜糖乐呵呵地一一分发过去。那些抬轿子的昂着头不肯接，因为他们想要更多的烟，直到满意为止。新郎华明还是一副若有所思的书呆子模样，连“呵呵呵”的笑声都显得老实巴交，好像这天大的喜事和他无关。媒人走路的时候是昂首挺胸的。显然，为这样一桩闻名的婚姻做媒、接应，也是件体面和得意的事。当媒人满足了所有人的要求，便站定，回头向新娘招手，洋号吹起，红红火火的队伍便向我们移过来了。人们睁大了双眼，像是训练有素一样，刚才的喧哗一时消失，人群鸦雀无声。

此时，我们三个小孩和村里更多的小孩站在最前排，清晰地看到新娘子红色绸袍子上的龙凤图案，以及镶嵌在边缘的金丝、大红绣花鞋上的鸳鸯图，还有那手上的丝帕、盘发上的金钗和银钗。只见新娘子脸施粉黛和胭脂红，嘴角上扬，迎合着向下微合的眼角，使得满脸如一轮圆月。天男的手又在我的手掌心挠着，低声说："新娘子真好看！"连扬言不喜欢看俏姑娘的王音都说："从来没有看到过这么漂亮的新娘子，我都被迷倒了。"

队伍热闹地向前移着，人群在后面跟随着，浩浩荡荡向着华明家走去。鞭炮声声不断，锣鼓记记响亮，赞美啧啧不绝。就连那些说过"骚货"的女人也都头脑发昏，忘记了妒忌。

待新娘子落座后，人们依依不舍一步三回头地散去，各忙各的去。我们仨却倚在门边继续死皮赖脸地看着她。本来我们也不敢，但王音说没事没事，我们只是小孩子，小孩子没有罪过。

经过了洗脸、梳头、喝糖茶等一系列仪式后，只见她——这个让所有人可望而不可即的新娘子，把目光投向了我们三个，她朱唇轻启，娴熟地伸出那优雅的兰花指："来，你们三个小姑娘，过来，拿糖。"在王音的带领下，我们开始移步，走近了，站定，我闻到了她身上温暖的香脂气，非常舒服。她把头微微向下，以便可以离我们的脸更近，问道："叫什么名字？"王音抢先报上了自己的大名，再看看我们俩，也替我们报上了。

"嗯，名字都很好听啊，我刚才在村口就看到你们三个了，以后我们就可以常常见面啦。来，把手摊开。"

说完，她先后从陪姑娘那里接过三把糖分别放在我们的掌心。我咬住下唇，心里欢喜，转过身，学着她的步子，慢悠悠地走着。在那一刻，我突然想起妈妈经常摇头叹气奚落我的模样和话语："手脚噶粗糙啊，动作噶野蛮啊，坐没坐相，站没站相，走起路来可以劈倒树杈，看着都没教养。"看我还不服气，她拿出一股子狠劲现场示范，"喏！快看牢我，像这样轻手轻脚，像模像样一些，要像戏台上的那些小姐一样走路。"

我寻思着，此时的我一定是符合了妈妈的要求，像个大小姐一样走着端正好看的步子。我的两个小伙伴跟在我的后面，想必也是不敢粗糙的。终于跨到门外，王音一下子就跳到了我的跟前，做出一个孙悟空的动作，再旋转两个圈，仰天大笑。我也把刚刚端着的优雅修养抛到了九霄云外，三个人追闹着直奔油茶树去享受那满满的甜蜜。

"哎，我们是享了这福，但是这个新娘子红梅真是可惜。结什么婚啊，一朵鲜花插在牛粪上，何况以后还要生小孩子。"王音躺在地上望着天上的云，一边含着糖，一边含糊地说。

"我觉得她一定是个思想解放的人，比华明强，她应该不会吃苦头吧。"天男接着说。

"我们就等着瞧戏文吧，老师不是说了吗？'人生如戏'，红梅既然会做戏，我们就看戏呗。"听我这么说，两人不约而同地把目光投向我。

当天晚上，王音见机行事，继续带领我们闯进洞房去讨喜糖。只见新娘子红梅坐在叠满了红红绿绿的棉被的床沿边上，用帐子半遮着身子（当地的一种风俗），但一见到我们她就露出了全身，不用我们开口要，她就摸出了一把糖，并且还从箱子里掏出了三条红格子手帕，给了我们一人一条。我们有点受宠若惊，这可是那些陪姑娘才有的礼遇，她竟然给了我们三个非亲非故的小丫头！

“你们藏进裤袋，不要告诉别的孩子。”她不慌不忙地说着，又把半个身子藏进了帐子里。我们仿佛接到了天上掉下来的大馅饼，高高兴兴大摇大摆地走出了洞房，看到那些挤在门口探头探脑的人，喉咙真是痒痒，实在是想对着所有人大喊“我们有新娘子的手帕——”当然，我们不会那么做的，连自己的妈也不会去汇报的，否则一把就被没收去了——我们才没有那么傻。

这场喜酒足足办了三天三夜，整个村子也热闹了三天三夜。

华明夫妇的婚后生活注定也是人们关注的焦点。当新鲜劲儿过去，人们已经不只是羡慕着、好奇着看西洋镜了，他们的心里有了一种评判——道德的评判。

“喏，早上竟然睡到了太阳升起，我看是个懒婆娘，你看看那‘书毒头’阿呆，看上去更呆了。”

“她竟然还戴那个东西哎，那个，那个叫什么东西？对，奶罩！还招摇过市，你看，还把它直接晒在晾杆上，都不遮一下。短裤也是，直接晒在上面，让裤裆对着白日。哎！这阿呆太任由老婆了，我是看不下去了，我看祖宗都要不安宁了。”

“我早就听说了她的作风，否则她哪会嫁到我们这种山窝窝里来，还嫁给这样无用的‘书毒头’？天下又不是没有男人了，真当是——定是在城里抬不起头来了。”

“她竟然管阿呆叫阿明，哎哟，叫起来噶亲热啊，不得了！这阿呆活也不会干了，迟早是要废了，等着瞧好吧，过不了一年，就要喝西北风了，我看她娘家管不了他们那么久的。”

……

人们在田地里、山岗外、弄堂间、卧室里，窃窃私语、交头接耳，生怕一日断了话题，生怕未来的日子没有好戏可看。人们指责着、嘲笑着，一双脚却是忍不住地往华明家门口走，因为他们晒衣服的晾杆就支在门口，奶罩、短裤，以及花花绿绿、干干净净的衣物都一览无余地展示在那里。

不过，我妈从不参与这些口舌，她有独到而客观的见解，这一点，不得不让我对她刮目相看。

“我看她不是那种人，尽管爱打扮、嗲声嗲气、清高，但你看这么长时间来，她除了和华明亲亲热热，从不搭理别的男人；除了夫妻双双去地里干活，也从不单独出门摆样子给人看，一个人关在屋里绣花。对于别人的风言风语，她也不在乎，够大度的。这高塘村的人啦，总是吃不到葡萄就讲葡萄酸，我也算是领教够了。”

她这么说着，一是为红梅打抱不平，二是为她自己出气。因为她刚嫁到高塘村的时候，也曾遭受过类似的待遇。尽管条件不能和红梅比，但是当年的她也算是个俏媳妇下嫁，初来乍到，一举一动都要受人数落和嘲讽。

由于我妈手巧嘴甜还热心，所以，她在年轻妇女中慢慢有了威望和地位，她在乎这些：在外面的形象和名声。所以，她不惜牺牲对家人的呵护和照顾的时间，整天跑到村里帮四邻忙活。有时爸爸劝她少管闲事，多管家里，她就很不高兴，理直气壮地说：“若不是我噶费心费力，靠你摸点田地，苦煞都没‘掏成’（收获的谐音）。”爸爸没话说。她又补充一句，“不过，我靠的是实力，也讲良心。”妈妈说的也没错，想当初她刚嫁来时，一间小黑屋，家里连一扇门都没有，如今已经造起了三间房。当初处处遭人欺侮，现在却常常有人来讨好。

由于妈妈在妇女群众中具有一定的号召力和影响力，于是她就有了一定的舆论导向权。当她这么为红梅说好话的时候，大伙儿也就慢慢不再谣传。但是有些人的心里总还是不舒服，嘴上不说，手脚却变得不干净。

有一天，我去天男家玩，经过红梅他们家门口时，红梅正好走出来。

我妈曾说，按照辈分，我应该唤红梅为阿嫂。红梅阿嫂这天看上去眼睛浮肿，她朝我招手，示意我到她那里，我便随她走进了她的卧室。

“雨晴，你先在这坐一下，我去厨房一趟后马上过来。”

我知道她家的厨房是在门的另一头。因为之前我家和他们家没有多大交情，所以这是我闹洞房后第一次清晰地目睹他们的房间。尽管房子比我家的要旧、要小，但却被她收拾得非常整洁别致；一张床尽管陈旧，但雪白的帐子高挂着，红缎被叠着，一对绣着鸳鸯的米色枕头齐齐地放着。我想，这就是我妈说的小姐闺房的样子吧！

我被房间里那大大的写字台吸引住了：那上面铺着一整块大玻璃，玻璃底下压着很多照片，多数是她做戏的剧照。正中间是一张她和丈夫的结婚照，两个人的头靠得很近，她笑得很灿烂。

写字台紧靠的墙上贴满了画，其中有一张是贾宝玉和林黛玉共读《西厢记》的剧照，一张是梁山伯和祝英台化蝶的剧照，而大部分的墙被越剧《金枝玉叶》的连环图画铺盖了。这种珍稀的图画，我只在镇上的远房亲戚那里见过，在我们村我还从没见过。

正在我盯着图画读着上面的台词时，红梅进来了，手里端着一个碗，碗里装着麦果，但那麦果的样子与我们平时家里吃的有所不同。我们是卷起来吃的，她是将它切成了三角块。“你吃吃看，我刚做的点心，放了白糖和芝麻的。”我就毫不客气地拿了一块吃起来。

“你看过《金枝玉叶》吗？”她抬头看着墙上的图画问我。

“去年过年，有戏班子来村里做过，他们还住在我家里呢。”

“哦？做得好不好？”

“那个演旦角儿的唱得不好听，还是我妈唱得好听。”

“哈哈，我也演过，我很喜欢这部戏，尽管我打心里都瞧不起里面的升平公主。”

“我妈说，你戏唱得很好听的。”

“那你想不想听我唱一段？”

“嗯。”

红梅马上挺了挺身体，伸出兰花指，两段弯弯的眉毛顿时飞扬起来——

头戴珠冠压鬓齐
身穿百宝锦绣衣
百折罗裙腰中系
轻提罗裙往前移
当今皇上是我父

我本是金枝玉叶驸马妻

……

我一时听得入迷，红梅笑得露出一口洁白的牙齿：“你听没听出来，这是一个挺骄傲的公主？演员就是这样，要把角色的特点表演出来。你会不会唱？”

我摇了摇头，一时红了脸。

红梅见我突然低着头不作声了，就坐下来，把表情一收，轻轻地问我。

“你们三个孩子常常一起玩？”

“嗯，我们是好朋友。”我回答。

“真好，我小时候也有好朋友，可惜长大了都散了。”

“为什么要散呢？”我顿时好奇。

“因为都嫁人了，天南海北，离得太远啊。并且人一长大，就会变心，各有各的心思。”

“并不是所有人都这样的吧？幸好我们三个已经约定了，我们不嫁人，所以会永远在一起，而且一定不会变心。”我一说出口，就知道说漏嘴了。王音交代过，我们的约定不能让大人知道，否则会闯祸。那么我闯祸了吗？我马上用手捂住了嘴。

“哦？这样啊，你们真是可爱，不过等你长大了，遇到心爱的人，会想和他结婚的。”

我低着头，一时懊悔不已，不知所措，心想王音知道了一定要骂我的。

“雨晴，我想我是理解你们的想法的，我小时候也这样想过。以后的事就以后再说吧。不过，我会替你们保密的，绝对不会把你说的告诉别人,包括你妈,放心吧!”

我妈又说对了,她曾说:“这个红梅,人家都说她懒,说她不会管丈夫,可她其实是个聪明人,我看她比任何人都聪明,只是别人看不到这点罢了。”

我抬起头看着她盈盈的目光,为了让我确信,她又点了几下头。在那一刻,我喜欢上了这个聪明的红梅。我想,我会跟我的朋友说,她是一个可以亲近的人。

“我想问你一些事,你能把你知道的告诉我吗?”她问。

“哦?可以啊,什么事呢?”

“我晾在门口的衣服,会常常莫名地丢失,昨天两条手帕又不见了,如果是普通手帕也就算了,但那是我自己绣的,心里很舍不得。你平时经过我家这边时,有发现什么吗?”

我听说过,有人在村口的垃圾堆里看到过一个崭新的奶罩和花短裤,不用说,全村只有她一个人有这样的东西,一定是有人搞了恶作剧。又有个女人家的楼窗口某一天晾出了一件粉红的绣花衣,被人猜测是从红梅家偷的。至于手帕,这些漂亮精致的、人见人爱的手帕,也就可想而知了。有一天,王音站在晾杆边,闻着那带有淡淡香皂味的粉红色手帕,坏坏地一笑,转眼从夹子里取了下来,没等我们反应过来就跑得无影无踪。我真的不能确定,那绣花手帕是不是也是王音拿的。

此时,这个优雅而真诚的女人,给我麦果、替我保密的女人向我打听手帕的下落,我该说实话吗?她这么聪明,是不是早就察觉到,手帕是我们这几个小孩子拿的?我低下头抚弄了几下衣角,在那短暂的时间里,王音的笑脸浮现在我眼前,她总是说:“我们是天下最好的朋友!”

“我……不知道呢。”我回答，眼睛不敢直视她。

“哦，那也没关系。我想拜托你一件事儿，我家只有一层楼，不像别家那样可以把衣服晒到楼上，只能支在门口晾晒。你跟你的朋友也说一下，平时我不在家的时候，你们若经过这里，就帮我留意一下衣服，好不好？”

“好，好！”我连连点头，已经觉得自己罪亏了。

“你真是好姑娘。以后常常来我家玩，阿明有一些书，你可以看，我还可以教你绣花和编织呢。”

第九章

冬天来临的时候，家家户户大大小小的女人们都扎堆坐到了一起搓稻草绳，稻草分成两股，用手掌将其搓成麻花，越搓越长的麻花在屁股后面盘起了一座小山。等到小山足够高，女人们就将其绕起来，绕成一个椭圆的草团子，中间留出空心，绳头便藏在那里，以备使用者方便抽出。我不知道这些草绳会被拿去做什么用场，但是女人们不停地搓绳，然后把一个个结实的草团拿去卖。有时，我们小孩子完成了大人交给我们的任务后，会再搓一根几米长的，用来和伙伴们一起跳大绳，往往这一根会搓得粗壮结实一些，而拿去卖的那些就会搓得松散一些。这时，我妈就会发出喟叹："人啦，讲到底，就是一个自私的动物，有些人的良心常常被狗吃了！"

她想以此来提醒我的良心。

良心，到底是个什么东西，对我而言其实是模糊的。我妈是这么解释的：如果我家里有两个番薯，一个大的一个小的，把大的给别人，小的留给自己，这是一个良心好的人。这样的人，老天自然会给他奖励的，这就像是你把钱一点一点存进了银行，存久了，便有了利息。

有一天，一个操着外地口音的乞丐来到我家门前，要知道，这在一个偏远的小山村里是不常见的。我们正要吃晚饭，妈妈连忙把他请到了餐桌上，给他盛了满满一碗饭，然后悄悄地嘱咐我们，今晚每个人都要少吃一点。结果那晚，我刚睡下，肚子就饿得“咕咕”叫了。妈妈说：“你的良心饱了，肚子饿一下就饿一下，有什么好委屈的。”我一度怀疑她不是我的亲妈——我五六岁那会儿，有个村里的老人曾悄悄告诉过我，我是被抱来的，我的亲生父母都在镇上。这番话害得我日夜想入非非，每逢难得一次跟着大人去到镇上，都要四处张望着，希望能与我的亲生父母相遇：也许他们很富有，会给我吃荷花饼、油馓子、油炖果、春饼等这些美味的东西；也许还会给我买粉红色的蝴蝶结和花裙子——我妈可从来都不会给我买这些，她说女孩子不要穿得太花哨，太花哨就会忘记读书。特别是穿裙子，她认为是一种罪过，她愤愤道：“裤裆都看得见的东西，哪算衣裳！”我想，如果我遇到了我的亲生父母，他们一定会对我百般疼爱的。爸爸会常常陪我，尽管我现在的爸爸很好，但他总是不见人影；而妈妈一定不会把我的饭拿给乞丐吃，为了她所谓的良心，让自己的女儿饿肚子。

不过，过了一夜，我便彻底打消了这个念头。次日早饭时饭桌上竟然多了一根油条，尽管有点焦了，但很香，妈妈说：“喏，这就是利息。”

原来她去小店打酱油的时候，正在煎油条的阿彩和别人聊天聊过了头，忘记及时捞出，那根油条就炸过了，卖相不好。她把它送给了妈妈，妈妈看着油条是新炸的，便欣然接受，一路闻着香喷喷的老油条，决定奖赏给我和妹妹：“喏，你们一人一半。我前脚从小店里跨出，天男妈后脚就进去了，她就没有，你们看这不是老天的奖励又是什么？就像上一次我去买那个白玉霜雪花膏一样，那一瓶正好见底了，阿彩就爽气地把整个瓶都给了我，其实里面还有好多呢。”

妈妈的这个教育有理有据，从此我便信了“良心”这个东西。当然我首先想到的是，我这一辈子一定要对天男和王音有良心。

我们三个人各自完成了三个大大的稻草团后，就从各自的妈妈那里要来了两根竹针、一团旧毛线，开始编织围巾——在红梅的家里。

一开始，天男妈和王音妈都反对自己的孩子去接近这个绯闻满天的女人，但都被我妈取笑了一番：“你们呀，耳朵皮都噶软，别人说什么就信以为真，我看她对小孩子蛮喜欢的，而且编织手艺也不错，去学学又怎样呢？”就这样，我们三个天天放学往红梅家跑，红梅便一边唱着欢快的戏文，一边给我们看她编织的毛衣和围巾，展示手上正在给华明编织的麻花纹毛背心。我们看了都很赞叹，平时我们的妈妈织的毛衣除了千篇一律的平针，就是元宝针，并且都是一色的，哪有这么好看的图案。我妈常说：“我什么花纹都会织，但没时间，穿着暖和就好。”

“一定很难学吧！”我好奇地问。

“世上无难事，只怕有心人。不难的。”她认真地回答。

“我妈说，织毛衣很厌烦，还不如搓稻草绳。”王音说。

“嗯，因为稻草绳可以卖钱啊，织这个毛衣是给自己和家里人穿的，换不了钱。很多人会这样想，能去换钱的事是值得做的，否则就不值得做。他们从来都没想过，为自己做点事，才是最值得的。”红梅一边说，一边把右手放在心脏的位置。我一直看着她的手，奇怪她为什么有这个动作。直到多年后，我才明白，她跟我们说的话，其实也是在跟自己说，对她来说，那是一种享受。

“可是光是为自己做，会不会变得没有良心？”我问她。

“良心？”她咯咯咯地笑得前俯后仰，“你以为良心是什么啊？对得起别人，不做害人的事；别人对你好，记得要回报。这样就很好啊。但是，在有条件的情况下，也不能牺牲自己，自己感觉好了，才能真心对别人好呢，否则都是假惺惺的。”我费力地理解着红梅的话，觉得她比我妈说得更好，因为我妈讲的道理总让我觉得自己是个没良心的人，心情也不好。红梅的话让我心里放轻松了，我觉得我还是有良心的。

“那你不想有更多钱吗？人人不都是为了钱吗？”这下王音发问。

“当然想啊，钱是好东西。但是要用脑子去赚，不是用蛮力气，更不是去捡人家的便宜。现在的日子是难一点，但不会永远这个样子的。我不会让我们阿明为了钱去拼死拼活，我宁可他一直是个书呆子。嗯，书呆子，蛮好的，我就是看中他这个样子。”一提到华明，她一下子就活泼起来。

我们都摇摇头，表示听不懂。她笑笑，也没理会，她把目光投向了他和华明的结婚照上，平静地说了一句：“走自己的路，让别人去说吧！”

那些天，红梅（她自己让我们这么直呼其名的）手把手地教会了我们编织围巾如何起针，还教我们平针和麻花针等多种织法，待我们可以独立编织的时候，我们三个人一有空就坐在大油茶树下埋头用功。有时,我看到本性好动的王音,觉得很好笑:要做这些细活,对她来说实在不容易。她的手脚最慢,但却是最有恒心的,一句话都不说,两条黄脓鼻涕挂到了上嘴唇,眼看就要横跨到下嘴唇,她猛地吸一下,那鼻涕便乖乖地溜回去了。她的喉咙就会发出一声“嗬——”,听起来很爽的样子,就像炎炎夏日的时候,那些刚从田地回来的男人喝上了第一口烧酒,他们也会满足地发出“嗬——”。

“为自己做点事,是值得的。”红梅的话常常在心头浮现,我们要为自己编织一条最喜欢的围巾,等到过年的时候搭配新衣服。

年,很快就来临了。我的围巾最先完工,天男的其次。其实,她动作比我快多了,但她总是太认真,哪怕织错了一针都要拆完重新来,所以拆拆织织,落在了我的后面。但即使这样反反复复,她也赶在了王音前面。王音看着我们的成果,有点沮丧,我和天男给她加油,终于,她也赶在小年夜那天织完了。神奇的是,她从此和黄脓鼻涕拜拜了,只留下两条淡粉的槽痕。她妈是这样总结的:“心思都在围巾上,两只手都没空去挖鼻子了,那些黄脓细菌断了粮食就饿死了。所以从这个方面来讲,我还真的该上门去感谢那个红梅。”当我把这话传给红梅的时候,她捂着嘴笑了半天。

这个年,我们过得格外欢喜!不光是因为我们围上了自己织的第一条围巾,而且天男的妈妈怀孕了。因为她重新嫁了人,是可以再生一个孩子的。她这次显得很有信心,就连“老骂子”都大放吉祥之词:“我那死去的儿是生囡专业户,这个天宝肯定不一样，有生儿子的种。”对新生命的希望抚平了老人心中曾经的伤痛。

对于高塘村的大多数人家来说，都是平平淡淡地重复着日子，即使是吵架斗嘴，也都是老调重弹，没有什么新花样，但走出家门，总是可以听到一些新鲜事儿。每当黄昏，大家都喜欢往石道地那地方赶，那是人们聚集聊天之地，就像是一个新闻发布中心。特别是夏天，大大小小的石头上都是人：一般是老人先到，然后女人或摇着蒲扇或抱着婴孩来了，最后，劳作了一天的男人赤着膊来了，站的、坐的、蹲的、躺的，高高低低、错落有致。小孩子们便绕着这些在他们看来简直就是雕塑般的大人身后捉迷藏，尖叫着、奔跑着。不一会儿，有吵架的、哭喊的、大人打骂的，各种声音此起彼伏。

一个春末初夏的晚上，天气闷热。从来不到石道地凑热闹的红梅来了，她带来了一个消息，说她原来做戏的剧团要来高塘村大会堂做戏了，她想问问大家喜欢什么戏。这下可热闹了，你一句我一句，七嘴八舌，小小的一方石道地像是沸腾的锅子。

剧目很快定下来了——《孔雀东南飞》，戏文班子在一星期后也来到了村里，我们学校放两天假，因为教室要腾出来做戏班子的临时宿舍。我们这些孩子乐坏了，围着红梅问这问那，还问她上不上台，她说她当然要上的。

次日，我妈便派我去附近村庄向亲戚们通风报信。跑在去姨妈家的崎岖山路上，我常常因为兴奋、着急而接连摔跤，当我气喘吁吁地冲进姨妈家，她先是一脸惊愕，继而盯着我满脸的泥巴和渗着血丝的手掌，便眉开眼笑道：“高塘村要做戏文了？”

我诧异地问:“姨妈,您是怎么知道的?”

她笑得抱着沉沉下垂的小腹:“哎哟喂,你每次来报信,都会摔成这样子。”

我脸一红,痛也不顾了,便催着她赶紧关门落锁,我得看着她完成这个动作,才可放心地奔向下一个村子。

在戏文还没正式开始之前,后场台要敲上多半小时的锣鼓。人们端着自家的长凳、竹椅纷纷拥进了大会堂,本来摆放在舞台正中央的电视柜也被移到了最边上。我和天男一圈一圈地绕着人群走着,时不时地看着王音爬上舞台和着那些气势磅礴的音乐高兴地东奔西跑,她小小的身子卷进幕布里和男孩子捉着迷藏。不过,她经常和他们玩着玩着就吵架,最后没有一个男生招架得住,她便凯旋回到我们的三人队伍中。“以后,任何一个男生欺侮你们,第一时间来禀告我,我一定为你们报仇雪恨!哼,男人家?长了个‘茶壶嘴’就稀奇了?有什么好稀奇的,还不是和我们一样两手两脚一脑袋?”每当看到她掸着双手上的灰尘,神气活现的威武样子,我们就觉得有此一友,此生不愁。

鼓声开始缓和下来,大人们便在台下伸长脖子唤着自家的孩子。但是,孩子玩出了兴致,神气地歪了歪脖子继续玩,他们心中有数得很:这样的场合不撒野,等什么时候?不过大人总是有招数,他们举着用旧报纸包成圆锥形的一包瓜子叫嚷“很香的五香瓜子嘞”,以此来引诱孩子。这些一年到头都吃不上零食的孩子,哪禁得住这般诱惑啊,袖子横扫,鼻涕一擦,转眼间,便像猴子下山一样从台上跳下来。

锣鼓声戛然而止,只听得台下一片嗑瓜子的声音,隐约夹杂着大人对小孩强忍而宽容的责备声和小孩的撒娇声。瓜子多是自家炒的，也有现场摆摊儿的老太太卖的，一般一角钱一包，这是专门为迎接这盛日而准备的。不过，这一切的杂音都是极为短暂的，因为后台马上响起了悠扬婉转的二胡和的笃声——戏文正式要开始了。而对于孩子们来说，戏文的开始则意味着高潮的结束，与撒欢儿相比，戏文本身是次要的。有的孩子还来不及缩回那条欢乐乐热乎乎的鼻涕，便在父母的腿上歪斜着脖子睡着了。而我们三个为了能一睹红梅的扮相，还活络新鲜着。

大红幕布尚紧闭着，幕后却传出大合唱声，慢慢地唱，反复地唱，唱得我和天男硬是背了下来：

孔雀东南飞，五里一徘徊
两地共相思，徘徊惜分飞
海誓山盟志难移，只求孔雀双比翼

我感觉天男在抽泣，而王音在笑她："真有你的，还没开始就多愁善感了，我真是有点担心你。"

"担心什么？"

"担心你是第一个出局'三人组'的人。"

"去你的，我才不会。"

"嘘！兰芝来了。"

"兰芝？"

只见《孔雀东南飞》中的女主角兰芝——红梅迈着小碎步从幕后移了出来，她的脚下仿佛安了轮子，我们看得出了神。"想不到，她扮起来噶好看，比原来更好看了。"我听到我妈小

声赞叹,我听了也很自豪,赞美红梅仿佛就是赞美我自己。

那晚的剧情具体怎样,其实我能记得的并不多,我就是看着兰芝,快乐着她的快乐,痛苦着她的痛苦,到最后她自尽时,我竟也非常难过。天男却全都看懂了,早已泣不成声,扑在我的怀里,絮絮叨叨:“我恨兰芝的婆婆,我恨兰芝的妈妈,是她们逼死了兰芝,她和仲卿那么好的一对,他们在一起多好啊!”有那么一会儿,我也有了王音的担心,隐隐感到天男总有一天会离开我们。

戏文结束后的日子里,人们对红梅的态度有了很大的改变,有的开始去她家串门,送一点自己家种的东西,甚至去跟她套近乎。石道地舆论圈风向一转,开始讴歌她——

“她从不跟人计较。”

“也不多嘴多舌。”

“没听到她骂过人,也不跟人吵架。”

“她把华明的衣服洗得多干净。”

“她做了点心,常常端给她婆婆吃,也给王瞎子。”

“听说这场戏文是她为村里争取来的,而且村里一分钱都不用付。”

我妈,这位年轻妇女群众的领头人,当然也不例外。她甚至很远就会热情地呼唤:“红梅,来玩!”有一天,我妈回来很得意地跟我爸说,“红梅倒是有眼力,嘴巴也甜,她说我是个靠得牢的人,以后要常来找我。她还说,她喜欢我们家雨晴,说雨晴以后会有出息,这话说得可真利时。”

“妈,你漏说了,还有天男和王音呢,她们也有出息,我们三个会一样出息。”我马上补充。

“没有，她可没说到她们两个，就说了你呢，我听得一清二楚。”我妈一本正经地说。

“当然啦，你在，就夸你女儿。别人在，就夸别人家女儿，套近乎而已。”爸对妈说。

“她才不会套近乎呢，她可实在了，我们三个都喜欢她。”我对爸说的话有点不高兴。

“那就正好说明，你有出息，你的好朋友没有。哈哈。”爸说完就笑了。

我一时怔住，肚子里翻江倒海，却不知说什么好。

在那段日子里，我们三个更是频繁地去红梅家里，她把珠串、凤冠、金钗和银钗、各色布花、珍珠项链，还有化妆盒里鲜红的胭脂粉，长长的假发，都一一拿给我们观赏。“这些物件快没有用了。”她说。

“为什么？它们都还那么新。”我马上反问。

“我要生宝宝了，我答应过阿明，有了宝宝，就不再做戏了。以后就安安稳稳在家里。”

“哦，你做戏做得真好，扮的样子也很好看，大家都这么说呢。”

“好看又怎样？你们看兰芝，这样的命运多悲惨，但我不会成为她的，你们也不要。”

“那万一有人待你不好呢？兰芝是因为别人不好，才落得这个下场。”

“人为什么一定要别人对你好呢？一定要自己对自己好，这样就不怕别人对你不好了。好的生活是要自己争取的，不要被别人摆布，尤其是我们女人。现在是新时代，讲究男女平等。”

“对呀,那是过去的封建社会!”

“我常常听到人们在怨自己的命苦,那么,这个命不苦也变得苦了。办法总是有的,看你愿不愿去想。”

我们三个听得如痴如醉,觉得她说的每一句话都很有道理。

“红梅,你为什么知道得那么多?我妈比你年纪大,这样的话,她可一句都说不出来。”王音好奇地问。

“这都是我妈和我爸,还有老师教我的呢。”红梅自豪地回答。

“那你的爸妈太厉害了。”

“我硬要嫁过来时,我爸尽管很难过,但他还是送了我一句话。他说:‘无论到哪里,命都是掌握在你自己手上的,再困难的时候,也要相信自己,一定要有自己的想法。’这个高塘村的人,特别是女人,从来都没有自己的想法和活法,为人还刻薄,不允许别人有自己的想法和活法。她们总是按照传统的一套,活在看似不可以改变的现实里,没有想法的现实是多么悲苦。我喜欢和你们说话,是因为你们三个,与她们不一样。”

“只是你说的有些话,我们听不懂。”王音说,其实她也道出了我们的心里话。

“这有什么关系呢,先藏进心里,以后慢慢会懂的。”

有一次,我故意不约天男和王音,自个儿去红梅家。我想问个明白,她为什么没说她们两个有出息。

“为什么呢?”我问她。

她看着我微微一笑,把目光投向了她手中的绣花圈上,她正在绣一朵我从未见过的花。

“你知道这是一朵什么花吗？”

我摇摇头：“没见到过。”

“这个叫荷花，长在池塘里的，有一句话叫‘出淤泥而不染’，说的就是这种花。尽管它的根扎在烂泥里，但是它的茎和花一尘不染，非常干净。它是所有花中最有灵气的。灵气，你懂吗？”

“嗯，有人说过我是一个有灵气的小姑娘。”说完这句话，我有点不好意思地红了脸。

“我也正想这么说呢，你是一个有灵气的小姑娘。”

“难道她们俩没有灵气？”

“不能这么说啦，小孩子都是有灵气的。”

“我就说嘛，我们三人是一样的。”

红梅认真地端详了我一会儿，微微一笑：“不是我偏见，王音这姑娘太刚烈，像一根棒一样，容易折断，你懂吗？天男这姑娘太懦弱了点，没有主见，任人摆布。你这样刚刚好，说实话，我更喜欢你。”

红梅这么一说，我便明白了，王音和天男的个性本来就是这样。不过，能这样被红梅表扬，我心里还是乐滋滋的。

有那么一会儿，我们都各自陷入了沉思。

“红梅，哪里能看到你绣的这种花呢？我们这里的池塘可没有。”

“你以后一定会去大城市，那时你就会看到的。我第一次看到荷花是在杭州的西湖里。”

“杭州？西湖？在哪里，很远吗？”

“嗯，我想你以后会去的。”

“天男和王音会和我一起去的，对吗？”

“也许会吧。如果你是一个人去看的，就也替她们看看。”

我似懂非懂地点点头，起身要离开的时候，红梅拉着我的手，温柔地看着我，意味深长地说：“雨晴，其实，每个人都有自己的命运。命运，你懂吗？但每个人也只能管好自己的命运，没有办法去管别人的命运。”

从红梅家出来后，我心中有了新的疑问：

“我替她们看荷花，这怎么可能呢？”

“她说的命运，到底是什么样的？”

……

第十章

这一年的儿童节前一天，老师告诉我们明天要去镇上看电影，这一消息让我们的血液都沸腾了。电影院——我们可是从来没有进去过，连门都没看到过。我只听红梅说过，她和华明曾一起去看过一部叫《三笑》的电影，夜里回村的路上还被人用手电筒恶作剧地来回照。“看个电影都被当成怪胎，思想真是落后！”我记得她当时是这么跟我们说的。如今，我们也要去看电影了。

放学后，王音叫上我和天男，还有她认识的两个大男生，说我们五个人明天天蒙蒙亮就先出发，去坐第一排。当晚我瞒着家里跑到做裁缝的表姐家，去看看妈妈早些天给我今夏买的布料是否已被做成了衣裳——粉红色的确良衬衣和墨绿色喇叭裤。表姐说做好了，但还没熨平整。我一看衣服做好了，兴奋得不得了，马上说“没关系没关系”，拿着新衣服急急忙忙地回了家。

次日一早，我穿上新衣服，到村口和大家集合，踏上了去镇上的路。我们一路上说说笑笑，待我们走了将近四分之三的路程，已远远看见镇上的房子时，忽听后面传来叫喊声，我们回头一看，原来是我那校长姨夫带着整齐的大队伍追上来了。我们这才明白自作主张的后果了，只得靠边站成一排。校长经过我们时，脸拉得很长，严肃地说："你们几个就在这里站着，我回来之前不许离开。"

我们面面相觑，只能垂头丧气地看着大部队向镇里走去。大概过了半个多小时，校长一个人小跑着返回，板着脸说："你们知道错了吗？你们擅自行动，大家找不到你们，多担心啊！王雨晴，是不是你出的主意？我真想让你一个人站在这里。"我想解释这不是我出的主意，是王音的主意，但最后还是欲言又止，我要保护王音。

见我一声不响，满脸通红，校长一声令下："走！现在跟我走吧！"

我们默默地跟着他来到电影院，就要进门时，他突然停下来，用手指在我们每个人头上重重地敲了一下，咧着嘴说："这是猴子一样急的惩罚，现在电影已经放映了，你们悄悄进去，在最后一排坐下。"

这是我们看的第一部电影：《城南旧事》，里面有一个叫英子的小姑娘，她像天男一样美丽和善良，我时而为英子的悲伤而流泪，又时而为她的快乐而欢笑，但天男却一直在抽泣。而坐在我和天男中间的王音则是面无表情，仿佛无动于衷。

电影里的歌声那么动听，我们在最后都情不自禁地一起随着唱起来——

长亭外，古道边，芳草碧连天

晚风拂柳笛声残，夕阳山外山

天之涯，地之角，知交半零落

……

我想起红梅说过的话，长大了，她和童年伙伴都各自分散了。我看看天男，再看看王音，我低头沉思着，难道我们也会吗？我不禁惆怅起来。

为了惩罚我们的无纪律、无集体意识，校长让我们几个各写一篇300字左右的电影观后感，我竟然洋洋洒洒地写了500字，题目是《我们永远不会别离》。

我是如此相信，我们仨永远不会别离！

很快，这一年的暑假到来了。我们像往年那样聚在油茶树下汇报各自家里的情况。

“我妈妈快要生孩子了，我太忙了。”天男说。

“我很不高兴，我爸妈明天就带我哥哥去城里，我伯伯邀请他们去做客，把我一个人留在奶奶家里。我说我也要去，他们说下次带我去，他们一直这么说‘乖，下次带你去啊’，结果怎样？从来都没有下次。其实，我知道，是因为哥哥比我多一样东西，他们总是嘴上说得好听，其实一直都不公平。”王音说着说着就罕见地痛哭起来。她很少哭，但每次一哭必是惊天动地。

王音家算是半农半工，田地比较少，农活也不多，她爸爸是在剧团后场工作的，专吹唢呐，所以他也算是走过很多地方见过世面的人，平时见到我们也是笑呵呵的。但他很少带着王音，只要外出，身边必定带着王音的哥哥。有一次，他跟我爸说：“带儿子出去，这是体面。”

王音的妈妈是个很没有主见的人，平时对丈夫唯命是从，为人又尖酸刻薄。我妈说：“这样的人不值得深交，场面上过得去就行了。”她还跟我说，“希望她的女儿王音长大了不要像她，你也不要学她……”没等她说完，我马上还口：“才不是，王音可好了。”

直到我成年后，才突然明白，为何王音从小就让自己像个男孩一样。她一直盼望着有一天，爸爸能够大方地带着她去看世面，并为带着她同行而感到体面！

“我也有穿不完的烟叶，我妈还买了二十多只兔子，说它们每天吃的草要归我提供了。”我想起这些任务，心里也不是滋味。

“不过——”我想起红梅的一些话，“我们总还是可以有新想法的，比如可以请红梅教我们绣花？或者教我们唱戏做戏？”

大家也觉得这是个不错的主意，我们从油茶树上一个个跳下来，勾肩搭背地往村里走。王音在中间，天男在左，我在右，我可以感觉到王音的手力很大，我瘦削的肩膀有一种要被压垮的沉重感。我用左眼余光看看她，那张脸上写着一种让我捉摸不透的神情，我的心中突然莫名地涌上一股酸酸的感觉，我有点难过，有点同情。我们三个人中，我曾经只同情天男，王音一直都是我心中最强大的人。然而此刻，我同情她，纵使她的力气那么大，但我为她感到心酸，人人都叫她假小子，可她真的只是一个——假小子而已。

王音的父母带着王音哥哥离家外出后，王音就来我家找我，她悄悄邀请我一起去云上水库玩，说有几个邻居的小哥哥一起去，有很多好玩的花样。我知道那里山花烂漫、鱼虾成群，爸爸带我去过两次，有一次是带我们三个一起去的，我非常喜欢那里。我正想答应她，但转念一想，我妈肯定不会同意的。果然，我正犹豫着要不要跟妈妈编个谎言时，我妈就过来了，看到王音，随便打了个招呼："王音来了。"然后马上转向我，"雨晴，外公说要来，我要去外面办事，中午饭你烧给他吃。"我只得偷偷地朝王音做了个无可奈何的鬼脸。

王音又去找天男，天男却发烧了，正躺在床上。于是，王音骗过了她的奶奶，随一群小男孩上山去了。

在平日里，我和天男的家务多，王音空闲时间较多，约不到我们的时候，她总是混在一帮男孩子中间，和他们一起爬树，玩打棒、弹弓、铁环等，所有男孩玩的，她都玩得很溜，并且在他们中间很有话语权。有时候，她会带着一串比她小的男孩子耀武扬威地来到我们面前，鼻涕左右横擦，留下浓浓的痕迹，就像猫须。愁眉苦脸的天男常常因为看到她的模样瞬间被治愈。有时，我们戏称她为"丐帮帮主"，她笑嘻嘻地接受。

"你是我俩的保镖，你一定要最后一个死。"有一次，我们头碰头躺在山岗上，我跟王音说。

"我也这么想。"天男跟随。

"死？呸呸呸，还没开始做人，就讲死？我奶奶那么老了还能上山打老虎呢，你们两个毒舌头、乌鸦嘴。"停了一会儿，王音补充道，"你们俩真够自私的哦，最后剩下我一个人怎么过啊？让我孤单死吗？那可太难受了。"

"那等我们老的时候，一起死吧？"天男非常认真地说。

"嘘——不吉利，别再说这个话题了。"王音猛地打住了。

王音走后，我心不在焉地剥着豆子、洗着菜，心里闷闷不乐。外公跟我说的什么话，我半句都没听进去，我的脑海中不断地切换着王音的画面：先是皮肤黝黑的王音，像小鸟一样叽叽喳喳地说着话，她的声音像百灵鸟。然后是我省下立夏的鸡蛋给她吃，她把她爸爸从外地带回的包着金色纸的糖给我吃，我吃完糖舍不得扔掉漂亮的糖纸，每一张都抚平后夹在一本簿子里。王音看到后说："反正我城里的亲戚家有很多糖，每次都会把糖纸给我留着，过年时，我再给你一些，也给天男一些。"然后我们手拉手，一起唱《小燕子》。

我发现，所有关于王音的往事都是快乐的，除了有一次——她的拿手好戏是"搭桥"——她的身体很柔软，她慢慢向后仰，直到双手反转撑地，她便轻易地用身体搭好了一座"桥"，让小伙伴们一个接一个地从"桥"下钻过，"桥"塌下来被压住者就要受罚。有一次，我刚钻进"桥"洞，"桥"就塌下来了，我被她死死压在下面，她起身后拍着双手像猴子一样跳着笑着："我压住雨晴了，雨晴唱歌。"她明明知道我五音不全，却故意当着大伙儿的面让我难堪，我一点儿都不高兴，为此和她冷战了两天。和好后的那天，她和我拉钩，说再也不会让"桥"塌倒了，要做一座千年不倒的"石拱桥"。想起这些，我心里有点过意不去，觉得自己太小肚鸡肠，她只是玩了一个游戏，代价却那么大。我想，我以后再也不会这么蠢了。

后山的知了叫得很急，叫得我心烦意乱、浑身冒汗。这一天的事情特别多，我一直忙到下午两点多，好不容易闲下来了，我想去天男家看看。刚出门，便看到红梅急匆匆地向我跑来，脸色发青，她很少这个样子的。还没走近，还没等我开口问，她便挥着手，急急地喊："快，到村大会堂门口去，王音她出事了。"

"啊？王音怎么了？她不是去云上水库玩了吗？"我一头雾水。

"是，去就是了，我已经叫天男去了。"

王音死了！

她的紫红色格子上衣因为湿透的缘故显得特别鲜艳，她的皮肤有些紫，嘴唇深紫，像中午我切过的茄子。她的头发尖还在滴水，她笔直地躺在大会堂门口的长石凳上，那条我们三人常常排排坐的凳子上。在我的记忆中，她从未如此地安静过。我第一次发现她的身材如此修长，我为亲眼证实了大人所说的"人躺下时比站着时要高"的说法而感到踏实。甚至有那么一刹那，我竟然还感到一丝欣喜。

她的奶奶坐在她身边，双手掩面，一声一声地哭喊着，很多人围在她身边，除了她的爸爸妈妈和哥哥，他们是还在城里欢乐着呢，还是已经在赶回来的路上了？想起他们，我心头涌起憎恨，都是他们的缘故，他们重男轻女的缘故！

所有的人都在哭泣，有重有轻，夹杂着咒骂声和叹息声。我和天男蹲在不远处的石柱边，互相抱着，天男扯着嗓子哭着，我却只是默默流泪，眼睛始终盯着王音一动不动的身体。然后，我发现了两只苍蝇在她的眼睛上方盘旋，我感到自己的眼睛很痒，仿佛它们是在叮咬我一样。我终于忍不住，朝她走过去，想去赶走那两个可恶的家伙。然而就在三步之遥处，我的婶婶突然穿越人群，以最快的速度将我拉回原地。她强压着怒气悄声说:“晦气煞哦,不能靠近。”我一时感到恍惚,似在做梦。

去年的暑假,我看到了天男爸爸的死亡,那时,我们闭着眼睛哭得昏天黑地。此时,王音,我们最好的朋友,她躺在那里,她死了,她是多么不想死啊!她想做一座千年不倒的“桥”,她还想活到像她奶奶那么老时还能踮着小脚驼着背上山呢。

但是,她死了,死后的人到底会去哪里?奶奶曾说:“人死后灵魂就上天了,天上又多了一颗星星。”当时,我感觉太有意思了,接上她的话便说:“那我现在就想死,我要去天上做星星。”奶奶连忙捂住我的嘴,还夸张地“呸呸呸”向地面吐唾沫。我爸爸说:“人死后啥都没了,最后烂成一堆泥。”我妈不信他这一说法,她这样辩驳:“那难道我们的泥墙都是死人糊成的?走的路也是死人铺成的?我不信,我认为人死了灵魂不会死,它去一些它可以去的地方了,但它随时会回来,还能看到我们。”我妈妈说,这是她的妈妈生前告诉她的,“她死后那么多年,我能感觉到她常常回来看我们,我们看不到而已。”

我突然想起天男的话,她不止一次地告诉我,她梦见了她爸爸,也看见了她爸爸的影子在家里闪过。有一天晚上,她还看到他给她盖棉被,对着她笑。

对了,她说的和我妈说的几乎是一样的。我不知道红梅会有什么答案,但现在我最喜欢这个答案。我们最好的朋友王音死了,但她还有灵魂,她还会听到我们的声音,看到我们的模样。唯一的遗憾是,我们几天后就看不到她了——我们再也看不到她了,一想到这个,我悲伤地放声大哭,并且越哭越伤心。我和天男几次想靠近王音孤独的身体,几次都被大人拉开了,一次比一次拉得远。最后,他们再也不让我们留在现场。

我妈妈后来告诉我,那天上午,王音跟随五个小男孩到了云上水库边,一个年龄最大的男孩激将她:“听说你搭‘桥’很厉害,但是桥下总是有水的,看你有没有胆量在这水里搭。”说着,他已经站到了浅水处,让王音过去。

“搭就搭,谁怕谁,但你们要一个个从‘桥’下通过,谁被我压住了,谁就要从这里游水库一圈。”听罢王音的条件,大家鼓掌通过。

王音把双脚插在水里,娴熟地架起了她的“桥”:“啊!我看到了倒影,好看的倒影,我第一次看见这样的倒影,太好看啦太好看啦!可惜天男和雨晴不在这里啊!”

男孩们已经排好队,一个一个从她身下穿越,轮到一个稍胖的男孩时,他被“桥”洞卡住了。他一使劲,结果“桥”洞被掀翻了。王音身子一歪,脚下一滑,“桥”便塌了。她快速地滑向深潭,她挣扎着想爬上来,却抓不着任何东西。她朝大家喊:“我的脚抽筋了,快来救我,水太冷,我在往下沉,快!”然而,那几个刚刚还激动兴奋的小男孩被突如其来的变故惊呆了,待他们反应过来,才发现王音已经离岸越来越远,她的头顶在被一点点淹没。年龄最大的那个男孩跳下水,奋力游过去,却再也摸不到王音的身体。整个过程,也就是短短的几秒钟。

“云上水库?这地方小孩能单独去吗?大人都不敢。那里根本没有浅处,直接就是深潭,并且水冰凉刺骨。”爸爸后来说。

“雨晴，上午王音来叫你去，难道就是去那里？我都没听清楚，啊呀，幸亏你没去，否则……”妈妈竟然后怕得哭起来，我也跟着哭起来，那是一种非常复杂的心情。

次日，我和天男去村大会堂见王音最后一面，她的爸爸妈妈哥哥都已经回来了，他们跪在她身边，涕泪纵横。她的爸爸用双臂小心地环着她小小的身子，却没有触碰到她，好像怕弄疼她、碰醒她。我想，王音这会儿一定在笑吧，这曾是她多么向往的事情，这是她一直向往的爸爸的拥抱、疼爱和怜惜，现在她终于如愿了，却是以死亡为代价实现了这一个小小的愿望。

王音像睡着了一样，只是她的全身染上了一层紫光，包括她的指甲。紫色——那是她最喜欢的颜色，她最喜欢山上紫色的小花，她织的围巾也是紫色的。我记得她有一次跟我说，她不喜欢红色，红色会让她想到鲜血，紫色是最美的。是的，王音不是流血而死，她把自己装扮成了紫色的公主。

这整个暑假，我和天男过得无比悲伤和沉默。

我妈妈对我明显比以前更宽容了，她在很长一段时间里，都默许我在饭里拌上足够的酱油和猪油，也不再嫌弃和挑剔我干的活，不再说难听话。但她同时也剥夺了我外出的机会。

在油茶树下，红梅左手揽住天男，右手揽住我。我问她：“王音就这样没了吗？从此我们就三缺一，少了一个朋友了吗？”

“她活在大家的心里，你们就当她是远行了，比如她住到城里去了。”

“可是，她死了，她确实没有在城里。”

“我问你们，你们仨是不是拥有过在一起的快乐时光？多去想那些快乐时光，让这些快乐时光陪你们长大。听懂了吗？然后，你们就会慢慢地淡忘这些悲伤。时间会帮助你们慢慢遗忘，会慢慢抚平你们的伤痛。就像天男，你现在还会像你爸爸刚刚去世时那样痛苦吗？”

“那不是自欺欺人吗？”

“除此之外，你还有更好的办法吗？另外，我以前跟你们说过，要有自己的想法，对，叫梦想、理想，把自己的心放在那上面。”

我的梦想是什么呢？之后的很多天，我一直在琢磨这个事儿：不想做农民，那就做个工人？成为像红梅这样的人？每一个念头起来又灭去，往往都不了了之。直到有一天晚上，我仿佛在梦里见到了王音，但我看不见她的人，只听见她的声音。

“雨晴，说好的，你别忘了。一生一世都不嫁人，不生小孩，去他的‘茶壶嘴’。”

我惊醒，坐起来，一身冷汗。但我终于在黑暗中露出了笑容。我知道了，我的梦想，我们的约定。

第十一章

一天清晨，我爸挑水回来的时候，带回了一个消息：天男妈妈又生了一个死婴，是个女孩。

他叹息道："男女不是一样的吗？为了争一口气，为了别人一句闲话，何苦呢！"

我妈看了看我和妹妹，又看了看弟弟，不作声。我狠狠地说："这个肯定又是被他们勒死的，他们会遭报应的。"听到我说的话，我妈露出惊恐万分的表情，她急忙说："你这个傻丫头，哪里学来的，说这种话，在外面被别人听见，当心嘴巴被捏烂，万万不能再讲啊！"我感觉自己气都透不过来，夺门而出，直向油茶树跑去。我一口气跑到那里，却发现天男已经在树下，她轻轻地抽泣着，看到我，她坐起来。

"雨晴，怎么办？我怕极了，我看到那个小娃头了，和王音死去时一样，全身紫色的，颜色发黑。我现在害怕紫色。我也看到了天宝的目光，一副杀牛的样子，很凶相。"

我拥抱着天男，一句话也说不出。事实上，我能说什么呢？我又能怎样安慰我的朋友呢？

"天男，不要怕，我陪你。"

"为什么他们一定要儿子？他们那么狠心，我的心都在发抖。"

“我听我爸说，大人为了争一口气，为了不让人说闲话。”

“但是现在这样，别人的闲话更多啊，说他们畜生不如。这还不够吗？”

“但他们认为只有生了儿子，才算争回了一口气，很多人家不都这样吗？王音已经为此丢掉了性命，所以——”

“所以什么？”

“我们不要忘记王音跟我们的约定。她不在了，我们继续坚持。我们绝不能步他们的后尘，我们不能为别人争气，要为自己争气。”

天男没有回应我，但我想，她的沉默代表了她的回答。

这年的秋冬季节特别漫长，也特别寒冷。天男的身上常常有瘀青，每次被我看见，她就岔开话题。我知道，她已成为那个继父、她口中那个原来的天宝哥发泄不满情绪的工具。她变得越来越内向，越来越沉默，我们一起玩的次数越来越少。

我依然常常梦见王音，和她活着时一样，她每一次都是非常快乐和调皮。有一次，她在我梦里笑着说：“雨晴，我现在过得很好，这里没有歧视，没有男女之别，我们都是快乐的天使，飞来飞去。请你告诉我的爸爸妈妈，还有我的哥哥，告诉他们，我过得不错，我也原谅他们了。”

次日，我先是跟爸爸妈妈说了我的梦，他们只是沉默，然后忧心忡忡地看着我，我知道他们在担心我会像去年的天男那样魂不守舍、走火入魔。我在心里嘲笑他们的无知，然后，我就跑到王音家里去，跟她妈妈说了。王音妈妈听罢，抱着我长长地哭了一场，哭到最后，跪倒在我的面前：“雨晴，下次你再梦到我家王音，一定告诉她，我们是爱她的呀，只是这农村就这样啊。”

爱，到底是什么？既然爱，为什么要那样做？那所谓的争口气，那些眼光和闲话，真的能胜过爸爸妈妈对自己亲生女儿的爱吗？我们女孩向往的爱，又是什么呢？是他们说出“我爱你”吗？不是。我们女孩向往的爱，是具体的：当我们难过的时候，他们能抱抱我们；当我们不小心做错事情的时候，他们不会骂我们，而是安慰我们；给哥哥弟弟的东西，我们也同样有；他们不会嫌弃我们没有“茶壶嘴”；他们会赞美我们像个姑娘的样子；他们会骄傲地带着我们去做客，并向别人体面地介绍：“这是我的女儿。”

从那之后，我每天早早地上床，希望做更长的梦，希望可以梦见王音，告诉她，她的妈妈很爱她，就像我们大家都很爱她那样。但是，我再也没有梦见她。那么，现在开始，让我能够和王音紧密联系的，就只剩下那个约定——那个梦想了。

接着，我家的母兔子生了一窝小兔子，总共有八只。看着它们闭着眼睛没头没脑地寻找着兔妈妈的奶，我欢喜得不得了。但是第二天，我还没来得及跑到兔笼屋，就闻到了一股浓浓的焦香味，灶膛的炭火上，三只小兔子已经变成了黑黑的兔干。妈妈说：“我们只需要留下母的，可以用来生小兔子，公的养不过来，烤烤给你爸吃，吃下去身体健壮好干活。自从农村实行家庭联产承包责任制，你爸为了我们一家人更是起早摸黑，人都瘦得一塌糊涂。”但是，我却不管三七二十一，不听妈妈的解释，一头撞向妈妈的肚子，举起手拍打她的手臂，泣不成声。

再紧接着，我们第七生产小队的耕牛也被杀了，听说是生产队长决定的，原因是这头母牛除了耕田不会生小牛，这样成本就太大了。他们要把牛肉卖了后去买一头新的母牛来。

村子里，越是临近大年，杀戮越是频繁，几乎每天的清晨，我都会被猪的嚎叫声、鸡的哀鸣声吵醒。我守在我家的猪圈旁、兔笼前、鸡窝边，我听见妈妈跟爸爸说："雨晴这孩子，心太软，也太早熟了，王音去世让她变得更加敏感，现在对家畜都那么慈心。"爸爸回答："其实，她这点倒是有点像我，我也对这些杀戮深恶痛绝，也不忍心看。但这是农村的传统习俗，我想她也会习惯的。"

在这个难熬的冬天，妈妈总算是顾及了我的心情，不再将家里的猪拉出去杀掉。"我们的猪，今年不杀，先养着，明年再说。"妈妈的这个决定让我对她感恩戴德。

就在我和天男赶着编织各自的新年围巾的时候，听到了天男的小舅有了未婚妻的消息，据说他们是在茶场里认识并相好的。但是，女方的父母死活不同意，还扬言要把男方的房顶给掀掉，要把女儿的腿打断，要和女儿断绝关系。但那女的什么都不怕，死心塌地跟着天男的小舅，两个人东躲西藏，这次实在无处可躲了，就跑到高塘村来求天男妈妈想办法。很显然，天男家是不能躲的，因为女方父母很快会到天男小舅的亲戚家来搜查。正当天男妈妈和我妈商量的时候，红梅来了，她说："躲在我家吧，两个那么相好的人，我看不得他们分开，棒打鸳鸯的事情太惨了。先躲过一段时间，待生米煮成熟饭，老人家自然就默认了。"天男妈妈过意不去，毕竟她和红梅交往不多，以前还偶尔和村里的邻居一起在背后说过红梅的坏话。我妈说：“我和红梅的想法一样，这样吧，红梅家小，我家大一点，先到我家来躲一阵，看看情况再说。”

第二天，天男的小舅带着他的女人藏在了我妈专门为他们清理出来的阁楼上，一日三餐由我负责送去。每次进房间，我都看到他们两个抱在一起卿卿我我，我还特别留意到男人的手总是在女人的背上抚摩。想到天男也曾被他这样摸过，我就厌恶他，没好气地把饭碗往柜子上一放，一句招呼的话也不说转身就走了，心里还暗暗地骂一句“恶心”。

有一次，天男来我家，我妈说：“天男，你来了，正好给你舅舅他们送饭去。”天男没作声，沉默了一会儿，摇摇头说：“还是雨晴送吧，我得回家了。”然后，她就慌慌张张地走了。那一刻，我知道，其实天男从没放下过那件事，她从来都没有忘记过。后来，她背对着我一字一句地说：“我不想见到他，我觉得别扭、难受。”

小年夜过后，天男的妈妈很快又怀孕了，天男的奶奶“老骂子”已经承受不起一次次的失望，认定天男妈妈是个只会生囡的贱女人、克夫婆，在雪花纷飞的大年三十晚，心脏病突发，孤单地死去了。按照风俗，年三十和正月初一是不能办白喜事的，所以她的死讯封锁了两天后才放出，竟没有一个后代为她哭丧。几个媳妇在送葬的关键环节假意地哭喊了几声，送上山埋葬后，照旧过起忙碌的大年。

无论发生多少事，我和天男还是相约围上了自己的新围巾。她的是红色的，我的是绿色的。

第十二章

次年的秋天，听说天男的舅舅和那女人终于争取到了光明正大在一起的权利，并且女的已经怀孕了。天男知道后，微微一笑。

“你还记他的仇吗？”我不敢看她。

“我说过我原谅他了，但是不舒服的感觉从没消失过。每当不得不看到他的时候，我就浑身不自在，感觉身上哪里发痒，但又找不到真正痒的地方，只能用毛巾把全身擦一遍，真是糟糕透顶了。我看到他，好像看到的是他的两张面孔，有时甚至觉得他是披着羊皮的狼。我看到那个女的，就是他老婆，竟然还会脸红，天哪！我为什么要脸红啊？而他们竟然一点都不知道，真是可笑至极！”

“别说你舅舅是这样，我看到大人们个个都像是披着羊皮的狼，只是羊皮上的毛不同罢了，有的看上去像山羊，有的看上去像绵羊，咩咩咩……”

学动物的声音是我的特长，这是我妈唯一毫无保留赞美我的地方：“简直可以以假乱真，噶水平，我看天下拿不出第二个。但是——”她话锋一转，“我怀你的时候，没有气力去干农活，只好养了各种家畜，一定和这有关。所以，你还是得谢谢我。”

我不服气，反驳她："那你自己叫叫看。"还没等她回应我就逃开了，远远地叫上一长串"咩咩咩……"学羊叫，是我最喜欢的，因为我的外公以前叫他的女儿（也就是我妈）"羊活生"，我妈属羊，在我看来，是一头极不温顺的羊。

这会儿，我在天男面前气呼呼地学着羊叫声，只觉得喉咙发痒，禁不住笑了。天男也"扑哧"一声笑了，送我一句："你是一头真实的羊，真实的山羊。"

"那你就是一头真实的绵羊。"

"你还真是说对了。我妈说，我就是绵羊一只，但是我讨厌做一只绵羊，我听到它的叫声就感到肉麻。雨晴，我不想过这样的日子，但仿佛没有出头的时候，不如王音那样死了算了。人要自己特地找死，还真是不容易，我不知道我爸当时是怎么做到的。"

"你傻呀你，你死了，叫我一个人如何是好，难道要我也一起死？我可不想死，我还要去杭州逛西湖呢！"

之后，天男吞吞吐吐地告诉了我一件让我后怕的事：就在前天的正午，她写了一封"遗书"放在正在午睡的妈妈枕头边，一个人跑到附近的水库去了。

"当水没过肩慢慢包围了我的脖子时，我感觉到了水里有一股力量在拉我下去，就在我要闭上眼睛的时候，突然听到了山岗的高音喇叭传出了那首《在那桃花盛开的地方》。我感到很奇怪，平时经常下午播放的歌曲，这会儿怎么就响了起来？我决定听完这首歌再继续往水库深处走，但是我听到了一半，感觉头脑突然清醒了，一清醒我就怕得全身发紧，转身往岸边逃。但水的阻力很大，好像要挽留我，我一时寸步难行。我的脑海中浮现出了奶奶讲过的河水鬼的形象，我害怕地尖叫着拍打着水面，使出了所有的力气终于挪到了岸上，精疲力竭地仰躺着。看着蓝蓝的天空上变幻的云朵悠悠飘荡，秋风轻轻地吹拂着我的脸颊，我默默地拭去了眼泪。我突然想起了‘遗书’，赶紧起身向家中跑去，还好，妈妈还没醒来，我连忙蹑手蹑脚地取回了那张‘遗书’，将它撕碎了。”

“天男，你竟然做这样的傻事！你、你、你真是——哎！”我既后怕又生气，捶胸顿足说不出话来。

“我也不知道当时为什么就那么冲动，好像是有人在指挥我一样。若是当时没听到那首歌，也许就沉下去了……哎！雨晴，我想告诉你，水真的让人恐惧，它仿佛是张牙舞爪的怪兽。它先是温柔地诱惑你，然后它用强大的力量拽你下去，一口吞了你。我可以想象王音在最后时刻是多么恐惧啊！她真是太可怜了！”天男“呜呜”地哭起来，边哭边口齿含糊地叨叨，“我再也不会自己去寻死了，死也是那样难，同样都难，不如活着。”

不久，终于有一件喜事，带给了天男生活的希望，让她眉开眼笑了——天男妈妈产下了一个男婴。听说婴儿一落地，她妈妈就问有没有“茶壶嘴”。她得到肯定的答复后，先是大笑，而后便是哀哀戚戚地哭，边哭边说：“老太婆啊，你咋就不再等一年呢？你看哪，我不是贱人，我不是克夫婆，我给你们生出‘茶壶嘴’来了，你倒是从棺材里爬起来看看哪！你这个老太婆！”

天男开始喜欢和我在村子里到处去转了，以前不去的热闹场，现在也大大方方地去了，她不再担心别的孩子们议论她妈妈，不再害怕村里那些妇女问她：“想不想要个弟弟啊？”她现在可以抬起头，接受他人的祝贺："天男，你有弟弟啦！"那也意味着，她终于可以从继父的逼迫中解脱出来了。"你这个当大姐姐的，要忙煞嘞，要干很多家务活嘞！"邻居这么说。干活？她是不怕的，她宁可多干活，也不要天天担心被打。

我每每去找天男，都看见她在洗衣服做饭……忙着做家务。她的头发剪短了，她说那样方便干活。她的衣服总是脏兮兮的，她说自己没工夫换。当她团团转着忙碌着家务活的时候，她的继父坐在桌边喝着烧酒，喝得满脸通红，眼珠突出。她的妈妈紧紧地抱着儿子，踱来踱去哄着。我要去帮天男一起干活，天宝大声止住我："天男有的是力气，你不用帮她的。"她的妈妈朝我眨了眨眼，没说什么，顾自抱着儿子踱回房间去了。天男看看我，微微一笑，继续手忙脚乱地做着饭。她的左脸和额头染上了浓黑的灶灰，狼狈的样子有些好笑，可是我一点都笑不出来。除了心酸，我唯一能做的，就是用我的手去擦她脸上的灰和汗，慢慢、慢慢地擦，她的目光闪闪亮亮地停留在我的眼里，我知道那里写着友谊和理解。

下半年，我读五年级，天男要去镇上读初一，去过寄宿生活了。离开学还有一周的时间，我和天男来到油茶树下。

"不能和你一起上学了，我想想就觉得孤单。"天男眼泪汪汪地说。

"我也是。"我拉拉天男的手。

"不过，我巴不得早点离开这个家。自从弟弟出生后，这小子没完没了地哭，日日夜夜地哭，他们被哭烦了，就把气撒到我和妹妹身上。我越来越觉得，在他们眼里，我只是个劳动兼发泄的工具。”

“天男，别这么泄气。等你书读好了，有出息了，他们一定得来求你。”

“书读好了？前天晚上，我偷听到天宝跟我妈说，女孩子读什么书，不要去读了，去服装厂打工赚钱去。不过，我妈还是坚持说，初中总是要让我读完的。”

“这个天宝！太自私了，这件事你一定要坚持，如果不行，我叫我妈去劝。”我知道，我的爸妈在这一点上还是明智的。

“算了，读完初中再说。”

“我会想你的，你星期天回来，我们再一起玩。你只需要等我一年，一年后，我就又和你在一起读书了。”

然而这一年，我比想象中过得还要孤单。我原来的老师生病了，学校来了一个临时的代课老师，看起来像个吊儿郎当的“小流氓”。我就是这么认为的，他一个大男人居然穿着一条红裤子。他总是说粗话，上课迟到，进了教室还打着哈欠。听说他每晚都去打老K，还酗酒。有一次，我随爸爸去别人家串门，路遇他满身酒气、七撞八跌，我和他打招呼，他都认不出我来。我爸说：“学校也太不像话了，你姨夫是怎么当校长的，这样的人也来当老师？”爸爸想去找姨夫，却被妈妈拦住了：“学校的事哪轮得到你去指手画脚？多管闲事，姐夫可能也是没有办法了。”

代课老师的这些生活作风，对我的影响还不是最严重的，要命的是他总是袒护男生、刁难女生，尤其是经常挖苦我：“你有个校长当靠山就了不起了？还不是个丫头片子，后脑勺多了把‘小扫把’。”气得我当即离开教室，跑回家拿起剪刀就把后脑勺的马尾“小扫把”给剪掉了。很显然我是上了他的当，让那股气冲昏了头。以后的很多个日子里，看着自己乱糟糟的头发，我悔恨交加，发誓等我长大些，要给他点颜色瞧瞧。我甚至用我的想象创造出了一个“逼真”的让自己非常解气的画面：等他老得走不动的时候，我用我那后脑勺上长长的马尾“小扫把”，一下子就把他扫到了天涯海角——哼哼！

现实把我拉回了教室。“又一个重男轻女的坏家伙！”我想。好吧！你就这么坏下去吧，休想讨到一个老婆，让你做独铁佬！(单身汉。这是农村里年轻小伙子最担心的事。)我把所有可以用来开小差的时间，全部用来想念天男和王音，有时想着想着就会双眼潮湿。在这样的情况下，我开始写日记，并在旁边配漫画，把那个代课老师画得很丑陋。等到周末天男回来，我就把日记给她看，她笑得合不拢嘴。

天男也会跟我讲她初中的住校生活，讲她的同学和老师。她说教他们英语的李老师是个刚从师范大学毕业的年轻老师，待他们很好，做事非常公平。班上如果有男女双方争执吵架的情况时，他会更爱护女孩子。他经常教导男生要有女士优先、培养绅士风度的意识等。每个星期六下午，李老师还带他们到户外学习。

天男总是会用大篇幅来介绍这位老师。渐渐地，我也发现，她比过去更乐观了，我为她感到高兴。

“我是学习委员兼英语课代表。”天男微红着脸跟我说。

“这很正常，你成绩一直都很好啊！英语难学吗？”

“不难，老师教得很好，我一下子就喜欢上了英语课。”

“那你教我几句英语。”

天男沉思片刻，食指指着我说：“你是girl。”

“什么？我是狗儿？”

“哈哈哈，是girl，女孩的意思，不是狗儿。”她捡起一根树枝在地上写了英文“girl”。

“英语那么麻烦啊，那‘茶壶嘴’的呢，比如我那臭小子弟弟叫什么？”

“Boy.”

“包孩？什么道理！有了‘茶壶嘴’就包了所有小孩？”

天男直接笑得坐在地上，摇着手说：“不教了不教了，你要笑死我了。”

“明年我去上初一的时候，你们那个老师也会教我们吗？”

“也许会，也许不会吧。”

“嗯，我希望他也能教我们。你说他好，那就一定是好的。只是，我现在的老师太差劲了，我一点都不喜欢。”

“好希望时间过得快一点，那样你可以早点毕业。”

但就在我小学毕业前几日，除了爸爸外，第二疼爱我的奶奶突然脑中风去世了。除了吃饭、睡觉，我哭了三天三夜，将过去所有的委屈、伤心趁机一并发泄了出来，哭完之后，我又昏睡了三天——这是我妈后来告诉我的。想起电影《城南旧事》的结局中，所有的人物都离小英子而去。她一再地失去珍惜的事物，包括朋友、玩伴、亲人、记忆、时间……失去了一切后，英子也不再是小孩子了。我何尝不是呢，当我再次醒过来的时候，我发现自己真的长大了，我的童年仿佛就在一瞬间消失了。

我突然对自己的身体产生了一种好奇，我站到了镜子面前,仔细地观察自己的模样:雪白的皮肤、细顺的头发、端正的五官、高挑的个子。随着心跳加快,我的脸上泛起红晕,我端详着自己正在萌发的身体,想起了红梅告诉我的话:“做女人,是很神圣的一件事,要疼爱自己、保护好自己。”她的一番话一下子让我对自己的身体充满了敬畏,以至于后来的很多个夜晚,我都是双臂抱着自己睡觉。我也开始在意穿着了,那条屁股上打着补丁的绛红色裤子——尽管曾是我的最爱,我再也不愿意穿了。我妈口无遮拦,在众人面前说我:“看她像小草鸡娘一样,屁股都绽开了。”有人哈哈笑着指着眼前摇晃而过的雄鸡,附和道:“就像有些雄鸡的毛色发亮了——”这帮长舌妇女,真是让我讨厌极了。

不过,让她们操心去吧,我反正不会结婚,我才不属于男人,更不是什么生育工具。天男也是,我们是绝对安全的。可红梅认为,以后的事说不定,遇上心爱的人,就会想和他在一起。但我不会,绝对不会。我坚定地认为。

依然忙碌的暑期,农忙生活快要结束,我的初中生活很快就要开始了。红梅跟随她的丈夫到城里去做工了,临行前,她还分别送了我们一人一块手帕。天男的那块手帕上面绣了梅花,我的那块上面绣了荷花——那种她说在杭州西湖就有的荷花,那种有灵气的荷花。那个代课老师因为醉酒打群架被抓进了派出所,听说进牢门的时候,是被人一脚扫进去的,屁股被踢得差点“四分五裂”——尽管这么快他就倒霉了,也算是有人替我实现了收拾他的想法,但我听了竟然一点儿都不高兴,反而有点难受。天男说:“你的心总归是软的。”我的心真的软了一天一夜,想着以前总在日记里骂他,觉得是种罪过。后来，我爸说了一句："他这个人真是自作自受、自讨苦吃！"我才得到了些许安慰。

一个天气晴朗的早晨，我和天男来到油茶树下，我还从奶奶以前的柜子里拿来了三支香，我们把香点燃，插在土里，一起拜了三拜。

"王音，我也要去读初中了，我和天男不能常来这里陪你了，但我们会一直想着你的。"

第十三章

我要去镇上读初中了。

爸爸请木工给我做了一只小小的木头箱子，还交给我一副锁。报到那天，他帮我把箱子、席子、被子带去，天男以学姐的身份一路上向我介绍着学校的情况，她既为自己又能暂时脱离糟糕的家庭而欣慰，又为我能和她一起去上学而高兴。

我们的初中学校，只有两个大大的宿舍，一个男生的，一个女生的，里面放了四十几张上下高低床，两个人搭铺睡一张床。按规矩新生要和新生睡一张，但是天男早已和老师申请过了，让我和她一起睡。为此，我心里非常感动，她费心思这么替我着想，把事情都安排得妥妥帖帖。

“谁让我们是好朋友呢，谁让我比你大呢？”她转着大大的眼珠子，显得很满意。

当我们面对面坐在床沿上聊天的时候，我突然发现天男经过一年的独立生活，变化很大：她胆子也更大了，性格也更开朗了，也开始有自己的主见，甚至她身上有了一点点儿王音的影子。最稀奇的是，她竟然跟他们班级的文艺委员学会了跳迪斯科，还耐心地把我给教会了，我对她刮目相看。

“我自己都不相信，我居然还会跳舞。不过，这个迪斯科简单一点，还有人会跳霹雳舞呢。那个动作太大了，我学不来，你倒是可以学学。”

我突然想起了不久前的那条鱼——爸爸从溪河中抓回了一条鱼，刚拿到家的时候，鱼在他的竹篓里快要窒息了，但还是用尽了力量在拼命挣扎。爸爸把它放入了水缸里，它马上就自在地游了起来。我觉得天男就是这样一条鱼，对她来说，离开了那个令她窒息的家，学校就是她自由畅游的水缸。

我们的初中每个年级两个班，甲班和乙班，我被分到初一甲班，天男是初二乙班。我的班主任也是英语老师，但不是天男说的那个李老师，我心里有点小小的失落。在最初的两天里，上课总是静不下来，因为老师和同学都是陌生的。我翘首期盼着下课铃声，铃声一响，便第一个冲出教室，冲向一棵梧桐树下——我和天男约好，下课就在那里会合。到了第三天，我竟然想家了，我想念爸爸，想念妹妹、弟弟，还想念妈妈的责骂声，当然还想念家里冒着热气的饭菜。

学生中除了我们这些一日三餐吃住都在学校的住校生，还有两类：一类是家住镇上的通校生，他们回家吃饭；还有一类是来自邻近镇上的村子里的走读生，他们只有中午在学校蒸一顿饭，放晚学便回家。他们都是我们住校生非常羡慕的对象。

学校只有一个管蒸饭的食堂，每天早、中、晚蒸三回。我们住校生拿着印上名字和号码的铝饭盒，蹲在校门口的溪滩边淘米，这是一条宽阔的、贯穿全镇的溪流，我们所有的洗漱也全都在这里完成。淘米时，有的学生也会拿一些芋艿或土豆，洗干净后刨去皮，和米放在一起蒸，待吃饭的时候，先把那些芋艿或土豆取出来，放点酱油当菜吃，这是那些比较勤快或者想吃新鲜热菜的同学会做的事。大多数同学都是在周末返校时，拎着一个鲜艳的小塑料桶，里面装着一个星期共六天——也就是从周日晚上开始一直要吃到周六中午的菜。因为无论春夏秋冬，带去学校的菜都是要放上一周，所以只能是放很咸的腌菜才不会坏掉。考虑到孩子们正在长身体，父母们一般会特地加进一点点儿少之又少的肉末。

第一次妈妈为我烧菜的时候，我闻着肉香味，口水直流，心想着家里平时很少会炒菜，即使炒了也从来不会放肉末的，我却可以吃上一星期的肉，太划算了。但事实上，热菜拎到了学校就凉了，香味也自然消失了。冷冷的咸菜吃到第三天，味道就不新鲜了。加上餐餐都是同样的菜，到了第四天，我一打开菜桶的盖子就想吐。

天男笑我太娇气，她说她吃了一年也从来都没吃厌过。她还说，光吃白米蒸饭，她都可以吃得很香。她就是常常只吃白米饭，有时倒点开水就解决了。我看着天男每次吃饭都狼吞虎咽的样子，就非常佩服她，怪不得大人们看到我们总是对比着说："一个厚皮厚肉，一定好养；一个薄皮单孱，一定难养。"我妈听罢，就火上浇油："你这小丫头可折腾死我了，在肚子里时就不安稳，一生出来就没气没屁的，奶水也不会吸，后来饭量一点点儿，现在还嫌肉炒咸菜不好吃，你以为自己是千金小姐啊……"总之，她是有多想要天男这样的女儿——脾气好，胃口好，活干得也好，当然相貌也真是好。

天男爱学习，加上她又是学习委员，又是课代表，因此下课的时候渐渐地也不怎么出来了，即使放学后，也总是在教室忙碌。因为没有她的陪伴，我更加想家，想王音，想我们三人在一起的时光——我想不到自己竟然会想家，而且周日一返校就开始想，过了周三就开始倒计时，周六上午很早就会醒来，兴奋得睡不着。但周六傍晚回家的路上也会因为想到周日要返校而提前难过，而到了周日中午，鼻子就开始发酸，收拾东西返校就会磨蹭。那一年，我家里也买上了14寸黑白电视机，那时正在播放电视剧《情义无价》，我跟着里面的主人公一起伤心，能拖延一分钟都觉得好，内心脆弱得稍有波动就会泪如雨下。

我妈看着我一副凄凄切切的样子，火就上来了："人家都没这样，就你，好像是我们逼你去读书一样，又不是去坐牢，你那么不想去就不去好嘞，还省下我们的钱。"她这狠话一放，任天男如何安慰我，我还真是哭得死去活来。弟弟在一旁拍着肉嘟嘟的手掌大笑着："大姐哭鼻子嘞，大姐哭鼻子嘞，我都没有哭。"这可把我妈乐得不行，接着又是一句："这么大一个大姑娘了，还让小弟弟笑话，难不难为情？"我索性就破罐子破摔，哭着跑到楼上去，大嚷着自己要罢学。一直闹到爸爸回家，他耐心地劝说我，又"教训"了妈妈，批评了她，我才歪着个脸斜着个眼很不情愿地踏上了去学校的路。天男说："我倒是理解你的心情，要是我有你这样的爸爸和家，我也会想家、也会留恋家的。"

我想，天男一定不只是笑我娇气，她是在观察我，努力地站在我的角度来理解我，并积极地想着法子帮助我。那天到校后，她就不见了踪影，快吃晚饭时才回来，头发汗涔涔地粘在额头上，却是一脸的欣喜。"雨晴，我发现了一个好地方，很好很好的地方，我带你去，你一定会喜欢的。”

学校背靠着一座山，山上满是松树翠柏，郁郁葱葱，但是老师很早就警告我们说：“山上蛇和毒虫很多，没事不要上山玩。”所以，从小就害怕虫蛇的我们俩从来没有想过要上山，偶尔会在傍晚看到几个调皮的男生偷偷上山，但我们也从不羡慕。现在，天男竟然拉着我的手要带我上山，说是山的中间那里有个好地方。

我挣脱了她的手，一是觉得害怕，二是觉得不就是山，村子附近到处都是，有什么好不好的。

“求你了，雨晴，就去这一次，如果你觉得不喜欢，我们就再也不去了。”看着她讨好的样子，我不忍心拒绝她，就跟着她爬上了陡坡，穿过了松林。

“你看，就那边！”

顺着她的手指，我看见了一棵大油茶树，竟然与我们村后山上的那棵一个模样，就连枝条伸展的形态都那么相似，我尖叫着奔向那里。

“我觉得这棵树是为我们而存在的，它好像一直在等我们呢。”见我那么高兴，天男激动地说。

“我在图画书上看到过一个故事，说是有人死后会变成一棵树、一朵花、一只鸟、一片云，难道它是王音变的？在这里等我们？”

“我愿意相信，天男，你呢？”

“我当然也相信。以后，我们可以常常来这里和王音说话了。我们管它叫王音树，好不好？”

“好啊！王音树！”

自从有了王音树，我真的不再那么心心念念地想家了。每当傍晚自由时间，我和天男就迅速地来到这里，天男还做了一个小布娃娃，让她坐在我们的中间。我们就说呀说，说今天各自班里发生的事，说某位老师上课挖鼻孔吐痰的样子，说某个同学今天被罚站掉眼泪了，说天男又考了第一名，说我的数学总是考得一塌糊涂。

天男还认真地对着布娃娃说："王音，我和雨晴的被窝很舒服，我们各睡一头，为的是能够腿缠着腿。如果你在，我们仨该怎么睡呢？床太小，三个人是睡不下的，只能石头剪子布啦。但是，王音，我会让给你的。"

接着，我俩躺在地上，仰望着天空，陷入沉思，直到听到远处传来的缥缈的歌声。那歌声仿佛是固定点播一样，总是那首《冬天里的一把火》。我看着天男扑闪着黑亮黑亮的大眼睛，就无所顾忌地跑着调跟着唱起来：

你就像那冬天里的一把火
熊熊火焰温暖了我的心窝
每次当你悄悄走近我身边
火光照亮了我
你的大眼睛明亮又闪烁
仿佛天上星最亮的一颗
你就像那一把火
……

我就这样痴痴地盯着天男，天男就会抿起嘴笑个不停。

调皮地说:“我还当你是我的一把火呢。”“那我是你的火,你是我的火,两把火一起烧,这个冬天就不会冷了。”

天男听罢,坐起身,很认真地安慰我:“我相信到不了这个冬天,你就会适应,不会再像以前那样想家了。”

进入秋天后,我的胃口开始好起来,身体也明显地发育不少,但仍然跟不上天男的速度。她已经是一个亭亭玉立的姑娘了,加上她成绩和性格都那么好,大家都喜欢她,有不少初三的男生都喜欢走在她身后,有的开始想办法向她献殷勤了。

每天三次取饭盒,一直是我们女生最焦虑的事,因为大家要拼跑步速度和抢挤的力量。每当下课铃声一响,大家便冲出教室,穿过长长的操场奔向食堂,蜂拥而上,去一只只铁笼子里寻找自己的饭盒。我们毕竟跑不过男生,所以常常是在最后的一片狼藉中发现自己的饭盒盖早已不知去向。等到找回来,饭也凉了。但是这个冬天,有强壮的男生帮助天男拿饭盒了。当然,我的饭盒和天男的是用一根绳子绑在一起的,这样我们就不用再拼命跑了,心安理得地享受着这般待遇。我们为何这么心安理得?是因为老师在学校大会上号召过男生:“男同学在体力活上要多帮助女同学,比如拿饭盒的时候,可以顺便捎带一下;女同学要在学习习惯上多帮助男同学,比如写作业,这就是互帮互助。”有一次,天男打开饭盒,发现米饭中央有两个白白的芋艿,定是有人在蒸饭前悄悄放进去的。她一时脸红,我却口水直流,毫不犹豫地夹过一个,一口吞下了肚。她却还看着另一个发呆,揣摩着到底是谁把它放进里面的。

有一天中午休息的时候,天男的英语老师,也就是她赞不绝口的李老师来宿舍找她。在这之前，我也常常在路上遇到他，经天男的介绍，我早已知道他，他却不认识我。这会儿，他看到我的手还紧紧地拉着天男的手后，说：“那你也一起来吧。”

我们就手牵手默不作声地一路跟在李老师的背后，这个李老师身材高大，一头浓发自然卷曲着，身穿一件米黄色的棒针线衫，这让我想起了红梅，她也给她的丈夫织过这样一件毛衣，听说是当下最流行的。他在前面轻哼着一首我很熟悉的歌曲《酒干倘卖无》，为什么我很熟悉呢，因为上一次过年去姨娘家时，我那个见过世面的表哥随时随地都在唱这首歌，还给我讲了歌曲创作的故事，我当时印象特别深刻。这会儿，听李老师唱着这首歌，我一下子便对他产生了亲切感。

经过李老师办公室的时候，我们以为他会拐进去，他突然回过身说了一句：“去我的宿舍。”我们有点受宠若惊——老师的宿舍，那可是我们可望而不可即的禁地！

平日里，每当我们去食堂的途中，远远望见那扇圆形的大门，目光透过大门，里面是错落有致的一间间白房子，房子之间有很多用竹子编织的篱笆，上面爬满了牵牛花。秋天的时候，地上开满了大朵大朵的各色菊花。在一个周五的晚自习时，我实在禁不住诱惑，趁着月黑风高，偷偷溜进去摘了一朵紫色的菊花，次日带回了家，把它养在了罐头瓶里。妈妈问我哪里来的。我说是老师奖励我的，还把妈妈给骄傲了半天。

现在，我们穿过了那些篱笆，拾级而上。在第二个白色房间门口，李老师停下来，掏出钥匙，打开门，招呼着我们：“进来吧。”尽管他的目光很温和，但我们依然紧张地手拉着手，轻手轻脚地进了门，然后站住，不敢再挪动一步。他看着我们胆战

心惊的模样，终于露出了笑容：“哈哈，难不成，我会把你们吃掉？”我和天男相视一笑，摇摇头。

这是一个非常整洁的小房间，一张床、一张书桌和一个书柜，桌上有一个相框，相框里是李老师和一个姑娘的照片，照片里的他们欢快地笑着。我猜测，那个姑娘一定是他的女朋友。我听天男说起过，李老师是去年刚大学毕业分配来这里教书的，他从小在城里长大，却来到了这穷乡僻壤，而他大学的女朋友却分配在了城里工作。因此，他刚来的时候一直情绪低落，总是阴沉着脸，好像全世界都欠他的一样。偶尔他的女朋友会从城里赶来看他，那一天，他就会笑得特别傻，对学生也会很宽松。傍晚的时候，他带着女朋友上山去玩，教室里的男生们就会把头探在窗口起哄，女生们则坐在自己的座位上偷笑。晚上，他们去电影院，去之前，他会趴在窗口朝教室里喊：“晚自修自觉一点哦！我可有千里眼万里耳。”然而，他一走，教室里就沸腾了。调皮的男生一个个跑到天男面前讨好：“天男最好了，不会向李老师打报告的，他问你，你也不会说的，对吧？”

“不管怎样，李老师对学生是很公正的，他从不会像其他老师那样发火、骂人、罚站。他有他的威慑力，他只需要把眼睛一瞪，大家就安静下来了。下课的时候，他会和大家一起玩，这个时候，他就会笑。”天男说，也正是在和学生们相处了两个月后，李老师变得阳光起来，脸上的笑容也多了。

“你是初一甲班的王雨晴？我听你们何老师在办公室里夸过你，说你很聪明，但还可以再细心和上进些，对吗？”我觉得这是一句批评的话，便难为情地低下了头。他继续跟我说，

“天男可是我们班的好学生，以后你要多多请教你的朋友，你们来自同一个村吧。”我虽然低着头，但通过天男的手，感觉到她在用力地点头。

“希望你们两个以后都有出息。这里有一份城关镇的模拟试卷，天男你拿去做做看，不要给别的同学看到，做好了交给我，我想看看你能不能做出来。”天男松开我的手，走到李老师面前，接过了卷子。

正当我们要转身离开的时候，李老师叫住我们：“我还有两大包榨菜，你们一人一包，拿去下饭吃。”

啊呀！这种包头榨菜，对于我们来说，可是上好的菜。有些同学一周会有两毛或五毛的零花钱，春夏的时候，他们就不再拎着菜桶来上学，而是去附近的小商店买榨菜或那种什锦菜。这些需要花钱买来的凉菜，我们平时也只是在家里有客人或有匠人上门干活的时候才会买，我妈会事先跟我交代：“等会儿吃饭的时候，你的筷头不要伸进这里啊，这碗菜是给客人吃的。”我就会在开饭前，在客人们还没来之前，趴在桌沿上，把这碗菜看个够，咽满了一肚子口水。

记得有一次，待到大家都落座后，我却一边扒拉着饭粒，一边目不转睛地盯着那碗菜看。客人见状，就疑惑地说：“你是不是想吃这碗菜？快去夹啊！”我妈显得很不好意思，也跟着一句：“你想吃，就夹呀！”我马上冲着她接口道：“您说过的呀，这是给客人吃的，我不能吃。”我妈顿时满脸通红，只能一边强压着懊恼的怒火打起圆场：“这孩子，乱说话。”一边夹起一筷子榨菜放到我碗里。好不容易待客人们起身走出，她终于等到了收拾我的时机，但我早就敏感地觉察到了，还没等她拿起竹丝鞭,早就跑得无影无踪了。

这会儿,李老师一手拿着一包榨菜,分别递到了我们眼前。我和天男交换了一下眼色,跟李老师客气地推辞了一下,最终还是接受了。两个人抑制不住地欢喜,那个星期,我们各自用一包榨菜美美地下了三天的饭。

全部落肚后,我才想起我妈经常教导的话:不能白吃白拿人家的东西,哪怕一针一线、一饭一菜,白来的东西,总是要付出代价的。我把这话告诉了天男,她说:"李老师最希望我把考试考好,这就是对他最好的报答,因此我要更努力读书,为班级争光,为李老师争光。"

"那么我呢?我的成绩和李老师无关,我需要付出什么呢?"我迫切地问。

天男神秘地笑笑:"你是跟我一起去的,你就还像过去那样做我的朋友,这就够了。因为我们是合在一起的呀。"

但是,我想起了红梅的话,她说每个人都是独立的、特别的,每个人的命运也是不一样的。关于这一点,我愿意相信红梅说的,毕竟她是有见识的人,否则王音为什么会一个人先走了呢?我把这个想法藏在了心里,我不想让天男误会。

但是,我隐隐感到,我向李老师欠下的,连同对天男欠下的,会随着时间的滚动,越来越重。

第十四章

秋去春来又复秋。期间，我和天男度过了忙碌、充实的寒、暑假。我们一有空就跑到油茶树下去看琼瑶小说，都是天男从她班里的一位同学那里借来的。天男告诉我，那位同学家是出租图书的，但那位同学不收我们的借阅费。寒假时，我们看完了《窗外》和《我是一片云》。暑假里，天男又悄悄地拿来了《在水一方》《几度夕阳红》《一帘幽梦》，除此之外，还有一本舒婷的诗集。这还是我第一次读一本诗，热情一下子就超过了看琼瑶小说。我马上准备了一个摘抄本，抄下了第一首诗——《致橡树》：

我如果爱你——
绝不像攀援的凌霄花，
借你的高枝炫耀自己；
我如果爱你——
绝不学痴情的鸟儿，
为绿荫重复单调的歌曲；
也不止像泉源，
常年送来清凉的慰藉；

也不止像险峰，
增加你的高度，衬托你的威仪。
甚至日光，
甚至春雨。

不，这些都还不够！
我必须是你近旁的一株木棉，
作为树的形象和你站在一起。
根，紧握在地下；
叶，相触在云里。
每一阵风过，
我们都互相致意，
但没有人，
听懂我们的言语。
你有你的铜枝铁干，
像刀，像剑，也像戟；
我有我红硕的花朵，
像沉重的叹息，
又像英勇的火炬。

我们分担寒潮、风雷、霹雳；
我们共享雾霭、流岚、虹霓。
仿佛永远分离，
却又终身相依。
这才是伟大的爱情，

坚贞就在这里：
爱——
不仅爱你伟岸的身躯，
也爱你坚持的位置，
足下的土地。

“我觉得舒婷写的这首诗，更像是在写友情，比如我和你。”我对天男说。

“但是上面写的是爱情呢，这样的爱情真是伟大而美好啊！”天男马上回应我。

“我警告你哦，你可不要动心！你看看琼瑶小说里的主人公，爱来爱去，总哭哭啼啼，有什么好的。”我故意这么说。

“不过，李老师和他女朋友也很好啊！”

“好不好，还没到盖棺定论呢。不信我们打个赌看看，你愿不愿赌啊？”

“哎！打什么赌呀！不跟你说了。”

天男脸红了，不理我，继续埋头看她的小说。显然，她更爱看琼瑶小说。

有一天，我放在枕头底下的小说被妈妈发现了，她看到书的封面，就觉得这书“不正经”，当即拿去“保管”了。

“有这工夫看闲书，不如去赚点学费，你好歹也是中学生了，以前我在你这个年纪，早就去挣工分了。”

爸爸听了并不同意，他觉得让我去赚钱，会让别人笑话。为此，他们几乎争执了一个晚上，到后来，我隐隐听到妈妈的哭泣声，她低低哭诉着，说着家里的经济紧张，说着爸爸一个

人噶辛苦，说着让小孩去外面吃吃苦头反而会长大……我听着听着也觉得心酸起来。

第二天早上，趁爸爸不在家，妈妈还是说服我把早一天摘来的玉米分装在了两个竹篮子里，让我一个人挑着去邻村卖掉。她说她不能一起去，我心里认为她是重面子，她却是这样跟我解释的——“我去的话估计卖不出去，你自己去，人家会看在你小孩的面上来买。我保证，你会卖光的，并且还会尝到赚钱的乐趣。”这是她的良苦用心，直到多年以后，我回头看，妈妈总是无情地一次次将我推向浪头，而我正是在一次次和内心的搏斗中成熟起来。

我硬着头皮，用稚嫩的肩膀扛起扁担，一路上吱吱嘎嘎、颤颤巍巍地迈向目的地。

我红着脸，怯怯地一家一户问过去，有人大概认识我，惊讶地叫起来：“哦哟，你不是高塘村××的大囡吗？噶小就会做生意了啊！真噶厉害了。”

我听不出他是在赞扬我还是在挖苦我的父母，但那惊动四方的声音害得我心慌意乱，脸一定是红到了耳根。我连忙环顾左右——那种心理非常矛盾，既不希望有人听见，又向往着更多的人听见而过来买玉米。不过，他们真的买走了一些玉米。“小囡头不错气哦，小小年纪就替爹娘赚钞票。”说这句话的一位大伯，一直点着头，让我听出了他是真的在表扬我，这让我有了信心。

有了第一天，就有第二天，就这样，我真的如妈妈说的那样尝到了让东西变为钱的乐趣。只是我的口算能力实在不好，几天下来，发现赚的钱并没有妈妈预算中的多。

“你一定是找错了钱，读书有啥用，我看都读到岩头（读了死书，不会活学活用）里去了。”我妈心疼亏了那么多玉米，顿时就来气了。爸爸一边擦着汗，一边止住了她：“你倒是去卖卖看，我看是一根都卖不出去呢，自己不去，还要厌憎（埋怨）小孩。”我妈一跺脚就进房间去了，从里面委屈地放出一句话来：“你的囡宝贝强哦！我还不是心疼你做得像牛一样苦？没良心！”

天宝有了儿子后，不再动手打人，“其实，他是根本不理睬我和妹妹了，好像我们不存在一样，除了要差使我们的时候。不过，这样也落得清净，我还不如跟两头牛在一起好，它们还懂我些。”天男说。暑假里，她除了穿烟叶，大多时间是上山放牛割草。有些时候天都暗了，她都还没有回来，我便坐在她家门口等她。一直等到萤火虫打起了灯笼，蟋蟀开始了大合唱，我远远看见了她不紧不慢的身影在浅浅的月光下向我移来，我就咧开了嘴，我想她也一定看见了我，也同样咧开了嘴。但是我们都不动声色，直到她距离我只有几步之遥时，我站起来，轻轻地叫一声：“天男，那么晚？”“嗯！”她以最简单的方式回应，背上驮着的长毛草向两边拂开着，随着她的步伐一耸一耸，这让我联想起越剧《穆桂英挂帅》，对！此时的天男，像是一个凯旋的大将军！

每天，毒辣的日头将我们都晒得很黑，但当月亮升上高空，我们把自己疲惫的身体横放在地上，伸出两条手臂，便发现皎洁的月光又瞬间将我们的皮肤变白了。于是，我们唱起了童谣——“月亮婆婆喜欢我，洒下月光把我摸。我走她也

走，我停她也停。”我们唱得最多的是我们都喜欢的歌曲《小草》，仿佛我们就是那一株顽强而快乐的小草——

没有花香
没有树高
我是一棵无人知道的小草
从不寂寞
从不烦恼
你看我的伙伴遍及天涯海角
春风啊春风
你把我吹绿
阳光啊阳光
你把我照耀
河流啊山川
你哺育了我
大地啊母亲
把我紧紧拥抱
……

我们听着从家家户户传出碗筷刷洗的叮当声，夹杂着大人对小孩的责怨声，还有狗叫声，数着一闪一闪的小星星，又接着唱——

一颗星，孤零零
两颗星，放光明

三颗四颗五颗星
照得天上亮晶晶

天男记性好，她又想起一首——

一颗星，勃伦登（谐音）
两颗星，挂油瓶
油瓶油，好炒豆
豆花香，炒辣椒
辣椒辣，捉水獭
水獭长，水獭尾巴长
捉姨娘，姨娘耳朵聋
捉裁缝，裁缝手脚慢
捉只雁，雁会飞，鸡会啼
……
天上多少星，地下多少钉

我们就这样躺在一颗颗的“钉”上，一起盼望着新的学期早日到来。

开学后，我们各自的功课都开始繁重起来，但我们依然会隔天去山上的王音树下聊天。校园里的菊花开得特别大，月季也很密，我和天男每天早晨起得很早，去那个芬芳的月季花架下大声朗读英语。我们会一起唱那首欢快的歌——

沿着校园熟悉的小路
清晨来到树下读书
初升的太阳照在脸上
也照着身旁这棵小树
……

每当我看着天男那张满月一样的脸沐浴着金色的晨光，就会幸福地憧憬着我们长大以后的日子。而我最向往的就是能和天男一起去杭州西湖，看红梅说的那种有灵气的荷花。

上初二后，迎接我的第一件大事，便是月经初潮来了。这事发生在第一个周末，我刚好在家里，我小便的时候流出了鲜血。一开始我很害怕，但转念想起了红梅的话，就大大方方地去问我妈要月经带和草纸，这可把她给惊到了。她有点语无伦次："这么早？啊？这么早就来了？你还没长大呢？还有，还有，你是怎么知道要月经带这些的？哪里学来的？啊？"仿佛我获知这些，是偷了重要的机密情报，是一种严重的罪过。

我心头一热，如一根火柴划亮，迅速使得头脑发热，便连哭带怨："妈，您从来都不教我。我们宿舍的李玲，读初一时，她妈妈就教她了，并且早早把这些东西备放在她箱子里，后来她真的来了，干干净净的，一点儿都不会闹笑话。不像那个黄红萍满屁股都染上了红色，还在大摇大摆地走路，全校人都在笑话她，有同学还特意过去问她：'你屁股上是什么啊？'她脸一红竟然回答：'我坐到了酱油渍上面。'这真是太丢人了！"

妈妈听后，一言不发，闷着头快速地朝门口通往山上的小路走去。我纳闷着，她为何不朝小店的方向去？她应该去帮我买月经带呀！

我以为她不搭理我，顾自干活去了，便满腹委屈地连忙跑去找天男。天男二话不说，拿出一些草纸，利索地折叠成长条形，递给我：“快，在你妈妈给你买回月经带之前，先把这些草纸垫在内裤里。”我按她教的做好，就转身回家了，发现我妈和我爸都已经在屋里坐着了，他们面面相觑，我一下子就明白了，我妈刚才是急急地跑上山去向我爸通风报信的，这可真是丢脸！这事干吗让我爸知道啊，让男人知道多难堪啊！我第一次觉察到，我对我爸已有了某种性别带来的距离，也发现我已经有一段时间没有爬上他的腿黏着他了。

他们看上去表情凝重，我就想起曾经在石道地听说过的话：“小女孩一旦来了月经，就会想男人了，就喜欢打扮了，这下学习的心思也没了，书也读不好了。”看他们一副忧心忡忡的样子，一定是在担心这个了吧。

“我算迟的呢，很多人初一就来了。”我咬着指甲小声说，没有看他们，想以此宽慰他们。

“你自己心里有数就好，心思还是要放在学习上，嗯？”我爸一本正经地说。我第一次感到一个男人也会那么烦人、那么迷信。

“我有数的，您放心。”我有点没好气地回复他，说完就跑回自己房间去了。

我妈去小店给我买来了一条花里胡哨的月经带和一刀粗糙的毛草纸。我第一次看到这种崭新的玩意儿，觉得那带子很滑稽，想把玩一下。我妈一把夺过去，还红起了脸：“还不晓得难看，来，眼睛快看牢！”她一边操作示范给我看，一边长嘘短叹道：“从此每个月一次，多的话七日，少的话三日，你就得用上这个麻烦的东西了。你可足足比我早四年啊，苦死你！哎，我们呢，又要多出一样消费了。”我一把抢过那物件，我不要听她这些唠叨，红梅可早就教过我了。

天男现在是初三毕业生了，她的身体已经完全发育：她的乳房像她妈妈一样长得非常丰满，尽管她已经在衬衣里面穿上了背心，但走起来时，它们像两只小兔子一样扑跳着。她为此感到烦恼，下课的时候，除了要去交作业，她尽量不离开座位，双手支在桌面上遮挡。走路的时候，也弓着背，有时我还看到她会用双臂挡在前面，但都是欲盖弥彰，更加引起了别人的注意。有一次周末回家路上，还被“汪春傻”给盯上了。

汪春是镇上远近闻名的傻子、疯子。听说他发疯之前曾是一名老实巴交、技术精湛的年轻油漆工，二十岁那年，他应邀上门为一户有钱人家的家具做油漆，和那家的女儿好上了。那家长看出来了，随口说：“你只要拿出你最好的水平来做油漆，做完后可以把女儿许配给你。”汪春很高兴，他做工非常用心，然而待到完工那一日，那家长马上翻脸不认账了。那家女儿上吊自尽，汪春闭户不出，一个月后，以“花痴”的形象游荡于村庄。因为他的眼中除了成熟的女人，再也没有别的。大家慷慨地赐予了他一个“傻”字，于是“汪春”变成了“汪春傻”，在方圆十多里的村庄里，一看到汪春，几乎连那还穿着开裆裤的孩子都会叫：“快跑！汪春傻这个小流氓来了！”

周末，汪春傻常常在乡镇和高塘村的山路上晃荡，嘴里念念叨叨不停息。有时,他会伏在路边的草丛里,远远观察目标,等到有女人走近了,他便蹿出来,张开双臂,步步逼近,最让人担心的是他有时还会脱下裤子露出自己的生殖器。为了避免这种流氓劫难,村里几乎所有的父母都会告诫自己的女儿:“一定要和男同学结伴而行。”即使是小姑娘的父母也会这么说。“谁知道呢,也许他心痒痒了,连小孩子都不放过呢?”汪春傻几乎让所有女人恐慌,但他害怕男人。若是路遇男人,他会畏畏缩缩地贴着路的边缘侧身行走,他身上的很多伤疤都是被恶作剧的男人给欺侮出来的。所以,平时我和天男也总是和同村的男同学一起行走,当然在早一年我们还小的时候,我们偶尔单独行走遇上他,他也就瞧一瞧我们,一副不屑的样子昂头走了。然而现在,天男显然已经成为他的目标。

那一天,天男又被她的李老师叫去拿试卷了。等她回到宿舍时已经很晚了,所有的男同学都已经回家,我们俩只能硬着头皮提心吊胆地上路。我们心里暗暗祈祷,希望一路上碰不到汪春傻,即使碰到了也像过去那样平安无事。但是在经过一段上坡路的时候,他还是出现了,只见他已经张好双臂,站在距我们几米远的地方,哈哈大笑着拦住了我们的去路。我们环顾四周,没有任何人影。

“喏喏喏,你这个大大的。”只见他右手指指天男,又在他自己的胸口比画着,兴奋得像猴子一样跳起来,天男立马把书包抱在了前胸。我知道,今天我们得用自己的机智和他正面交锋了。

我记得爸爸跟我说过,汪春傻虽下作,但他还是有底线的，他从来不会打人、伤人，别人打他，他也不还手。那么，我就可以利用他的这个特点了。我寻思着，轻声跟天男说："你站在我前面挡着我，我来捡小石子，然后趁着我朝他丢小石子，你就先跑过去。"说完，我就蹲下身去，汪春傻看见我的举动，闭住了直流口水的嘴，也像我一样蹲下去，我以为他也要捡石子，但没有，他只是学着我的动作蹲在那里，眼睛始终盯着天男。我试着先扔一粒小的石子在他的脚上，他哇哇叫着跳了起来，就在那一刻，我让天男快跑，天男便从他的侧面飞快地跑过去了。为了防止他去追，我继续扔小石子，这下击中了他的大腿，他疼得"哎哟哎哟"地叫了两声，我捡起旁边的大树枝，高声喊着："呀——"英雄就义般向他冲过去，只见他一边揉着大腿一边一跳一跳地往路边的草堆里逃窜。我扔下树枝，拔腿往前跑，一直跑到很远，回过头看，汪春傻骂骂咧咧地抱着双臂，远远看着我们。

那天之后，天男用一块白布把胸给紧紧地裹了起来，再穿上背心和外衣。夏末初秋，天依旧很热，我常常看见她因此而汗流浃背。

一天晚上，当大家都熟睡了，我爬到天男那一头，把嘴凑在她耳边轻声哀求："我想看看你的奶奶(乳房)。"她拍了我一下，害羞地说："你讨厌死了。"我不依不饶，她拗不过我，就心不甘情不愿地解开了纽扣。

之前，我看到过很多妇女在喂奶时袒露的乳房，觉得那只是小孩的饭袋子。我妈喂我弟弟时，我也偷偷仔细观察过，尽管相比别人来说，皮肤较为细腻白皙，但已经有点儿下垂，一点儿都不美观。她总是当着我和妹妹的面说："被你们几个吸成这个样子了，你们说，做娘的苦不苦啊？”

这会儿，借着窗外投进来的月光，我看到了一对雪白而精巧的乳房，仿佛就是一对白瓷做的艺术品，它们像两座小山一样昂首挺立着，圆润而饱满。天男扣上纽扣：“去去去，睡回去。”我依偎着她躺下来，好奇地问：“它们还会大起来吗？”

“天哪，不要再大了，丑死了，我绑一整天已经累死了。”

“我觉得它们很好看啊，跟你的人一样好看。”

“好看？好看又不能当饭吃。”天男竟然搬出了她父母的话。

“哎，你中了你爸妈他们的毒。好看当然不能当饭吃，但是谁想自己难看呢？”

“但是，会惹来一堆麻烦。”说完，天男长长地叹了一口气。她转过身，欲言又止。

“你有心事，天男？”

她不作声，不作声往往代表着认可。

“到底怎么了？你说嘛！你不说，我就不让你睡觉；你说了，也许我可以帮你一起出主意。”

“我在抽屉里发现了三封信，男同学写的。我感到很羞愧，没看完就去交给李老师了。李老师就把他们三个叫到办公室骂了一顿，罚站了一个下午，有一个因为还嘴，被打了一巴掌。李老师从来不会打人的呀。我有点难过，就去找李老师。”

天男断断续续地说着，我凝神屏气地听着。

“然后呢？”

“然后——我也不知要如何说，雨晴，我的心情好复杂好复杂啊！”说完，她别过脸去，但是我一把把她掰过来，着急地问：“告诉我，接下来发生什么了？”

天男躲闪了几下，吞吞吐吐——

“李老师把我叫到他的宿舍去了。进门后，他突然一把抱住了我，他抱得我很紧，我很意外，也很惊慌。他让我不要出声，他告诉我，不要怕，只要有他在，他就会帮我好好教训他们的，他说要保护我。我说不要这样，我用力地挣脱了，靠在墙上。我跟他说对不起！李老师马上连声说对不起我，他说他只是太关心自己的学生了，他说他把我当小妹妹了，哥哥不能容忍妹妹被欺侮。我想了想，心里又很感动，李老师对我那么好，我却用那样的态度对待他，还误会他，我觉得很惭愧。我就告诉李老师，我并没有想害那三个男同学的意思，也不愿意他们受到那么严重的教训和处罚，我只是想让他们不要给我写信。但是李老师不让我再开口提到他们，他走过来把我的嘴捂住，他说他什么都知道，他说我心里想什么，他都懂。后来，在走回宿舍的路上，我觉得不对，李老师并不知道我的想法啊，否则他怎么会那么做呢？还有，那三个男同学一定恨死我了。这件事，我想我做错了，李老师也做错了。”

我一声不吭地听天男轻声细语地把事情说完，心里像打翻了酱醋坛子一样，弥漫着复杂的滋味——很不是滋味。我脑海里浮现出的是那天在李老师宿舍的情形，李老师的眼睛，总是专注地看着天男。我也一直像天男那样以为他是对一个优秀学生的关心，但现在看来，显然不纯粹是了。

还有一次，我还因为这个差点和室友吵起来。天男的同班同学和别人说着阴阳怪气的话，她说：“有人总是受宠，学习上长期开小灶不说，现在又一个人霸占了一张桌子，座位的位置又最好，这样方便老师投来关怀的目光啊！”说完，众人起哄嬉笑起来。

“你在说谁呀？”我扑到她的床上问。

“你说会是谁呢？还会有谁呢？有人和你‘同床异梦’了，你还不知道？”又是一阵起哄。

后来，我问过天男，她回答我说：“我是英语课代表啊，李老师当然会要求我懂得多一点！换位置是因为我眼睛有点近视了，常常眯起来，李老师发现后把我调到了前面，我们班人数是单数，总有一个人要单独坐的，李老师说这次轮到了我而已。他上课经常看我，是想知道我是不是能回答出他的提问。李老师是好人，她们怎么可以这样说他呢？”

天男若无其事地跟我解释着，看着她天真无邪的眼睛，我真的替她着急。我想王音在的话，一定也会和我一样怀疑的。

“天男，现在在我看来，三个男生的事会很快过去，但你们的李老师心怀鬼胎，你却蒙在鼓里，你是真不懂还是假不懂啊，连我都懂了，你怎么这么傻呢？”

“你也这么说他？怎么可以这样说他？他是老师啊，他只是关心我，像对妹妹一样。”

“这是我的直觉。他会欺侮你，比你那个小舅更进一步。”

“雨晴，闭嘴！你的话让我生气。”

“我就是要警告你，必须严肃地警告你。”

“他才不会。他只是关心我，他只是不希望我被男生欺侮。”

“你真是太糊涂了。”

“我相信李老师，他是一个好老师，再说，我那么脏……”

“但愿你没有忘记王音和我们的约定。”

那一晚，我迷迷糊糊，似梦非梦，也知道天男一直在辗转反侧着。

第十五章

次日傍晚，我们又来到了王音树下。天男把事情跟“王音”详尽地说了一番，我也把我的想法重复了一遍，只听得山风阵阵，树叶沙沙，伴着天男轻得不能再轻的抽泣声——她是被我的严厉指责逼哭的。我仰躺在树上的两根粗壮的枝条间，闭着眼睛聆听，并呼唤着王音！此刻，我多么希望她能和我们在一起，她是一个多么有办法的人啊，她总能抚平我和天男所有的忧伤以及偶尔的隔阂。想起王音，我的眼泪不由自主地流下来，但是我不能让天男看到，就在我用手去偷偷擦眼泪的当儿，一片叶子落下来，滑过我的脸，又飘向天男的肩头，停住。

“是王音。红梅说过，灵魂会以不同的形式来到我们身边，一定是王音。”我一骨碌坐起来，从树上滑到地上，坐在天男身边，和她一起目不转睛地盯着她肩上的那片青黄相间的树叶。它是那么明亮、那么干净，没有一点儿杂质，散发着淡淡的青草和阳光的味道。我把我的一只手轻轻地放在天男的另一个肩头。她侧过头来看看我，又迅速地把目光望向远方。

“王音，是你吗？你是来安慰我的吗？”天男一副楚楚可怜的样子。

“我觉得，她是来提醒和警告你的，和我一样。”我口气坚定，带着一种批判的情绪。

此时一阵清凉无比的风吹来，叶子微微动了一下，但还是没落下来。

“不信我们来打个赌，让风来当裁判，如果在十秒钟内，叶子从你肩头落下了，说明我说的是对的。否则就是你说的对。”我想了一个主意。

天男疑惑地看了我一眼，算是默认。

“一、二、三、四……十。”

叶子纹丝不动。我倒吸了一口气，觉得那不可能，我的直觉难道会错？一定是王音搞错了，或者她只是为了希望我和天男不要有争执，让我消除怀疑？我观察到天男嘴角勾起了胜利的笑容，她说：“雨晴，你不该对人有怀疑，你总是疑神疑鬼的，让人伤心，这真是不好。”

面对她闪闪亮亮的目光，我别过脸去。我，再也无话可说。

好吧！算我错了。

日子一天一天过去，然而我的疑心并没有减退，只是不提罢了。也因此，我隐隐感觉到我和天男之间有了那么一丝丝的距离，她在有意回避提英语和李老师，她一心扎在学习上，晚上总是最后一个回到宿舍，回来就刷牙洗漱后上床睡觉。有几次，我在月季架下等她，她也没有来。她的解释是：“我想再努力一下，去考师范，我父母已经确定不让我读高中了，但若能直接考上师范，他们也许就会让我去读。”

我理解她，这是个大事，也是一个美好而现实的愿望。每当她提到她的家，我便不得不同情并包容她的一切。

我决定放下自己心中的包袱，去相信天男的选择是对的——我希望她是对的。

这一年的寒假，好消息不断。我们听到的第一个好消息是汪春傻失踪了，我们再也不用提心吊胆了。第二个好消息是我获得了一个成长礼物——一块外公买给我的上海牌手表。外公是我们整个家族中最有钱的人，他是一名茶师，专门指导各村各地的茶场炒茶。尽管他也重男轻女，他喜欢他的孙子(也就是我大舅的儿子)远胜过我。但他也喜欢会读书的聪明孩子，当他屡屡从我妈那里获知我的学习成绩好脑子也机灵后，对我也越来越好了。当然，我妈在他面前夸我常常是添油加醋的，她的目的很明确。

“说不定，我们家族能出一个女大学生，那倒也是件光荣的事。”他跟我妈说。

我妈得意地看他一眼，及时地接上一句：“是喽，那就看您这外公如何当了。”

我爸连忙向我妈使了个眼色，他认为我妈这样明目张胆地向一位长辈讨要，有点过分。但外公倒是听进去了，没过几日，他像往常带他的孙子一样，也带我去了城里，让我第一次体验了坐公共汽车。他还带我去见了一些他认识的有名望的人，给我买了很多我从没吃过的食物。

小年夜前一日，外公托人捎来口信，让我父母去一趟，说是有东西要送给我。我父母白天忙得没有时间，只能在夜晚打着手电筒翻山越岭去外公家，又因天黑路滑差点摔到悬崖

下。当天晚上返回家已是夜半，我已经睡着了，妈妈把我摇醒：“快起来，看看这是啥？”我睡眼惺忪，在橘黄的灯光下，看到了一块闪着银色光芒的女式手表。“这是你外公专门买给你的。”“啊——太好了！”顿时，我的每个毛孔都清醒过来，激动得一骨碌爬起来大喊大叫。

“老头子算是良心发现了，他给他孙子买东西从来都是不眨一下眼睛。现在，知道雨晴会有出息，也重视了，舍得花60元钱，给外孙女买名牌手表。”

我不喜欢我妈用刻薄的语气去说她的亲爸，我爸也在一旁数落她：“没良心的人是你，话说得那么酸，都不感谢他，还在挖旧账。”

“我当然要挖。从小他就有偏见，我记得可牢了。雨晴，看你了，你一定要拿本事出来，让他老头子看看，你肯定会比他孙子强，强上一百倍。”她着重了最后一句。

“雨晴，别听你妈这套没道理的说法。你外公给你买表，是希望你珍惜时光，好好学习，天天向上。你读书又不是为他读，更不是为你妈的一口怨气读，你是为自己的未来读。”最后，我爸结束了这段无趣的对话。

次日，我把手表拿给天男看，她露出羡慕的神色。我说：“我的礼物也是你的礼物，我戴一天，你戴一天。我们一起珍惜时光，好好学习，走出这个山窝窝。”天男一把把我抱住了：“雨晴，你真好。”那一刻，我把一切的不愉快都忘记了，我们之间那条细微的裂缝也消失了——我也伸出双手紧紧地抱住天男，鼻尖一阵阵地泛酸，我是多么在乎天男啊，我是多么在乎我们两个人的友谊啊！

当然，还有一件美好的事是红梅一家回来过年了，她和华明已经生了一个胖小子。我和天男见到依旧美丽的她，真的很开心，她给了我们以前从没吃过的糖果和面包，还给我们两个各裁了一条新的绿色喇叭裤，我们迫不及待地穿上了。

自从我上初中，红梅一家去城里后，我们很少见面了。听说她通过父亲，给华明安排了一个纺织厂的岗位。华明因为吃进肚里的字多，又写得一手好字，单位里的黑板报、广告栏都是他出的，他很快就成了单位的文化红人。红梅凭借自己的心灵手巧开了一家缝纫店，两年左右的时间里，她的手艺就被一些老板看中，生意越来越红火。他们夫妻依然恩爱如初，这从他们相互注视彼此的眼神里就看得出来。华明一有空还是捧起他那发黄的砖头书，儿子在他怀里咿咿呀呀。现在，村里没有一个人敢说他们喝西北风了。相反，当年的说道者生活现状却是有退无进，过着青黄不接的日子。红梅曾跟我们说过："我心里其实很同情这些人，整天把心思用在挖苦数落人家上面，却不去拾掇自家长满野草的田地。我们才不会浪费时间去回应她们，没空。"

"我媳妇真牛，要不是有她嫁给我，我这个穷光蛋可能早就饿死啦。"华明从书本里抬起头，用他的那双近视眼深情地看着红梅，憨厚而又满足地呵呵笑着说。

"总算是讲句人话了。"红梅脸一红，嗔怪道。

我和天男坐在一边听着他们一言一语，感受到了什么是夫妻恩爱，什么是幸福。这种感觉在我家里也偶尔会有，但不持久，因为我妈尽管有着一颗豆腐心，嘴巴却像把刀子，总是毫不留情地将那些好不容易长出来的幸福给割掉。至于天男家,那是连幸福的影子都没有的。我想,我们的重大约定真是太明智了,因为这世上,不光要有一个好的男人,还要有一个好的女人,两个好人在一起,还要相互恩爱和理解,这种机会实在是太稀有了,全高塘村也只有红梅他们一对。那还不如干脆不结婚,去寻找另一种幸福算了。但是,我并没有把这个想法告诉天男,我怕引起她对我的警惕——我怕她因此离开我。

转眼间,新的学期开始了。红梅说:"你们两个都已成大姑娘了,我没什么可以送你们的,只有两句话送给你们:一句是'主意在自己,一定要靠自己,耳朵皮不要太软,被人一哄就哄去了'。另一句是'不要轻易相信别人,要相信自己'。"我和天男把这两句话认真地抄在了日记本上,并在那一页夹了一片油茶树叶,我们都希望王音也能看到。

天男全身心扑在了学业上。每天早上我醒来时,她已不在,我睡觉时,她还没回来。她说她知道自己不够聪明,过去的成绩一直是靠时间磨出来的。现在时间所剩不多,她被老师特许,可以在办公室里复习功课。她的艺术素质考试已经高分通过,接下来就只要看文化考试了,她得做好最后的冲刺,冲进师范,争取变成城市户口,这是她唯一能改变自己命运的机会。

有一天,她像做贼似的把我拉到油茶树下,又是支支吾吾了老半天才开口:"李老师竟然教我如何作弊!我政治这门课比较弱,他说我这个人胆子小、容易紧张,怕我在考试时发挥不好。他不希望我出一点儿差错,所以告诉了我一个方法,用一支没有笔油的圆珠笔事先在白纸上抄好答案,然后把这张纸带进考场当草稿纸，监考老师一般是不会留意这张纸的。雨晴，我有点害怕，我从来都没干过这种事情。我说不敢，李老师笑我胆小。为了说服我，他说他会想办法争取亲自去我的考场监考。如果那样，我就想试试看，只是心里有点七上八下、忐忑不安。”

“天男，你还记得红梅送给我们的话吗？靠自己的努力，相信自己。”

“嗯，当然记得。我已经决定了，这一次不听李老师的话了。我想李老师最终会赞同我的这个做法的，李老师的本意也是希望我考好，是为我好，他对我真是太好了！我会向李老师保证一定把政治这门课重点复习的。”

天男一句一个“李老师”，听得我胸中蹿起一股莫名的火，最后化作我手中的一股力气。我拾起一粒石子，用力向远处狠狠地扔去，同时也向她扔下一句冷冷的话：“你自己看着办吧！”便头也不回地下山了。身后传来她非常无辜的声音：“雨晴，你这是怎么啦？”

是啊！我这是怎么啦？我也在问我自己，我为什么要生那么大的气？我想起那句话：“哀其不幸，怒其不争。”也许，我对天男性格里的软弱一直以来都存有成见，随着年龄的增长和对世事的洞察，变得更加明显，以致我再也无法忍受——她那忍气吞声、逆来顺受，以及对人不分是非、一副单纯傻气的模样，让我极不舒服。

如果说，天男这样的性格最后导致了她的坎坷人生，那么我呢？我又是怎样一个人？多年后，当我回想起，那时的我是一个多么自以为是、自作聪明而又固执、刻薄的人啊！我的教

训同样是血淋淋的。

不久后，宿舍里有人在交头接耳，说那个教初三的李老师失恋了，他的女朋友和他分手了。

“你们没发现，他女朋友已经很久没来看他了吗？听说是因为嫌他在偏远的小镇，不能忍受两地相隔。”

“才不是呢，我那天去办公室交作业时，听另一位老师说，是因为李老师移情别恋，不爱他女朋友了。”

我的心一紧，冲动地向天男的教室走去。但走到一半，我还是拐向了月季架下，除了拨弄地上的杂草泥土便无事可做，这让我显得更加心烦意乱。我无法去教室安心做功课，我也不想回到宿舍听那些讨厌的流言蜚语。我坐在那里，想王音、想红梅、想奶奶、想爸爸，想一切可以让我温暖的人和事。

那天晚上，宿舍里熄灯时间要到了，天男却还没回来。突然，有种不祥之兆汹涌了我的整个心头。

我跑出宿舍去找天男，教室，不在；月季架下，不在；从教师办公室窗外看进去，也不在。我心慌意乱，最糟糕的想象却是自动呈现出来。我重重地呼吸了一口气，鼓起勇气，穿过长长的弄堂，向教师宿舍区走去。

在那个有点熟悉却依然陌生的房间门口站定，调整好呼吸，我举起了手，叩响那扇棕色的木门。

没有反应。

我再次更用力地敲门。

几秒钟后，我听到里面有了动静，转眼，门开了一小半，露出李老师的脸。即便在昏暗的灯光下我也能看清，这张虚伪的脸上带着一种不耐烦的怒气、惊讶，但仍强颜欢笑着。

“是雨晴啊!”

还没等我开口应答,他就把门完全打开了,并扭过头去,看向坐在书桌前的天男。天男闻声也转过身来,怔怔地看着我,她的脸上还有淡淡的泪痕,长长的睫毛潮湿地粘在一起,就像往常任何一次受了委屈那样,一副楚楚可怜的样子。我暗暗地咬牙切齿,握紧拳头,才压住了那股蹿上来的火气。

她起身走向我,到了门口又站住,转头看了李老师一眼。我拉起她的手,快速离开了那个温柔、仁慈的陷阱。直到此刻,我仍坚定地认为那里就是一个陷阱。一路上,我们都一言未发,我胸中的愤懑之气一次次涌上来,又一次次被我强行压了下去。我怕自己一开口,就收不了场,然而我即使开口,我又能说什么呢?

宿舍的灯早已经熄灭了,这样正好,我们看不到彼此尴尬的表情,我们摸索着各自一头躺下。有那么一会儿,我屏住了呼吸,想聆听到什么,但我连她的呼吸声都听不到。我们之间的那条裂缝复又回来,并且,这一次更大了,以至于在同一个被窝里,我不自觉地将身体往被子的边缘靠——我不想碰到她,哪怕是一点点儿。自从天男被他小舅非礼后,她总是说自己脏,而我从不那样认为。但是现在,我觉得她很脏,非常脏。

第二天一早,她轻手轻脚地起床、穿衣、出去,她以为我不知道,其实我都知道。等我拿着课本出去时,远远看见她坐在一棵梧桐树下朗读的背影,她没去我们以往常去的月季架下。我也没有过去和她打招呼,依然坐到了月季架下。

到中午吃饭时,我也没见她拿饭盒回宿舍吃,晚饭也一样。

晚上，等我回宿舍时，却发现她早已躺在床上，假装睡着了——我确信。我知道，她在有意回避我，她无法面对我，无法面对我们的约定，她一定理亏了——我隐隐感到，我们俩曾经山盟海誓的友谊遭遇了前所未有的危机。

轻轻的我将离开你
请将眼角的泪拭去
漫漫长夜里 未来日子里
亲爱的你别为我哭泣
……

这熟悉的旋律，最近总是会在傍晚的时候从远处传来。而此时此刻，它在我心中一遍遍地响起，我不知道，谁会离开谁，可分离的气氛是如此浓厚，它几乎整日整夜地笼罩着我。

冷战持续了整整三天，无论是宿舍还是路上，谣言像风一样吹进了我的耳朵，而她依然我行我素。我偶尔在路上遇到那个李老师，他朝我笑笑，安若泰山。直到第四天的傍晚，有个男生特地跑过来，带着讽刺的口气跟我说："失去好朋友你很孤单吧？这下该相信她是一个重色轻友的人了吧。"我再也忍无可忍，晚自习最后一节课时，我提前蹲在天男的教室门口，等她出来，一闪而上。

"吓我一跳，雨晴，你在这里干什么？"她吓得手中的书本掉落一地。

"干吗？我倒是要问你，你这几天在干什么？"我压抑已久的火苗呼地蹿上来。

"我忙着复习，忙着准备考试。"

“哦呸，鬼才相信！光明正大一点。”

天男低头沉默了一会儿，再抬头：“雨晴，不要逼我，你这样子很难看，你知不知道？”说这句话的时候，她几近哽咽。然而我的怜悯之情已荡然无存。

“明天傍晚，我们去王音树下，你给我一个说法，否则我们从此绝交。”我说完就噔噔噔地先跑回宿舍了。

那晚，她很晚才回来睡。她回来的时候，我正四脚朝天地霸占着床位，她很小心地上床，很小心地往床边缘上侧躺下来，很小心地捂着嘴咳嗽——有那么一刻，我动过恻隐之心，但转瞬即逝。

第二天，我故意以迟交作业的名义去了教师办公室。我想瞧瞧那个李老师，甚至想去搞点恶作剧。不行的话，白他一眼也算是解恨了，我憎恨他用他的“怀柔政策”把我的朋友从我身边拉走。事实上，我至此都不知道他对天男到底做了什么。但是我认定他是做了什么的，以他作为教师的名义，或者假心假意的大哥哥的名义。

我拿着我的本子走进办公室的时候，发现李老师不在。我有点失望，但是等我交好作业经过他位置的时候，却发现他桌上的玻璃板下仍压着他和他女朋友的一张照片。我想，如果他此刻正坐在这里，我一定会当着全体教师的面揭发他，让他无地自容。但是他不在，那我也不能空手而归，我发现那块玻璃的左侧积满了灰尘，便快速地伸出食指在上面写下六个字：“大坏蛋、伪君子。”我心想：你这个下作的老师，还教天男在白纸上作弊呢！说什么别人看不见，只有自己看得见，那么看看我给你的礼物吧！放心，别人看不见，只有你自己看得见,收下吧!

我走出办公室,掸掸双手,一身畅快。又特意绕到天男的教室外面,透过窗户,我发现那个大坏蛋正站在天男的座位边上,一手撑着桌面,一手在天男的本子上指指点点,而坐在座位上的天男则频频点着头。好一派师生情意绵绵的和谐画面! 但是,我就是要去破坏它! 我走进教室门口,站住,扬起头大声说:“天男,你可别忘了放学后的约定!”他们两个人同时抬头看向我,又相互看了一眼,李老师站直了身体,双手抱在胸前,继续看着天男,而天男看着我,重重地说出一个字:“好!”

第十六章

春天的脚步渐行渐远，山上的灌木仍茂盛着，杜鹃花也依旧红艳艳。近两年的日子里，我们曾无数次手拉着手来到这里畅谈。但是这一次，也是第一次，我一个人上山，一个人久久地等待，等待一个熟悉的陌生人。我希望她像上次那样坚定地告诉我，我的一切猜测和担心都是错误的、多余的，那个人什么也没有做——哪怕这一切都是谎言。但我又多么希望她能够坦诚地和我说出一切真相——哪怕这个真相就是我所担心的，至少，让我可以看到，我们还是无话不谈、亲密无间的朋友。如此，我也许可以原谅她的一切，也请求王音可以原谅她。

人心是多么复杂，又是多么脆弱啊！是或不是，对或错，都在于一个所谓合理的理由，一个可以让自己内心能够平衡的理由。

她来了。

尽管姗姗来迟，但终于还是来了。

她在距我两米之外的坡上坐下，身子侧对着我，一言不发地看着前方。

沉默，长长的沉默。

“到底怎么回事？天男！有什么不能跟我说的？为什么

要躲着我?”我终于打破了这令人窒息的沉默。

“不是你想象的那样。雨晴,李老师不是你想象的那样。但我说了,你是不会懂我的。雨晴,我要如何跟你说呢?你真的会懂我吗?”她突然就声泪俱下。

“你都不说,我又该如何懂?我只是不希望你背叛自己、背叛我们的约定。”

她把头搁在双膝上好一会儿,终于抬起头来,看向我。

“雨晴,这一次,我没有背叛自己,我忠于自己的心。但注定得背叛你和王音了——如果说那个约定不可动摇的话。”

我站起来,几乎是颤抖着双腿一步一步挪向她,在她面前蹲下来。

“你再说一遍!”

天男以更大的声音重复了一遍。还没有等我反应过来,她接着说:“我长这么大,从来没有感受到一个人可以带给我那么大的安全感。我从小向往爸爸的怀抱,可是除了鞭子,什么都没有。我生活中出现的所有男人,除了打我、欺侮我,就是剥夺我的权利。只有李老师,他关心我、赞美我、鼓励我。他告诉我,我可以为自己争取到好的日子。”

“那么,我所有的猜测都是对的。你和那个人?你那么小,他那么大,你们竟然那样子搂搂抱抱?他女朋友不要他了,他就仗着是老师来欺负你,你竟然会相信他的甜言蜜语?难道你真的要成为我们三人组的叛徒?”我的眼泪止不住地流下来,最后泣不成声。

“他没有欺负我。雨晴,我们在慢慢长大,为什么不能有变化呢?那个约定只是我们小时候的游戏而已。”

“游戏？谁说只是游戏？来，你来问问王音，你敢对着她的灵魂说，那个约定是她当作游戏来玩的？”

我一把拉起天男的手，使劲地把她拽到了树下，放开手，她扑通一声跪倒在树下。

“你扪心自问吧！”我顾自蹲下来，想起王音的音容笑貌，想起我们儿时的约定，那是我视之为一生梦想的约定啊！我放声大哭。

天男的上身伏在树干上，除了哭，还是哭。我们的哭声一高一低，交织在一起，让周围的一切都陷入了悲伤。

“雨晴——”天男不知什么时候也蹲在了我身边。

“红梅不是说过吗？如果遇到心爱的人，会想要和他在一起。”关键时刻，她搬出了红梅。

“没错，她是说过，那又怎么啦？王音的话说在她前面呢。再说，那个李老师，能像华明那样好吗？”我没好气地回道。

“王音说的时候，我们都是不懂事的小孩子，不知道爱一个人的滋味。现在我知道了，我想和李老师在一起，我不在乎他会怎么看我，我甚至不知道他心里到底是怎么想的，但我愿意相信他说的每一句话，哪怕他是哄骗我的。”

“你！你！你怎么这么——贱啊！”我终于没有忍住，说出了这个一直盘旋在我心头的字，这个残忍的字，这个让我终身后悔的字！为了掩盖我的失态，我又平静地补上一句，“反正你的路就两条，一是去和他偷偷摸摸地相好，从此不再是我的朋友了，我也许会去告诉校长，告诉你爸妈；二是不理他，反正，我一点儿都不喜欢这个人。”但显然，天男只听进了那一个字。

“哈哈哈，贱！是的，我就是一个贱人，想不到有一日你也这么看我，你这样高贵的朋友，看来我是高攀不起了。”天男几乎绝望的笑声，一声一声回荡在山林里，也敲打在我的心口上。我一时无语，摇着头，似有千万只蚂蚁爬行在我的脑袋里，我十指插在头发里，用力抱着头，心里一遍遍责问自己：“为什么？为什么会这样？”

仿佛过了好久，天男以非常平静的口气说：“雨晴，我最后一次把情况跟你说清楚，我想把考试考好，李老师说了，他会帮我，辅导我。他说我只要考进了师范，他会供我读完书的，不会让我父母为难我。到时，我就可以追求自己的人生了。我相信他会那样做的，现在他是我唯一的依靠和希望。再说，你难道不希望我的未来好吗？你难道希望我为了我们儿时的约定，放弃获得幸福日子的可能吗？我要选择的路，眼前真的只有两条，要么考上师范，要么回家里务农，过上我妈妈那样的日子。我的心，从未像现在这样坚定地想要为自己争取好日子。如果你一定要逼我，我只能让你失望了。如果你已经嫌弃我了，那么我们各走各的路吧！你说你要去告诉校长和我妈，我想你这是气话，你还不至于会那么做，因为那样对你没有任何好处。”

“你冠冕堂皇地谈希望，想过好日子，却把希望寄托在一个不可靠的人身上。你也太不把自己当一回事了，你为什么不靠自己？”

“靠自己？呵呵，所以我说你终究是不懂我的，我的家庭环境和你的太不一样了，你有全力支持你读书的父母、爱你的爸爸，我什么都没有，我在家里什么都不是。我一个人连走出门槛的机会都没有。”

我一时无语，隐隐觉得心疼，但我又是那么固执，在那一点上无论如何也跨不过去。人生中总有那么些事，回头再看，真的会让自己瞧不起自己，直想抽自己一巴掌。然而，在那一刻，我就像是被魔鬼缠身一样失去了思想和理智。我无法与她并肩同心，而是成了她生命中众多剥削者的一个。借着朋友的名义，为了捍卫我们所谓的约定，不允许她有任何走向男人、依靠男人的可能性。

“算了，红梅说得对，每个人也只能管好自己的命运，没有办法去管别人的命运。你既已决定，就这样吧。但我不会祝你好运的。”我说完，头也不回地跑下山了。身后传来天男长长的呼唤：“雨晴——雨晴——”但那尾音瞬间被淹没在远处传来的《大约在冬季》的歌声中：

没有你的日子里
我会更加珍惜自己
没有我的岁月里
你要保重你自己
……

在我下山折回宿舍的转弯处，那个李老师拦住了我，眼里布满了忧虑。我想从边上溜过去，但他以更快的速度挡住了我的去路。

“告诉我，你对你朋友做了什么？”

“她已经不是我的朋友了。让我走。”

“不行。你不能这样对她，她对你那么好。”

“天知道，若是真的对我好，她就不会背叛我们的约定。还有，我讨厌你，请让开。”

“我知道你讨厌我，对我有意见，我也看到办公室玻璃上的字了，想不到你一个小姑娘心肠这么硬。你可以对我做任何事，但你不要伤害她，她太可怜，至少现阶段让她好好准备考试，她只要考上师范，我会帮她。”

“我就是认为你有心计和目的，假惺惺一套！也只有天男这个傻子才会相信你，我无法相信你。对不起！”我气呼呼地跑了。

之后的两天里，天男和我真的形同陌路，除了形式上还睡在同一张床上——我们连眼神交汇都不曾有。有几次，我欲言又止，我是多么希望她能主动开口，告诉我，她想通了，她会靠自己，她会守护我们的约定。

但是，她没有。

我心里有一种强烈的失落感，过去我们也曾有过误会或争吵，即使是我错了，她一般都不会记在心里，每次都是她主动跟我和好，她总是说：“雨晴，你对我那么好，你一定不是故意的。”但是，这一次，她显然已经认定我是故意的，所以她不会理我了——她真的不理我了。想起往日的点点滴滴，想起三人同行的日子，悲从心中来，我满肚子的委屈——我这还不是为了她好吗？

就在我独自经过梧桐林决定想要去找她的时候，那个男生，那个曾经给天男写过信并被李老师责骂过的男生跑到了我的身旁。

"现在上课的时候，李老师的眼睛除了看黑板，就是看着天男，全班同学都心知肚明。"

"心知肚明什么？"我故意问他。

"当然是他们关系不一般喽，但是天男一定会被他欺侮的。"

他这一说，把我刚刚冷下去的火苗又给点燃了，我的心中再次升起满满的对李老师的怨恨。不行，我还是要替糊涂的天男伸张正义，让她死了那依靠李老师的心，让她的心重新回来。

"你能帮我吗？"我问这个男生。

"当然可以，我还没找他报仇呢。"他立马答应。

我环顾四周，不见一人，就把我的想法轻声告诉了他。

次日清晨，很多人围观在教师办公室的门口，外墙上贴着一张很大的纸，上面一笔一画地写着一行字：李××老师长期"欺侮"女同学，作风下流，罪该受罚。

所有同学来了，所有除了李老师的教师也来了，食堂的工作人员也来了。校园里一时沸腾起来，大家东一簇西一簇地聚在一起说三道四、指指点点。我则若无其事地经过他们，来到教室做作业。

天男来到我的面前，"啪"的一声，一巴掌拍在我的课桌上，满脸绯红。

"这下你高兴了，是吧！得意了？满足了？但我会恨你的，恨你一辈子！一辈子不够就再下辈子！"我从来没有看到过天男如此生气的样子，一下子把我给看蒙了，她的嘴唇颤抖

着,双眼透出了一股冷冷的、锐利的光,让我毛骨悚然。

她竟然那么快就知道是我指使的了。

呵,她当然知道,除了我,还会有谁呢?

“天男,那上面又没写到你什么,难道你到现在还蒙在鼓里吗?我要为你打抱不平,我要救你,你懂不懂?”我站起来急急地解释着。

“不——需——要!我不需要再跟你说。”她几乎是歇斯底里地喊道。

我妈以前告诉过我,当一个人在你面前被气得发抖,火都快烧到眉毛了,这时你最好闭上嘴,不要再刺激他。等过一会儿,他气消了,平静下来了,他反而会有一种发泄后的轻松。我静静地看着天男,不说一句话,却默默在心里想:“总有一天,你会明白我的苦心的。”

她哼了一声,风一样地跑走了。

那张纸很快就被撕走了,那个写字的男生被叫到教导主任那里问责了。但是谢天谢地,他没有供出我。当天下午,李老师也被传去教育局配合调查了——尽管在这之前,老师们多多少少听说了一些李老师和自己班上成绩最好的学生走得很近并且常给她开小灶的消息。但是基于李老师的教学能力和地位,在事情没有确认之前,他们都是睁只眼闭只眼,暗地里说说闲话而已。然而现在,一切都成为公开的谈资了,有些年轻的教师还巴不得等着看他的笑话。

没过几天,听说李老师被调走了,被调到了一个更偏远的初中去了。随后,有关“整顿教师队伍作风问题”的会议开始频繁召开。因为要参加大大小小的会议,老师们常常让学生自己自习做作业，于是，教室里也同步开起了小会，我这才认识到事态的严重性。

我本以为，过不了几天，天男就会理解我为她所做的一切，她会与我和好，我们的友谊便会重新开始。但是，这一次，我太一厢情愿了，天男避得我很远很远。

红梅说过："一个没有经历过爱情的人，是不会懂得爱的甜蜜和幸福的。"是的，我不懂爱情，所以，天男说："你不会懂我的。"是这样的吗？难道天男真的经历了爱情？所以，她认为没必要再跟我这种白痴解释。那么，我所有的心思不都白费了？她真的会恨我吗？想到这里，我非常恐慌。

天男把自己的物件，从我们共同的床铺搬到了墙角落那个本来堆放杂物的破床上，连招呼都没和我打。半个月前我借给她戴的手表，也被她放回我的枕头上。记得那时我跟她说："天男，你要赶考，我把手表借给你戴，直到你考试结束。"记得她抱着我说："愿它带给我好运。"但是现在，她不要它了，我也放出了狠话："我不会祝你好运的。"啊！我的嘴，那么毒辣的烂嘴巴，我太狠了！我拎起自己的手在嘴上狠狠地打了两巴掌，麻辣的滋味迅速蔓延至整张脸，直至眼睛——两股滚烫的液体满溢而出……

轻轻的我将离开你
请将眼角的泪拭去
漫漫长夜里 未来日子里
亲爱的你别为我哭泣
前方的路虽然太凄迷

请在笑容里为我祝福
虽然迎着风 虽然下着雨
我在风雨之中念着你
没有你的日子里
我会更加珍惜自己
没有我的岁月里
你要保重你自己
你问我何时归故里
我也轻声地问自己
不是在此时
不知在何时
我想大约会是在冬季
……

冬季还那么遥远！我孤单地坐在傍晚闷热的树下，听着同一首歌，听着听着，满眼潮湿，就仿佛是天男在唱给我听。不！现在的天男没有这般温柔，她不要我的祝福，她说她恨我，一辈子，甚至下辈子。

第十七章

我一手制造的“炮弹”总归是随着日子的流淌而慢慢灰飞烟灭，随之灰飞烟灭的还有我们的友谊和天男的好日子……

天男的政治考试发挥失常，英语也没有考出正常水平，最终以三分之差落榜。

她的梦想终于被我挖空心思地搅破，但是除了她自己，没有人知道搅破她梦想的魔鬼是我。于是，老师们都想当然地认定谁是罪魁祸首，他们都说——这李老师，把一个好学生的前途给毁掉了，同时也把自己的事业给毁了。但这话传到了高塘村，传到了天男的父母那里，就完全变了样。

“××的囡被她老师睡了。”

“像她娘，红颜祸水，一定是她自己先去勾引人家的。”

“摊上这样的学生，这老师也够倒霉的。”

“年纪还噶小，这以后怎么办，还会有谁肯要啊？”

……

于是，高塘村又多了一桩吸引人们反复咀嚼和加工的新闻。

“我看你是在做白日梦！以后脸往哪里搁？”

这是天男妈妈的话，她咬着牙齿，右手食指像一把手枪一样顶着天男的脑袋，眼珠子凸出，咬牙切齿地骂不停口。

“还想考上师范？真是异想天开。我老实跟你讲，门都没有！自己去撒泡尿照照看，我们祖宗十八代下来就是农民的命，是农民就老老实实去摸田地。死了心吧！”

这是天男的继父天宝一边嘲笑天男一边放出的话，说的时候他明显地自我感觉良好。因此，他是站在门口的路边说的，以方便四邻或更多的路人可以荣幸地听到他的这番“高谈阔论”。

我爸实在听不下去了，上前去劝：“老话讲，家丑不可外扬，何况是自己囡的事，你们做爹娘的，像个高音喇叭、发报机一样，真是太不像样。囡考不上已经很难过了，要劝她想开点才是啊！”

我妈看着我一个人坐在家里呆若木鸡，感觉很意外：“你这个时候为什么不去陪陪天男？还说是好朋友呢，听说她回家后就没有下过楼，我是真担心会发生意外，像她死去的爹一样，她娘又不管她。”

我一会儿说自己头痛了，一会儿说她不会有事的，想尽办法搪塞着，最后只能躲到了床上，假装生病。装着装着，我却真的发烧了，妈妈给我买了一片安乃近，我再也不怕药苦，一口吞下去，迷迷糊糊中，终于昏沉沉地睡去。

梦，长长的梦。

我梦见了王音，她已经很久很久没到我的梦里来了，好像进入初中后就再也没有了。在梦里，她竟然长了一对薄若蝉翼的翅膀，紫色的，是她最喜欢的那种颜色。她的头发是长长的、金色的，像洋娃娃一样，她生前可从来都是超短的削发。可是我好喜欢眼前的王音啊！她像天使一样美丽温柔。我眼看着她从天上慢悠悠飘下来，轻轻地飘落在我的面前，身上还有一圈淡淡的紫光。我想扑过去抱她，却抱不到。我往前走一步，她却往后退一步，我们始终保持着一样的距离。她对着我笑了一会儿，开口说话了，声音轻柔地回荡着。

“雨晴，你伤透了天男的心，你知道吗？”

“你怎么知道的，王音？”

“我什么都知道。”

“可是，我还不是为了我们的约定吗？难道你也忘了，王音？”

“我当然没有忘，但是一切都在变化，现在想起来，那时的我们太荒唐了。”

“荒唐？我到现在都在捍卫着我们的约定，我没觉得荒唐。是你提出来的，你竟然也觉得荒唐？”

“雨晴，天男的家庭条件是我们三个中最差的，我们一味地强调着我们的友谊，却从来都没有真正地替她的命运考虑过。”

“她的命运？”

“是，她的命运！设身处地为她想一下，她从小就生活在绝望的世界里，一个从来没有温暖和爱的冰冷的世界里。”

王音的话让往事一幕幕地浮现在我的眼前：天男被爸爸打得钻到桌子底下，被妈妈指着鼻梁大骂，她小小的手泡在肥皂水里，使劲揉搓一大堆衣服，她背着弟弟吃力地干着家务……天男那天跟我说，她从小就向往爸爸的拥抱，可是除了鞭子，什么也没有。她生活中出现的所有男人，除了打她、欺侮她，就是剥夺她被爱的权利，只有李老师，关心她、赞美她、鼓励她。

“难道,我这么做,是真的剥夺了天男爱的权利?”

“你说呢?无论那个李老师是怎样的一个人,未来他们是否有可能在一起,至少在她命运的关键时期,他给了她希望和勇气。”

“可是她还那么小!”

“这并不意味着她这个年龄就要结婚嫁人,她只是向往爱和温暖,她好不容易感受到了。事实上,她并没有告诉李老师。”

“可是,现在一切都不可能了,王音,你说我该怎么办呢?”我哭了起来。这一哭我便惊醒过来,全身都被汗水浸湿了。

现在我该怎么办呢?为什么就这样醒来了呢,我还没来得及听王音的回复呢。

我想起了妈妈的话:“为什么不去陪陪天男呢?”

我决定马上去她家找她。

到天男家的时候,天男妈妈正在堂前吃力地打着豆子,天男的弟弟却在旁边玩着“天女散花”,他把豆子撒得满地都是,还调皮地朝着妈妈的脸扔着。天男妈妈一边抹着汗一边重新捡起被儿子扔得乱七八糟的豆子,还笑呵呵地夸奖自己的儿子能干。

这是天男家司空见惯的场景,在我家、在很多望子成龙的家庭里每天都上演着。红梅曾说,那些无知的父母正亲手栽培着宠儿却不自知,宠儿多乖戾,大多没出息。我实在看不下去,上前阻止那个胖小子。天男妈妈连忙摇摇头:“随他去,你看他多开心,你难道不认为他很喜人吗?”

我生硬地朝孩子咧了一下嘴，马上跟天男妈妈说，我来看看天男。她连忙把脸给拉了下来，朝向头顶的楼板，还特意抬高了嗓门："这个死丫头，自己干下了蠢事，还整天懒在床上，饭也不吃，想成仙了！"她这话既是说给我听的，也是说给楼上的天男听的。

"天男妈妈，你快别说了，我上楼去看她。"

"你劝劝她，让她晚上下楼来吃饭。我怕她再这样下去，天宝会上去把她拎起来打的，到时我也帮不了她。"天男妈妈的这句话是压低声音说给我听的，总算还像个做娘的样。我点点头。

我步上了黑漆漆的吱呀作响的木楼梯，这个楼梯，我们三人曾经每天都要踩很多遍，我们喜欢趴在天男家阁楼的窗台上，看路人的头顶。但是，我已经有多久没来踩了？如今，很多节楼梯都已被蛀虫啃咬得快断裂了，我得小心翼翼地踩着。

转过一个角，推开虚掩的门。一阵热浪迎面扑来，阁楼空气很闷，汗臭味浓郁。我真的难以想象，天男是如何整天待在这里的，我稍站一会儿，就已经汗流浃背了。

竹板床上，只见天男侧躺着，整个身子蜷曲，头发湿答答地黏在面颊上。她闭着眼，不知道是真睡着了，还是听到了我的声音假装睡着了不理我。我一抬头，便被床顶上蠕动着的三条粗壮的毛毛虫吸引了，它们一定是从瓦缝里跳下来的，现在，它们正明目张胆地沿着床档爬下来。按它们的速度，很快就会到达天男身上，天男一旦被咬到，就会皮肤红肿发痒，那是很难受的。我有好几次在山上的时候一不留神被咬到，当天晚上真是又痒又痛，彻夜难眠。在平日里，我最怕这些没有骨头的软体爬行类动物，连看一眼都觉得毛骨悚然。但是此刻，我怒目圆睁、咬牙切齿，捡起墙角的一根小树枝将它们一一击落。

“天男，我来看你了。”我走到床边先轻声打招呼，见她不应，又抬高声音说了一次。

她睁开眼睛，淡淡地看了我一眼。那一眼，先是浮起了惊讶，转瞬变为怨恨和绝望。随后，她又恢复了原来的姿势，只是眼睛没有再合上。

“天男，我刚刚梦见了王音。”

……

“天男，我——对不起！”

……

“天男，我能为你做点什么？”

她突然坐起来，嘴角上扬，用手指着门：“那么，请你出去！”

“天男，原谅我！听我说说王音在梦里跟我说了什么。”

“出去！”说完，她又躺下了，并且闭上了眼睛。接下来，任由我再怎么求她，她都不再回应。但是，我想在我离开之前，向她说点什么。

“天男，王音在梦里已经告诉我，那个约定太荒唐了，我们应该抛弃它。我现在知道了，那时我太傻，我为什么不能等到你考完试呢？我已经知道自己做错了，我承认自己太自私，没有去理解你。但是已经过去的事，我无法挽回了。请你给我一个机会，让我们重新成为好朋友。等你的气平息下来，你来我家找我吧，我会一直等你的。你要照顾好自己，记得下楼去吃饭，你妈妈在担心你。”

我说完这一段话，又等了一会儿，天男依旧没有动静，我只好慢慢站起身，走下了楼。经过堂前时，我走到天男妈妈身边："天男妈，请你以后不要再骂天男。如果天宝要打她，你也要帮天男，天男已经是个大人了。"

"难为你这个朋友对她那么好，不过那要看她自己争不争气了，只怕是越大越不争气。"天男妈妈还是气势汹汹。

"还有一件重要的事，算是我求您了。"

"什么事啊，要你来求？"

"就是，能不能让天男去继续读高中，不要让她辍学。她的成绩那么好，那么用功，这次只是没有发挥好，以后一定可以考上大学的。"

"哦，这个事呀，这个可不是我能定的，这事要天宝来定。我们付不起学费的，你看她妹妹下半年也要读初中了，再过两年，她弟弟又要读书。她已经读到了初中，可以找事做了，再读还有什么用呢？我一年都没读过呢。这个事，我看谁求都没用，没有办法的。"说完便埋头去捡豆子，不再理睬我了。

无奈，我走出天男家，经过红梅家时，脚步突然停下来。只见她家的房门紧紧地锁着，门轴上的蜘蛛忙碌地编织着，门沿上蚂蚁成群。那根晒衣晾杆依然支在门口的墙上，但因长期不用已经发黑并开裂。他们一家一年到头基本上都住在城里，过年或某些特定节日才回家几天。"家是什么？家不是房子，而是亲人聚在一起的地方，人在哪里，家就在哪里。所以这些物件，包括这个房子都不是最重要的，不用太在乎。"这是红梅和华明离开这个家去城里住的时候说的，这番话曾经又引起了不少妇女的批判，她们说："人一生一世活着，都是为了这间房这块田这座山，她竟然轻飘飘地讲，房子不重要，这种话，老天听了都要滴眼泪。”

我仔细地打量着眼前的这间旧房子，心想这里不是红梅的家了，至少现在不是了，现在没有过年，她不会回来。她如果在，那该多好！她一定会帮我想一些办法，也一定会劝好天男的，我们肯定会和好如初的。可是，她不在，我还能去找谁倾诉我的罪与恶，以及我的渴望呢？有那么一瞬间，我想到了爸爸，但马上又被我自己否定了。尽管爸爸对我不错，但他一个男人会理解我们女孩子的心事吗？他也许会笑话我的。再说了，我若告诉他我的想法，他会为我担心的，为了我的学费他已经够操心的了，我不能再让他担心。

彻夜未眠。我在家里一直等待着，眼睛定定地望向门口的小路尽头。以前天男来我家，必先出现在那里。曾经的很多个情景，就是这样的，当我看到她的身影时，她必也看到了我，便飞快地跑起来，冲到我的跟前。本来整齐成片的刘海儿会因为风吹的缘故分成了两绺，她气喘吁吁地对着我“咯咯咯”地笑，伸出下巴，娴熟地向上一吹，再甩一下头，那凌乱的刘海儿又复原了。然而现在，这样的情景仿佛再也不会有了。我已连续等了三天，都以失望告终。我等不下去了，我也没有勇气再去天男家里，我决定要去城里找红梅，她在早一年的时候写过一个地址给我和天男，说是万一去城里了，可以去找她，我们把它抄在了日记本上。

当天晚上，我就编好了一个谎言，说是老师让我们在暑假里买一本书，只有城里的新华书店才有。我先去求我爸同意，然后再请爸去跟妈说。我预知我妈会大跳起来，果然，她的脸马上变色，刀子嘴立即启动。

“一个从来都没单独进过城的人说要去城里，还要去找书店？难道你们老师发昏了？”我一听，怕她去同村的同班同学那里证实消息，连忙又说：“我的眼睛近视了，我还得去配一副眼镜，否则开学了，我就没办法上课了。”事实上，我确实已经近视，老师已经建议我配副眼镜。

爸爸开始劝妈妈：“哎呀，你这个人总是大惊小怪，她都这么大了，眼睛也亮（指能识字、有文化）了，以后还要去看世面呢。再说，上次你爹已经带她去过一趟城里，我看她敢自己去，那说明是可以去的，不要拦她。”他又转向我，“雨晴，那样的话，需要多少钱？”

我故意掰起手指算着数，最后说了个大概：“书大概是9毛，眼镜我要去试试看，不合适的话就暂时不买，我听我的同桌说，她买来是15元。另外，车费钱我不知道。”爸爸“哦”了一下，转向妈妈：“你把钱拿出来吧，让她去。你都不想想，她读书那么好，每次都拿三好学生奖状回来，这学期还被奖了一个皮包拿回来给你用了呢。”

“就你，总是由着她。”尽管不乐意，但是妈妈经由爸爸这么一说，也就同意了，拿出了两张10元，把它卷起来，塞到了我裤袋的深处，再拿来针线，在袋口缝了两针。“当心点哦，千万不要丢掉，要用钱的时候，把那根线抽一下就好拿了。”我高兴地点点头。

次日一早，我便要动身。爸爸看看我，说毕竟第一次独自出门，他用自行车带我到镇上，帮我买好车票，送我上车，这样也可以和车上的司机交代一下，让司机照顾我一下，到了城里还可以指个路。我看着爸爸，心头一热，相比天男的处境，我觉得我的爸爸真好，我的妈妈也不错。

车子到城里时，我拿出红梅的地址去问司机如何走，他看了看，说路有点远，要穿过四个十字路口，向左拐，再穿过两个路口，向右拐，经过一个胡同，再穿过一条马路，再向右拐，就到了。我听得一头雾水，张口结舌，请求他把路线画在本子上。他有点厌烦地瞪了我一眼，但是因为在我上车前，他接受了我爸的一根香烟，也答应了我爸的请求，要帮我指好路的。于是，他长叹了一口气，无奈地拿起一支笔，在我本子的空白处潦草地画出了箭头和路线。我接回本子感谢他，他说："好了好了，小姑娘胆子噶大，你爹娘也真是放心，等下穿马路当心点，看牢车子。"

我站在川流不息的十字路口，热浪阵阵扑向身体，瞬间从我的每个毛孔里吸走水分，让我唇干舌燥、咽喉冒烟。汽车喇叭声和自行车铃声响成一片，扰得我的脑袋发胀，我环顾周遭，紧张得有点不知所措。我已经记不清上次外公带我进城时是怎么过马路的，那时只是不动脑筋地跟在他身后，根本没有留意过。现在，我想只要跟在人群后面就可以了吧。眼看对面的绿灯亮起，站在我前面的人开步走了，我也起步，却一时不知要先抬哪一只脚比较合适，慌慌张张地把前面人的鞋后跟给踩着了，那人尖叫着回头白了我一眼，一边弯腰拔着脚后跟，一边骂着。

我连忙缩着头说"对不住"，那人再定睛看了看我，转而又哈哈大笑起来："白里透红的小姑娘啊，花骨朵一个。喏！我来教侬，以后过马路要慢慢来，急急赶以后要生囡的。"

这下轮到我白他一眼,他便自讨没趣地快步走了。

“侬——”我一边走着一边回味着城里人的口音,他们把“你”发音为“nóng”(而我们平时发音是“ēn”),很奇怪,这个“nóng”让我想起了“脓”,对!还有王音的两条黄脓鼻涕,够腻心的。

我一边走着,走向下一个十字路口,一边轻声学着“nóng-nóng-nóng”,一时觉得有一种滑稽感,禁不住地捂着嘴偷笑起来,却忘了停住脚步……突然眼前一片白光,伴着车子的一声“咣当”,仿佛是天上白花花的太阳掉下来了,压住了一切,包括我。我还隐隐听到有个女人的尖叫声:“哎呀!我的妈呀……”头部马上有一阵近乎麻木的钝感,腿上有一种被刀割裂的刺痛,并迅速地蔓延到全身。我看到白光里涌动着鲜红的血,我想呼救,但喉咙发不出声音。一个人影盖下来,接着一个又一个人影,飘来飘去的人影,像平时看到的一朵一朵乌云挡住了太阳……隐约中,我听到了一些七嘴八舌的声音,我想去辨认,但瞬间又一片宁静……我睁开眼,又是白花花的一片,仿佛是一束束扑朔迷离的光……

第十八章

这是什么地方呢？我盲目地穿行在一片白光里，四周一片寂静。我大喊，却听不到自己的声音，也没有人回应我。我伸出手去触碰，那白光像水一样从我的指尖流过，却没有留下痕迹。有那么很长一段时间，我一直这样走着走着，不同颜色的晶莹剔透的光流在我身边经过，越来越强烈。

突然，我听到了美妙动听的音乐，那是我以前从来没有听到过的，它还带着淡淡的香气。闻着这香气，我来到了一个池塘边，但是它和我们村的池塘完全不一样，池中的水泛着金光，池中竟然开满了红梅说的荷花。它们五彩缤纷，开得好大好大，最大的竟然有车轮子那样大。这些花也泛着耀眼的光芒，青色的泛着青光，黄色的泛着黄光，白色的泛着白光，红色的泛着红光，难道这里就是杭州西湖吗？哦，不，我看看脚下的地，竟然像金砖铺成的一样，那些围栏也都是金色的，树也是金光闪闪的，天空中还不断地飘落一朵朵美丽的花，这样的花我可是从来都没见到过，连画上也没有，它们一落到地上又变成了一团金光。

我想，我肯定来到了另一个世界。正在我环顾四周的时候，却听得一个洪亮的声音响起："小姑娘，你是想在这里玩几天？还是想要回去呢？”

“您是谁啊？您在哪里？”

“哈哈哈，孩子，你不必管我是谁，你只需要回答我的问题。你如果想继续在这里，我会带你去更好玩的地方玩。如果你想回去，你也可以马上回去。”

我差点想说：“我想去更好玩的地方。”但是我转念想起了爸爸妈妈，想起了天男、红梅，想起了很多很多人。我觉得自己离开他们已经很久了，我还想起了该死的作业还没做完，所以我回答：“我想回去。”

话音刚落，突然，我感觉自己的双脚离开了地面，失去重心，飘了起来——哇！我飘在了空中，眼前恢复到了一开始的一片白色，在我的俯视下，我看到了很多穿着白色衣服、戴着白色口罩的人，他们围在一个人身边——那张脸，那个被白色布带缠裹的头，似曾相识。这时，我听到其中一个人在对着那张脸呼唤：“王雨晴，王雨晴……”

“王雨晴？难道真的是我吗？这里是医院吗？我为什么躺在这里？为什么那一副惨状？而我怎么就分成了两个？”我想下降看得清楚一点，但是快要到达那些人的肩头的时候，又升了起来。我仿佛听到了他们的心跳声，像棒槌敲打着什么，闷重而急促——这声音听起来很熟悉，我努力回忆着，我终于记起来了，小时候有一次，爸爸从山上干活回来，我扑进他的怀里，他一把抱起了我，我靠在他的胸口，就听到了这同样的声音：“嘭——嘭——嘭——”之后有很长一段时间，我都盼望着爸爸的怀抱，想听到那个有力的声音。

不，我要下去，我要去看我自己，我要去看自己……我几

乎是使出了所有的力量，强烈地、执着地说了无数遍。我感觉自己的头部像上紧了的发条，很硬很胀——我真的下降了，我触碰到了自己的身体。

“啊哟——嘶嘶！”我感觉到一阵撕心裂肺的疼痛。

“快看！醒了醒了！”我听到一阵欢呼。但是我的眼睛睁不开，我很想哭，感觉眼泪在充溢我的眼眶。我以为它将溢出来，但是没有。有一双粗糙的手轻轻地抚过，我不用看就“认得”。

“爸……”我好不容易发出一个字。

“晴，你终于醒来了。”是爸爸的声音。

接着，我听到妈妈和妹妹喜极而泣的尖叫声。我的眼睛稍稍睁开了一条缝隙，很多人的脸，飘移着、模糊着，他们不断地叫着我的名字。我想开口，但是喉咙干涩，似有什么东西黏合着，声带仿佛已经生起了厚厚的锈。

“她需要休息，大家先别再叫她，等她恢复一下，有一定力气的时候，自然会开口。”一个冷静又陌生的声音响起。

周围恢复安静，只有隐隐的抽泣声。

我真的累极了，我想睡觉。在快要入睡之前，我似乎想起了一切，我来到了城里，手上捧着翻开的日记本，上面写着红梅的裁缝店地址和司机给我画的路线图。我一边走一边新奇地学着“侬”的发音，然后我闯过了红灯，看见一辆飞驰而来的中巴车，一片白花花，间隙看到司机睁得滚圆的眼睛。然后，我看到了鲜红的血……

是的，我遭遇车祸了。我想不到遭遇车祸的经历是这样子的，真的像电视上放的那些镜头一样，有慢动作，有恍惚，有神志的分离,还有那场不可思议的旅行。

我太累了,我不要再想。

待我再次醒来时,已经能够完全地睁开眼睛了,我第一眼看到的是红梅。

人的情感是多么复杂的东西啊!会有爱恨,会有欣喜、快乐、难过,会有思念、内疚、委屈。我看到了红梅的脸,却是委屈和欣喜同时涌上了心头。她只是含着眼泪笑着,看着我点着头,什么也没说。

“红梅……”我想抬起头。

她的双手按住了我的肩头,摇着头说:“先别动。”

“红梅,我的伤要紧吗?”

“不要紧,但是还需要在医院待些日子。”

“还要待?这么说,我已经待了几天了?”

“四天了。”

“四天了?”

我想起了昏睡时的神奇经历,想开口跟红梅讲,但终究没有一点力气,却听红梅像讲故事一样绘声绘色地跟我讲了事情的经过。爸爸妈妈进来了两次,爸爸摸着我的额头关切地询问我,妈妈则一直红着眼睛流眼泪。我说我想跟红梅说会儿话,红梅向他们点头示意,他们就走了出去。事已至此,他们一定已经知道了我到城里的真相,我并不是来买书和配眼镜的,而是来找红梅的。至于为什么找她,我就不清楚他们知不知道了。不过,现在他们一定也不会因我的谎言而骂我了。

“真是飞来横祸,可把你爹娘给急坏了!当时幸亏你拿的本子上写着我的地址,你被救护车送到医院后,马上有人来通知我了。谢天谢地,总算没有大难,你头上缝了几针,左手臂上缝了几针,脸也没毁掉。可当时我们都以为你要不行了。"

现在我的大脑越来越清醒,我担心的并不是自己的身体,而是天男,还有我们的友谊。想起她不肯原谅我,想起她黯淡的前途,想起是我一手将她的好日子残忍地剥夺,我感觉自己的心在一点点地变得灰暗,在灰暗中一点点地破碎。

"雨晴,你确切地告诉我,你独自进城来找我,真的是为了天男?"

红梅一边帮我拉好被角,一边温和地问我。我知道,她一定是已经知道了一些事情,因为日记本上我写了那天去找天男的经过,以及我想要去找红梅的原因。

"是。红梅,天男她……"我的眼泪又溢出来。红梅连忙帮我擦拭,认真地安抚我:"你不能再哭了,对你恢复伤口不利。我们先不说她了。"

"不,红梅。现在我的脑海中,除了她,再也没有其他事。是我伤害了她,我想要说,也早该说了。"

"好吧,我并不知道你们到底发生了什么,但是我感觉到你们之间出了点问题。天男在你昏睡的第三天来过医院了,她看上去精神并不好。我想和她谈谈,想问问她,但她什么也不想说,只是呆呆地坐在你床边很久。当她听医生说你不会有危险,过几天会醒来时,她就伏在那个窗台写了一封信,让我转交给你。她说她要去宁波的服装厂打工,她还告诉我,让我放心,她会永远记得我给你们俩说过的话,她会靠自己努力的。"

"天男的信?她要去打工了?"

“是，信就在我口袋里。你想现在就看吗？还是等你恢复一点再看？”

“现在，当然是现在。红梅，请你快点读给我听吧。”

红梅慢慢地打开被叠成四角包的信纸，清了清嗓子，看向我：“那开始读了？快慢你适时让我调整，可以随时让我停下。”

我点点头，轻轻地闭上眼睛。音未起，心先痛，这个心啊，就像是有无数根针在扎。我长长地舒了一口气，说：“红梅，你只管读，不要管我。”

“嗯！”

当你看到我的信时，说明你已经醒来了，这样我也不会对你有愧疚。事实上，这是你自己造成的，和我并无关系。但你若想要以此来抵消对我的伤害，也没那么容易吧。

读完没有抬头的第一段，红梅便明显感受到了天男的恨意。于是，她停了下来，问：“要继续读下去吗？”我点头。

你亲手毁掉的不仅有我即将拥有的好日子，还有一个好人的事业，当然还有你认为的我们的友谊。这些在你看来，也许抵不过一个小小的荒唐的约定。但是对于我来说，是一辈子。

今天我将实话告诉你，李老师并没有对我做什么，事情完全不是你们想象的那样。当他看到我郁郁寡欢的样子，就问起了我的家庭。我把我的经历说给他听，把天宝和我妈不让

我再读书的消息讲给他听。他说他看得出来我的家境不好，但他没有想到我的境况会那么糟。他问我想不想考师范，我说想。他便答应我一定要帮助我走出农村，以后建立自己美好的家庭。于是，他帮我辅导，让我更有效地学习。他说只要我考上师范，学费他会帮我出的，他会支持和照顾我。但他让我暂时不要向别人说这些。我很感动，我体会到了被疼爱的感觉，我甚至体会到了那种会心跳的感觉，我想难道这就是红梅说的爱情？红梅说，爱情就是你想和他在一起。但是这个想法让我羞耻，我知道我还那么小，我更知道我还那么脏，我怎么配有这样的想法呢。所以，当他想安慰我触碰到我的时候，我都是逃开的，我想我要等自己考上了师范后，才配得到他的触碰。

我每天过得很纠结，一方面借着去复习的机会想看到他，一方面又要忍耐。直到有一天，我听说了他女朋友和他分手的消息，我不禁产生了一个自私的想法：也许等我考上师范，等毕业后，我有了自己的工作，我就可以向他说出我的心思。如果那个时候，他还没有结婚，他不嫌弃我的话，我就可以嫁给他。他只比我大了八岁，我爸比我妈还大九岁呢，而我妈又比天宝大了七岁。如果能那样，这一生我为他做牛做马都愿意，他值得我去做。

我每天都很努力地读书，起早摸黑，他问我愿不愿意去他宿舍复习，我当然愿意。但是同学们总是风言风语，说很难听的话。我告诉他，很多同学在说三道四，他安慰我当下复习准备考试最要紧，不要去理睬。我又一次感动得想哭，他说："哭吧，把所有过去的阴影、噩梦都哭掉，然后重新出发。"我更加确定，我心里很需要他这些温暖的话。我甚至想，如果他提出任何要求，我都会心甘情愿。那天晚上，就是你突然气呼呼地来他宿舍找我的晚上，我到他宿舍的时候，他一个人在喝酒。他看上去好像很伤心，他一定在思念女朋友。我想帮他，就问他，我能为他做什么？他终于紧紧地抱住我，我闭上眼，我想他至少会亲我的，我期待着。但是——你来了。

李老师从来没有做过什么对不起我的事，我再跟你声明一下，他那么高贵、那么干净，是我需要他、依恋他。可是，竟然连你也一起诽谤他。好了，后来如你所愿，他被调走了，他没有辩解。他走的时候还特地来告诉我，让我继续努力，实现理想后去找他。他让我不用担心他，他去哪里都是一样的。他让我给他写信。

但是，我不会再给他写信了，我希望他不要再记得我。我和他的距离在我落榜信息到来的瞬间已经拉远了。我本以为如果我考上了师范，就可以缩短我们之间的差距，我就可以去找他，大声地告诉他我爱他。但是现在，一切都不可能了。我配不上他，永远配不上了，我的梦想破灭了。现在，我只能把我对李老师的爱存放在心里了，也把对你的恨存放在心里了。让它们自行烂掉吧——但愿它们能烂掉，但愿它们能消失。

明天，我要去宁波打工了，我想也许这就是我的命运。但只要能离开高塘村，我便心满意足了。拜托你，别再打扰我！别了！

我几乎是大气都不敢出，认真听红梅读完天男的这封没

头没尾的信。这期间，红梅停顿过三次，观察着我的表情。直到她读完，我还是同一个表情。奇怪，刚才她没读之前，我很想哭。但一旦她读后，我异常平静，甚至有种释然的感觉。我仿佛看见一直唯唯诺诺的天男突然有了昂首挺胸的姿态，就像我刚进初中时对她的感觉。对她，我曾经有过一种“哀其不幸，怒其不争”的复杂情绪，我总是时常为她担心。而今天，通过这封信，我看到了一个坚强的、独立的天男，而这正是我一直希望的样子。

但是，这封信也告诉了我很多意外的消息：我真的误会李老师了吗？天男一直不肯跟我解释，是因为她认为自己心存不可告人的想法，自觉羞耻，但又想追求却无人理解吗？那么，这半年来，她一个人该是承受了多少压力啊！她怎么那么傻，连我也不告诉啊！为什么不能相信我可以帮她呀！

“为什么呀？红梅，这是为什么呀？”我的手指深深地掐进了床单里。

“因为她对自己有一种设定，那设定是自己是脏的，不配得到任何美好的事物。她在你面前自始至终有一种自卑感，又因为她在乎你，在乎你们的友谊，在乎你们的约定。所以她是矛盾而痛苦的。”

“可是，到头来……”

“雨晴，人各有命。这事也不是你一个人造成的，也有她自己性格的因素。既然现在已经这样了，你也不要自责了，就当是你们各自的成长礼物吧，要吸取教训，每个人都会在成长的道路上经历一些意外。”

“我想，王音在那边也会责怪我吧。”说到王音，我的眼泪又下来了。

“好了好了，你不能再哭了。当务之急，是让身体早日康复。”

“红梅，我不会被打入十八层地狱吧！我妈曾经说过，做坏事会遭报应的。”

“嘘，不能这样诅咒自己。你是善良的，你不是故意的。”

“你看我现在的车祸，就是报应吧。”

“嘿，你看你把书读到哪里去了？像个封建迷信的老太婆了。不要再多想了，等你出院后，你可以给天男回信，向她道歉就是。所有的矛盾在真诚面前都能化解，这只是一个时间问题。时间是个老好人，他或许会迟钝一些，但一定会消除你们之间的裂缝。相信这句话吧！”

我点点头，回味着红梅的这句话。是啊！时间可以抚平一切，就像失去王音后，也是时间让我们的痛慢慢消失的。

红梅走之前，突然说起了高塘村的油茶树林：“你们以前经常去油茶树下玩吧？你看，油茶的花与果同时结在枝条上，油茶树的负累，比一般的植物生长条件艰难得多。春天的霏雨、夏天的烈日、秋天的干燥、冬日的严寒，四个季节的轮回，油茶树要长时间养育着缓慢生长的果实，直到深秋，果实成熟。被采摘完后它本该喘口气歇息一会儿，养精蓄锐以应对寒冷的冬天，花儿却选在这个最难耐的特殊时段开放。我以前在城里没有见过这个现象，嫁到高塘村才发现，我真的很佩服油茶树的耐力。我想，天男是有很强的生命力的。只是，她像油茶树一样，需要经历更多的磨难而已。”

红梅的话，让我回忆起了一朵朵油茶花，素白的花儿那么

娇嫩,要挺过寒霜的欺压,在萧条的山上迎风盛放,没有人关注,没有人赞赏,所有的一切它都独自默默承担。它是坚韧的,最终也是有好结果的。我感激地望着红梅,她总是能够带给我希望和信心。是的,相信天男,她是一朵纯洁的油茶花,一棵珍贵的油茶树。

第十九章

赶在开学前的两周，我总算可以出院了。

不知什么时候起，乡镇街道上开来很多大货车，高音喇叭的音量开到最大，重复播放着“伸出您的手，献出您的爱”的宣传语，男女老少都抬着头，圆瞪着眼挤向挂满条幅的货车，尽管大家还搞不懂“社会福利有奖募捐”究竟是什么名堂，但是看着模样像一块钱人民币的票子，背面还写着“利国利民”字样，听说这算光明正大的摸奖，不是赌博，就抱着碰碰运气的心理来购买奖券。一时间，整个狭窄的街道上，都弥漫着热气腾腾的欲望。

我妈听说会读书的“童子手”往往会摸到大奖，就专门带我去摸奖。结果，当我一连摸到了三对铁盒饼干箱后，妈妈就没有再让我去摸了。

“这读书人的手哪能去干这等不劳而获的事呢！我们一向是安分守己不去占便宜的人家，还是不要去凑这些热闹了。”妈妈板着脸拉走了我。

开学前两天，我去了天男家，向天男妈妈要天男所在工厂的地址。可是天男妈妈说，是天男自己在广播上听来的招工信息，是她自己联系的，厂里的车子专门到镇上来接了一批人去，所以她也不知道具体地址。

“不过，天男说了，到了那里稳定下来后，会写信回家的。”

“那么，如果写信回来了，您一定要告诉我，我想给她写信。”

“晓得嘞。”天男妈妈回应着，又犹豫了一会儿说，“听说你们俩闹矛盾了？你真的是为了天男才去城里的？”

我连忙摇头说和天男没有关系的。她又说：“天男性子软弱，又死脑筋，不会有大出息。你能干些，以后让让她，帮衬帮衬她。”我点点头，忽又摇摇头，郑重地说：“天男妈妈，我们会和好的，是我不好。天男成绩很好的，她学什么都很快，她会有好的将来的，请您以后不要再说她没用了。”

天男妈妈笑笑，点点头：“希望她能够这样，接下去就看她有没有本事赚钱回来了，否则真当是白生——白养——”

开学那天，我先陪着天男的妹妹帅男去报到，她读初一了，比起天男，帅男活泼外向多了。我想起我刚来读初一时，就是天男陪我去办的手续，然后默默地把我们的床铺整理好。

由于我和帅男到校早，很多床铺还空着，于是便有了自由选择的余地。我依然在往年我和天男睡过的床铺上放下行李，然后问帅男：“你愿意和我睡一张床吗？”

帅男看看我所在的床铺，又环顾整个宿舍，指着一张紧挨窗户的上铺：“我想睡那里，而且我想和新生一起睡。等到明年，晚晴来上初一了，我就和她睡。”晚晴是我的妹妹，像我和天男一样，她们也是从小就很要好。我见帅男那么有主见，也很高兴。在她身上，我一点儿都找不到天男的影子。

有一天，我在月季架下问帅男：“你觉得你姐姐是怎样一个人？”

“她人太老实又死心眼，脑子一根筋，天宝打她，她都不跑。不像我，我妈一骂我，我就离开家，眼看天宝发火了，我就立刻逃跑。我姐她很会读书也很用功，但是胆子太小，做事容易紧张，你看她最后还是没考上师范。另外，她总是为别人着想，从来不为自己打算，总说自己不好。但她对我很好，什么都偷偷地省下来给我。我爹娘太重男轻女了，我姐很在意，我就不在意。她总是迎合他们，委曲求全，我才不要呢。”

姐妹俩年龄仅三岁之差，我突然发现她们之间的差距太大了，不只是性格的差异，还有在面对同样的家庭环境时，她们那截然不同的态度。我常常在天男身上看到沉重和负担，而在帅男身上却看到了轻松和豁达。正如红梅所说，天男有这样一个结果，也是她的性格造成的。我看着帅男炯炯有神的眼睛，她嘴角上还留有一道小时候因顽皮而摔伤的疤痕，突然发现，她的气质像某个人——王音。我兴奋起来，像是看到了某种希望。

“帅男，你以后有什么打算？”

“哎，我不爱读书，我喜欢唱戏，我想做戏文。如果有机会我就去，而且我要扮小花脸的角色，那才有趣。”

“啊？哈哈，这倒让我意外，不过你有自己的想法真是很好的。以后你长大了，如果过得好，一定要对你姐姐好哦！”

“嗯！那是肯定的，雨晴姐。”

我拉住帅男的手，就像重新拉住了“友谊”——仿佛帅男的手上凝聚了王音和天男的能量！

帅男有自己的梦想，并且有大胆追求梦想的魅力和行动力。

果不其然，帅男读初二的时候，就被前来招工的绍兴一家越剧团给录取了。在向父母积极争取后，她最终如愿踏上了演戏之路。这是后来的事。

上初三时，我的学习一下子紧张起来，上初二时我总是不能理解上初三的天男为啥总是早出晚归地忙碌着，原来真的是这样。每当阳光斜过半个操场，我来到溪边淘米，看着流水潺潺，我总会产生一种向往，心里却是一片怅然——是的，我向往远方，但无论走多远，总觉得会牵肠挂肚。

为了能考上理想的高中，老师给同学们多加了一些练习试卷，特别是班上的前五名，总是被叫到办公室去做附加的卷子。有一天，我正在那里做题，听到后面两位老师在窃窃私语。

我立马竖起了耳朵。

“听说那个调去××中学的李××老师，这学期很快就当上了副校长，看来个人能力压过一切。”

“那个调动，本来也只是做个样子嘛。那个学校正缺少一个有能力的老师！依我看，他在那里只是过渡一下而已。”

“只是，我还听说，他后来在交代的时候说自己只是一心要帮助那女学生考上师范，想为学校争光而已，没做任何出格的事。”

“你看吧，他多有一套。我就觉得他这个人不简单，他第一次带毕业生，为了把一个学生的成绩搞好，为了自己建功劳，可以尽早地调回城里工作，仅此而已。结果却出了乱子，听说是那个女孩子主动喜欢他、主动靠近他的。”

“不会吧，我看那个女孩子像一株嫩嫩的小白菜，文文气气一个，哪会有噶种想头，做噶种事啊！”

“不过，现在的女孩子也难说，投怀送抱的，哪像我们过去。我听说有人在宿舍窗外看到过，嘘！”

对话结束，我心中强压着一股怒火，“投怀送抱”几个字太过刺耳。尽管我从天男的信里知道了她心中暗暗喜欢着李老师，但是她可没主动表示。这个李老师！我就是从他直愣愣的眼神里看出了圆滑、世故，他是追求名利的人，他心里一定是知道天男喜欢他，天男又长得那么漂亮，他做好了两手准备，如果天男考上了师范，他就可以拥有她；如果考不上，他就假装不知道。这不，天男落榜后，他便不再过问了。这一切，只是单纯的天男看不出来而已，他在天男面前努力装作君子，让天男自愧弗如。

我再也无心做试卷，真想立刻跑到那个学校去质问李老师，真想马上弄清楚事情的真相，也好让天男晓得，让她从此不再牵挂。但是，那个学校在哪里我都不知道，只听说在另一个乡镇，从这里出发要坐一个小时的公共汽车，然后再走半个小时的路。

自从上次进城找红梅遭遇车祸，我便不敢擅自一人去陌生的地方。于是，我打听到了李老师所去学校的地址，决定给他写封信。鉴于(听说)他已是校长了，我尽量措辞委婉点。

李校长，您好！

我是王天男的朋友王雨晴，尽管已经过了一个暑假，您还记得我吧！

听说您现在升官了，天男却过着地狱般的日子，我不清楚

您知道后会不会像以前那样心疼她？您以前可是一直关心她的，她也一直坚定地认为，您是很关爱她的，像哥哥对妹妹一样，您在她心里，是多么完美和高大啊！

张贴大字的事确实是我参与的，那时我太冲动，但也只是想保护天男，跟您说声对不起！但是我现在写信来，只想知道，您是真的关心天男的前途，还是自始至终都抱有其他企图？您知不知道，天男她喜欢您，而您呢？您也喜欢她吗？

希望您能回答我。

很多年后，我为当时自己的幼稚发笑：一个小笨孩，这样一封讨债的信，一个校长，一个大人，他怎会来理睬？他会写信来回答你这些孩子气的问题吗？于是，信发出后当然是石沉大海了。但当时，我感到很懊恼，不甘心地给红梅写了封信，告诉了她这个事情。想不到她的回信很短，隔着信纸，我甚至可以感受到她的淡漠。

雨晴：

所有的事情都已经过去，时间老人已经接过去管了，他会处理的。不要再费力去夺回来，你这样子，是伤人伤己的事。让天男安心地过自己的日子吧，即使那个李老师不是她想的那样，但她心中留有一段美好的回忆，这远比知道坏消息要好啊！你接下去要专心学习，考出好成绩。别再扯来扯去了。

面对红梅淡淡的甚至有点冷漠的回信，我有点难过，有点失落，但我决定不再追究了。我全身心投入学习之中，早出晚归，废寝忘食。我偶尔会去王音树下，但都只是去那里背书。周末的时候，我也留在学校里苦读。直到有一天，同村的同学捎口信来，说我妈让我这个周末回去，说是油茶籽要采了，叫我回去帮忙。

又是一年秋。说起油茶，我又回想起以前那些欢快的日子。在那些晴朗的周末，我们常常一起去山上摘果子，我们将油茶籽一颗一颗放进篮子，原本静悄悄的油茶树显得十分动人，尤其那枝头的花朵，轻轻摇曳着，像一个个舞蹈着的精灵。我们抖落了花瓣上的甘露，张大嘴巴去接那香甜的露水。大人看到了就笑着说："看看这几个傻丫头吧，都要成仙了！"我们就笑着回应："我们要做茶仙！"

我已经连续两年没有上山去采油茶籽了，我想念茶仙的味道了。于是，我整理好书包，匆匆地赶回家去。

山上的油茶花依然像雪一样白得鲜亮，泥黄色的树枝光滑又干净，就像人的皮肤，茶籽像小灯笼一样沉甸甸地挂着。如今，我再也没有兴致用嘴巴去接花露了，只是看着它们一滴滴地滑落在我的肩头，感觉丝丝的清凉，甚至透着寒意。我知道，那是孤独的味道。

天男的家信一直没有寄回来。寒假来临时，我开始盼望她也会放假回家，但一直没有盼到她回来。直到有一天，天男妈妈跑来我家告诉我，天男托宁波的一个老乡捎来口信和钱，说她在那里一切都好，这个寒假不回家过年了，她留在厂子里加班，有加班工资。我问天男妈妈，捎口信的人知道不知道天男所在工厂的地址，她说不知道，是天男跑上门去托付的，她依然没留地址。

天男，你是故意不让我知道吗？

当我的脑海中闪过这么一个念头时，心里感到一阵悲伤。我为天男至今都不肯原谅我而感到难过，她连道歉的机会都不愿给我，她的心怎么那么坚硬啊！

我来到后山的油茶树下，对着树干和王音说话，一个人自言自语着。

没有王音，也没有天男，我度过了一个前所未有的寂寞的大年。

年后开学，我们进入了紧张的中考前大复习。我不喜欢教书，而且我五音不全，连艺术素质考试都不可能通过，所以自然没去报考师范。

复习应试的日子忙碌依旧。最后两个月，我全力冲刺。功夫不负有心人，我最终考取了一所不错的高中。收到录取通知书的时候，我正坐在油茶树下发呆。我想念王音，也想念天男。妹妹拿着信封，气喘吁吁地跑来通知我。除了我被录取的消息，还有天男的消息。

"天男姐汇钱回家了，汇款单上有她的地址。"

我站起身，急忙往山下跑去，任妹妹在后面喊："阿姐，等我！"对我来说，后面的消息重于前面的。

我从天男妈妈手中拿来天男的地址，当即就关在房间里开始给她写信——

天男：

你好吗？都快一年了，你杳无音信，除了过年你让人捎给你家里的口信。我很想念你,你还会想念我吗?

去年暑假,我在医院醒来后,红梅把你留给我的信读给我听了。知道你来过,我很高兴,但知道你还在恨我,我又很难过。我的脾气你是知道的呀,我妈说我是纸老虎,嘴巴像镰刀。当时我吓唬你说我们不再做朋友了,那都是一时的气话。我在乎你,正因为在乎我们的友谊,我那么做,是想让你早日断了念头。可是你那么认真,真的不再理我了。现在想起来,我真是该死,那次车祸真该把我撞死——如果那样可以让你消气的话。

我还是忍不住想告诉你,我给李老师写过一封信,但是他没有回复我。我为什么要给他写信呢,是因为我知道了一些和你想的不一样的事实。你还是把他想得太好了,你太善良了,我想他对你好一定是有目的的,你考好了,只要你获得好名次,他就可以调离乡镇中学。我告诉你这些,不是为了让你伤心,而是希望你不要再对他有愧疚感了。你想想,如果他真的关爱你,为何在你落榜之后他没来看你?为何之后他再也没有打听你的下落?

天男,你一个人在外面,一定要照顾好自己,一定不要被人骗了,希望你有空能回家看看。下半年,我就要去很远的地方上高中了。可以的话,我希望你暑假能回来一趟,我好想见到你。

请你原谅我!希望你早点回来!

雨晴

1989年7月26日

我把写好的信小心地叠好,放进信封。当天下午,我没戴草帽,顶着个火太阳,冒着酷暑穿过山头去镇上的邮局。一路上,知了嘶叫着,我的脚底像装上了风火轮,十里山路一下子就被我越过。

在邮政局的柜台上,我精心挑选了一张梅花图案的邮票。我记得红梅当年送给天男的手帕上也是绣着一枝梅花,她说:“红梅是我的名字,也是我赞赏的一种花,梅花香自苦寒来,俏也不争春,天男的品质就像是梅花的品质。”我盼着信能早点送达天男的手里,便买了两张邮票全部贴上。那个坐在窗台后面穿墨绿制服的阿姨看了,摇着头笑着说:“信又不会因为你多贴了一张邮票就能早点到达的,你这不是白白浪费八分钱吗?”我满不在乎地笑了笑。

在返回家的路上,我哼着走调的歌,时而旋转一下脚步,仿佛已经看到天男在读我的信了。我的心“扑通扑通”地跳个不停,我又有点担心她会撕掉我的信,会把它扔进垃圾桶里。

自那一天开始,每天我都盼望着有人从村口的小店给我捎来天男的信,我的心思全在等待她的回信上,但是时间一天天过去了,一周周过去了,我连回信的影子都没有等到。

天男收到我的信了吗?收到的话她看了吗?看了的话她原谅我了吧?原谅我了的话她写回信了吗?如果寄出了回信,她会不会忘了贴邮票?她写地址的时候会不会漏字?邮递员会不会把信弄丢了?我胡乱地猜测着,最后,我宁愿相信是邮递员的问题。

于是,我按原来的内容给天男重新写了一封信,并在开头加了一句:“我之前写过一封信给你,但你没有回信,我猜想一定是邮递员没有送到。所以，我重新给你邮寄，但愿这次邮递员没开小差。”最后又加了一句——

天男，如果这封信你收到了，请一定要给我回信，好吗？我求你了，我天天等着，时时等着。

然而，一直等到我开学前一周，也还是没有收到她的回信。

一长串萤火虫轻轻地飘落在檐下庭前，闪闪烁烁地跳着舞掠过我眼前，但我无心观看它们。一会儿，妹妹捉得几只，放进了麦秆节里，提着它坐到我旁边。

“阿姐，奶奶说过，可以对着它们求愿呢！你快求吧，我已经求完了，等你求好了，我就放了它们。”

看着忽明忽暗的萤火虫仿若那闪闪星光，有种野草一样的情绪蔓延上心头。“此情可待成追忆，只是当时已惘然。”我们曾经求过多少愿啊，可如今，都仿佛灰飞烟灭。我黯然自嘲：“谁叫你那么自作聪明。”

我开始整理物品，并再次巩固骑自行车的技术，爸爸已经催我好多天了，我一直赖着。我将要去读的高中离家很远，要么需要去镇上乘坐公共汽车，要么自己骑自行车去。我害怕坐汽车，那次外公带我去城里，还有我一个人说谎去城里找红梅那次，都是晕得不行，所以我决定采用后一种方案。尽管那是比较辛苦的事，从家里出发到学校，在中间不停下休息的前提下，至少也得骑一个半小时的自行车。但毕竟是一周才来回一趟，爸爸同意了我的选择。

漂亮的凤凰牌女式自行车是外公买给我的，外公在我读初中时给我买了块上海牌手表。他认为我的成绩一直很优秀,愿意支持我的学习,所以这次又给我买了更贵的自行车。

在暑期初期,爸爸耗费了很多个清晨,用他的二八横杠自行车,在村里小学的操场上,教我怎么骑自行车。他依次教我如何推行,如何把好车头、如何踩踏、如何刹车等。然后他把住后座,让我爬上去,扶着我骑。这一步,足足用了一个星期。可以放手后,我又一圈一圈地练了三天。最后,他教我如何上车和下车。全部学会后,我从操场骑到马路上去实地练习。结果刚上马路,就翻倒在路边的烂田里,磕掉了一颗牙,吓得我停练了一周。

但是,这是我三年里唯一的交通手段,没有别的选择,惊慌害怕过后,我又很不情愿地去练习了。骑车练熟练后,爸爸又带我骑去镇上。那天,他自己借了一辆自行车,他的自行车让给了我。他在前面骑,我在后面骑,开始是平路,骑行还挺顺利。到了一处下坡,我看着道路一边是悬崖,一边是溪流,顿时就慌了,车祸、摔倒在烂田的阴影马上出来作怪,一下子忘了刹车,手足无措地尖叫着:“爸,救命! 爸,救命!”爸爸因为时不时要回头照看我,早有所察觉,这时已停在前面了,正张着双臂,迎接着我及车子。

我没有受伤,爸爸的前胸和手臂、大腿却因保护我而被我那飞过去的自行车给撞出了血。他还笑得合不拢嘴:“噶笨的技术,还想骑到学校去。不行,还得抓紧练。”

想着杳无音信的天男,想着将要独自远行去陌生的地方读书,想着这令人焦虑的自行车练习,真是度日如年。

第二十章

树挪死，人挪活。

这是小时候奶奶跟我讲爸爸的英勇故事时总结的。

“你爹啊，正长身体时赶上闹饥荒，他饿得像一只麻袋一样直不起腰来，横在门檐下。我舀了一勺清水，放进一点盐露，让他喝下去，他摇摇晃晃起来，自己去山上寻野草根。吃了两天，拉不出屎，我就用一根细棒把它从屁眼里抠出来。哎，日子苦啊！后来上面来征兵，我哭了一天一夜，舍不得他去。但是他自己要求去，去了部队，有得吃有得喝，还发粮票寄到家里来。有些时候，不要死板，挪一挪，有好处。”

后来奶奶去世时，爸爸泣不成声，因为他发现，二十多年过去了，爸爸当年在部队里省下来寄回家的粮票，一张都不少地被奶奶藏在箱底，成了一叠无用的“古董”。我可以想象，当时这些粮票曾给了一位母亲多么大的安慰和荣耀啊！

如今，我也要挪地方了，我又该拿什么东西让我的父亲和母亲为我感到安慰和荣耀呢？1989年9月，我的高中生活便在尘土飞扬的奔赴中开始了，一路伴随的是一曲《信天游》——

……

大雁听过我的歌
小河亲过我的脸
山丹丹花开花又落
一遍又一遍
大地留下我的梦
信天游带走我的情
天上星星一点点
思念到永远
……

妈妈把我的凤凰牌自行车特地打扮了一番:先在龙头、扶手、横档处缠上了黄色的塑料皮。那时几乎所有人都会在自己的新自行车上缠上塑料皮,目的是保护新车子不生锈。妈妈又用粉红和粉蓝两色毛线编织了一块漂亮的物件,披挂在前面的三角档上,车子一旦前行,上面的流苏就会飘起来。妈妈说,好马配好鞍。

开学这一日,我爸把我带到同村比我高一届的男生家里,委托他带我去学校。一路上,他在前面风驰电掣,我在后面拼命追赶,满路弥漫的黄沙一次次地让他消失在我的视野内。我冲他大喊:"你骑慢一点啦!我如果迷路了,要你赔啊!"一阵风沙退去,只见他抱着双手站在前方等我,笑嘻嘻数落我:"像你这样的速度,我看半天都爬不到学校!就你一个女人家还硬撑着像男人家一样骑自行车,下次不如去坐公共汽车吧。"他说的是实情,我听着却觉得十分刺耳。"我就不坐公共汽车,我还骑定了这自行车,现在只是不熟练,过不了多久,我就会超过你的速度，什么男人家女人家的！”

这辆自行车，骑了一趟就变成了风尘仆仆的旧车，骑了两趟就动用了爸爸的老虎钳，之后又经历多次被我碰、摔、撞，几度变形。妈妈尝试用不同的编织物来装饰和掩盖它的累累伤痕，但依然改变不了它在我手中的悲惨命运。每次一回到家，妈妈都要心疼得不得了。“简直像打了败仗回来的人马。”她抱怨道，常常是先看到“马”的伤，再发现我人的伤。这样的窘况持续了一个多月才结束——我终究熟练地驾驭了这匹妈妈眼中的“宝马”。那个男生终于对我刮目相看：“真是巾帼不让须眉，女中豪杰啊！”

可惜，女豪杰只在人前秀，一个人时照常偷抹眼泪。陌生的环境、陌生的人、陌生的学习方式，尽管时间已过去近两个月，我依然没能很好地适应高中生活。想起王音已经离世，天男不知近况，同村的女孩除了我再没有一个上高中的了，躲在宿舍的角落里孤寂得要命。听着知了撕心裂肺地鸣唱，听到远处大街上反复传来《愁啊愁》的歌声，我也真是愁得想大哭一场。但转念想起自己要离开山村的愿望，想起父母的期望，便抹干眼泪，抱起书本走向教室。

进入高中的第三个月，我终于适应了新的生活，消除我孤独感的第一个人便是班主任老师。他姓田，教语文，因为他来自我们的小镇，操着和我一样的家乡口音，又平易近人，所以在我心里有了一种亲人的感觉。他戴一副圆圆的黑框大眼镜，厚厚的镜片后面是一双小小的眯眯眼。他的头发有点偏黄，皮肤却很白，明显地衬出了满脸胡子被刮后的一片青色。

他喜欢穿白色乔其纱衬衫，衬衫的样式很特别，不是那种

常见的男式领子，而是低低的竖领，圆边。胸前的裁剪也是女式的，缝有均匀的皱褶。他的裤子永远是黑色的小喇叭裤，紧紧地包裹着他的臀部和大腿。他走路时总是低着头，走得很慢，甚至有点小心翼翼，但又让人觉得他是在享受每一个步子。他的皮鞋总是擦得锃亮，且极具标志性，因为他每走一步，鞋底都会传出“叮”的声音。同桌告诉我，那是因为他在鞋底上钉了铁钉，时下很是流行。不过，我不这么认为，我想应该是为了防止鞋底磨损才钉的吧，因为我并不觉得走路时让鞋底发出那个尖锐的“叮”是一种流行，我并不喜欢。

他的全身装束、动作肢态，难免让人觉得女性化。不过，这并不影响我向往他的课。他总是满腹经纶，出口成章，他是个颇有才华的人，我从小就仰慕有才华的人。但他为人低调，不轻易外露，只在课堂上对我们慷慨相授。所以，我期待并享受他的每一节课，每当上课铃响，听到那串“叮叮”声由远及近，我的心也会跟着他的节奏跳起来，并暗自骄傲着，我竟然有这样厉害的老乡。

当我适应了高中的生活环境，我便常常在校园里纵横交错的小路上散步，有时仅仅是好奇地东张西望。有一天在一转弯处，我听到“叮叮”声，知道是遇上他了，连忙认真地走起路来。雪白的乔其纱飘飘扬扬地出现了，见到我后在一米外站住。

“田老师！”我怯怯地叫了一声。他和蔼地笑笑：“你是高塘村的？我读中学时的好朋友就是那个村子的，他后来考上了复旦大学，现在在城里工作。”我知道他说的是我们全村人人皆知的高才生，当年他以全县第一的成绩考上了大学，成为我们村所有家有儿子的家庭教育孩子的典范。

“你们村人才济济，不过我倒还没听说过有女大学生，你要争取喽！农村里要送一个孩子出来读书，不容易。”说完，他爽朗地笑起来。我咬了一下嘴唇，勉强地点了点头，因为我还不敢保证自己能够考上大学。他又说，“你喜欢看杂志吗？我有很多种，喜欢的话，可以来选几本，学习语文，还是要多看点书。”这下我重重地点了点头，看着他从身边经过，直到清脆的“叮叮”声消失了，我才起步回到宿舍。

没过几天，田老师拎了一个录音机急匆匆地走进教室，以至于他的“叮叮”声连成了一片。我们好奇地看着他，不知他要搞什么花样。自从进入第三个月，他的课堂总是花样百出，有时会讲一个电影，有时会讲笑话，有时让我们想看什么书就看什么书。这一回，只见他作了一个“嘘”的手势，我们全班同学立刻安静了下来，他带着神秘的表情，把教室的门轻轻地关上，然后在录音机上按了一下，他就靠到墙边去了。顿时，教室里响起了音乐声，接着，一个温柔的女声响起：

如果没有遇见你
我将会是在哪里
日子过得怎么样
人生是否要珍惜
也许认识某一人
过着平凡的日子
不知道会不会
也有爱情甜如蜜

……

待唱到高音部分，大伙儿忍不住鼓起掌来。五音不全的我平时很少听歌，也不知道这是什么歌，但是，很多同学都知道那首流行歌曲，大家几乎异口同声：“周冰倩，《我只在乎你》。”

当我们连续听了三遍后，田老师把录音机关了，笑眯眯地说：“接下来，请大家写一篇音乐听后感，怎么写都可以，但要写出真情实感。”全场一片唏嘘，我后面的男同学发出了嘻嘻的笑声，低声和他的同桌说：“田老师今天一定是感情受伤了，然后让我们全体同学陪他痛。”

我没有想什么爱情，我依然还不能理解爱情为什么会伤人，为什么明知道会伤人，人们还要去追求。但我想到了天男，想到了我们的友情。

任时光匆匆流去
我只在乎你
心甘情愿感染你的气息
人生几何能够得到知己
失去生命的力量也不可惜
所以我求求你
别让我离开你
除了你我不能感到
一丝丝情意
……

在次日的范文展示上，田老师读了我写的《致珍贵的友谊》。他用他那带着家乡口音的普通话以及满腔的真挚，读出了我的心声。当他读到最后一段时，我趴在桌上眼泪直流，哭得无法自已，直到全场响起了雷鸣般的掌声。

这节课结束时，田老师将一大摞书刊放到了讲台上："这里有很多杂志，都是我大学之后买的，每个同学都可以来选一本自己喜欢的拿去看。"我们排队去取，大伙儿基本上都没有读杂志的经历，自然也就不会挑三拣四，大家都按顺序拿了。轮到我前面的女同学时，我抬眼看去，封面是一个非常漂亮的姑娘，她欢喜地叫了出来："我喜欢这个姑娘！"当她拿起的时候，我看见了两个镂空字"知音"，心想：多好听的名字呀！我的目光再回到书刊时，看到最上面放着的是一本小于其他杂志的小16开刊物，封面上写着"辽宁青年"四个大字，我有一点点失望。一直坐在讲台前看着我们取书的田老师却对我微微点了一下头，轻轻地说："这是我学生时代最喜欢的杂志，你运气不错。"他这么一说，我便很开心地取走了它。

自此，这本杂志成了我阅读的启蒙老师，甚至到了大学，我依旧会去买。

因为亚运会的召开，学校放了一天假，让大家回去看亚运会开幕式。我不愿来回跑，对开幕式也不感兴趣，就没有回家。细心的田老师和班里的文艺委员打了招呼，让她特地来我的宿舍邀请我去她家观看。结果这一来二去的交往，我和她便成了好朋友。

那一天，被她邀请去家里观看开幕式的住校生有十多个，她热情大方，切了水果给大家吃，还教会了我们唱主题曲《亚洲雄风》,也是在那一次,孤陋寡闻的我第一次听到了韦唯和刘欢的歌声,我们跟着一起欢呼高唱——

我们亚洲　山是高昂的头
我们亚洲　河像热血流
我们亚洲　树都根连根
我们亚洲　云也手握手
莽原缠玉带　田野织彩绸
亚洲风乍起　亚洲雄风震天吼
我们亚洲　江山多俊秀
我们亚洲　物产也富有
我们亚洲　人民最勤劳
我们亚洲　健儿更风流
四海会宾客　五洲交朋友
亚洲风乍起　亚洲雄风震天吼
啦啦啦啦啦啦啦
亚洲雄风震天吼
啦啦啦啦啦啦啦
亚洲雄风震天吼
……

文艺委员叫李晓君,她有着甜美的嗓音,她还兼任学校的广播播音员。她住镇上,按理说不用住校,但因为每天要起早播音,所以她和另一个播音员一起住在学校的播音室里。

每天晚饭后和上夜自习之前的时间里,我都去找晓君玩。她总是如痴如醉地唱着一首歌——《梦醒时分》。

你说你爱了不该爱的人
你的心中满是伤痕
你说你犯了不该犯的错
心中满是悔恨
你说你尝尽了生活的苦
找不到可以相信的人
你说你感到万分沮丧
甚至开始怀疑人生
早知道伤心总是难免的
你又何苦一往情深
因为爱情总是难舍难分
何必在意那一点点温存
要知道伤心总是难免的
在每一个梦醒时分
有些事情你现在不必问
有些人你永远不必等
……

我听得多了，也渐渐喜欢上了这首歌，觉得歌词写得特别好。于是我准备了一个本子，专门用来抄写好歌词。晓君还喜欢收集一些明星贴纸，特别是《上海滩》中冯程程的扮演者赵雅芝和《射雕英雄传》中黄蓉的扮演者翁美玲，这些都让我大开眼界，我知道了高中生活还可以这么丰富多彩。

高中第一学期的生活总的来说还算是新鲜的，也是丰富多彩的，尤其是从田老师那里借来的很多课外书中，我学到了很多知识，它们带我“游”进了广阔的知识海洋。当然还有晓君带我了解的其他流行领域。在初中时，我只读过几本琼瑶小说，听的歌也就那么几首。现在我读到了金庸的武侠小说、三毛的散文，还有汪国真、席慕蓉、顾城的诗。我沉浸其中，一时淡忘了曾经的伤痛。这学期期末，我考出了班级第一名的好成绩。

寒假开始不久，学校便将成绩报告单寄到了家里。爸爸拿着它乐不可支，正逢家里有很多左邻右舍和亲戚在，他们都祝福爸爸和妈妈，羡慕他们生了一个高智商、有出息的囡头，胜过人家生几个儿子的。我远远地坐在一边看着这些像孩子一样兴奋的大人，却突然想起了天男。如果换成天男，也许她会比我考得更好，她是那么认真、那么上进。可是命运，红梅说的命运，让她远离了这一切。我看见天男妈妈悄悄地离开了人群，她的背影显得很落寞，对自己的女儿，她会心有亏欠吗？

帅男来我家，她来找我妹妹玩，也顺便跟我汇报了她在剧团的学习情况。说是汇报，可能是因为她能感受到我对她的关心吧！记得她离开家时，刚好周末我在家，便去送她，路上鼓励她：“我努力学习，你也要好好地学习技术，我们都要活出自己的样子来，为女孩子争光。”

她说自己非常努力，老师也说她很有潜力，再学习一年后，她就可以正式上台了。她还告诉了我一个重要的消息：她姐姐前不久回过一趟家，送了些钱回来，她是听她妈妈说的，她妈妈抱怨道:“都出去那么长时间了,才回来一趟。”

“她回来过?”我几乎是跳起来。

“只过了一夜就走了,说是今年过年也在那里加班。真是的,也不想着见见我们。”帅男带着责怪的口气,我尽管有点失望,但总算知道了她是平安的。

“人在江湖了,就身不由己吧!”我常听老师们用来调侃的这句话,这时却派上用场了。“帅男,不要怪你姐,她有难处,她有空自然会回来的。”

“还有,雨晴姐,我妈说,我姐她半年前就已经换工作了,早就不在原来的服装厂里了。”

“啊!什么?换地方了?”我惊叫着。这么说来,难道我写的两封信,她真的都没有收到?

“那她去了哪里?”

“我妈也不知道,我怪我妈也不问问我姐在做什么、在什么地方,你猜我妈怎么说,她竟然说,那有什么好问的?她在那么远的地方,够不着也管不着,只要把钱拿回来就好嘞。哎!我妈就只认钱、只认儿,不认囡。”

“这下糟了,她一定没有收到我的信。难怪她没有给我回信。”我一屁股坐在地上,像个泄了气的皮球,一下子软塌下来。

接下来的几天里,我时时有种冲动,想去宁波寻找天男,哪怕一寸一寸地找过去。我的直觉告诉我,她过得一点儿也不好,她上当受骗了,她自暴自弃,她破罐子破摔,甚至……这接下来的念头一浮现,把我吓了一跳,我连忙使劲摇头,想把它甩掉,但是它像恶心的蚂蟥一样死死地黏附在我的大脑里。

当我获悉红梅一家已经回来过年时，第一时间便跑去找她。我把我的想法告诉她，她看了我半晌才说："你有点想歪了，雨晴，天男不可能去干那种事的。你有直觉，我也有直觉，我现在告诉你，我的直觉是她在争分夺秒地赚钱，因为一般厂里都是计件制，她多做多得。她的外表柔弱，但内心很倔强，她其实是个很要强的人，当她发现一条阳关大道已经向她关闭，她必须闯出另一条路来，那就是挣钱，她只是想多赚些钱来证明自己。"

"你真的这样确定?"

"真的。"

"但愿是真的。她长得那么好看，我就怕人家会去欺侮她，我不希望她再上当受骗了。"

"哈哈，她不是过去那个不懂事的小孩了，她已经是个大人了呢。人一旦走到了社会上，就是大人了，她必须要学会自己面对一切。"

"可是，我真的好想她啊！有很多话要和她说。她离开我们已经一年半了，我的信估计她都没收到。"

"雨晴，我讲句实在话，现在和过去不一样了，你们是两个世界的人了，即便走到一起，估计也很难说到一块儿，这个我深有体会。人各有志嘛，她的心里只有赚钱，而你则是读书。所以，我劝你，不要想太多。会走到一起的人，千难万难都会；不能走到一起的人，千方百计都想散开。"

看着眼前这个依然美丽聪慧的忘年交，我似有所悟，重重地点了点头。

第二十一章

红梅是对的。

当我回到学校，当我坐在教室里听讲，当我读着好看的小说，当我和同学们一起聊天，我真的不再像假期那样时时想起天男，即使想起她，我也没有了往日的种种烦闷。常常，思念一闪而过，我也能坦然面对。

爱笑的晓君家境好，有足够的零花钱买零食吃，并且最常买来吃的是“开口笑”，两毛钱一个。那是一种圆圆的油炸糕点，类似于现在的芝麻球，但它有一个开着的口子，故名“开口笑”。在那之前，我还从来没有吃过这种又香又酥的零食，她总是非常慷慨地说：“你一个我一个，吃下一个开口便笑。”

一开始，我怎么也不好意思接受晓君给我的零食，肚里即便盘着丰盈的口水也闭嘴摇头拒绝。她说：“我就是要给你吃的呀——”她把“呀”拖得很长，以示她的诚意。“可是，我没什么东西可以给你吃。”她听罢二话不说，直接把一个油汁饱满的“开口笑”塞到我的嘴里。

我的顾虑来自小时候的一次严重教训。我妈曾告诫过我，不要轻易白吃别人的东西，除非你也有东西给别人，否则麻烦会找上来的。小学二年级时，因挡不住诱惑，我吃了人家

给的东西。次日,两人因一小事有了口角,对方就来要:“昨天给你的蚕豆还出来。”我自知还不出,便挖空心思想,然后愤然回道:“那你去年用过我的橡皮也还来。”对方再想出一件久远的事来,如此要来要去的。最后要不下去了,就各以食指扒扒自己的下眼皮以羞辱对方。

但是不知为什么,有了第一次接受后,我在晓君面前,不再客气和别扭,就像以前在王音和天男面前一样,内心隐隐觉得我们很亲。我们一起一点点地咬着“开口笑”,咬完后,真的非常开心地咧开嘴来哈哈笑,在高中的几年里,我俩几乎为此上瘾。

大多数时候,我去广播室是为了听晓君唱歌和唱越剧,她随口一哼唱便会让我听得入迷,尤其是越剧。我坚定地相信了我妈说的“天生”这个事——我妈自吹自己的各项能力时,总是喜欢用这个词:“我这是天生的,没有办法。”她说天男是天生的好看,说我是天生的臭脾气,她从不说我的脾气是像她的。这会儿,我相信晓君的嗓音是天生的亮。

我第一次听她唱《山伯临终》时,我都听哭了,于是我常常会主动要求她唱那一段。“这段音太高,太难唱啦。”她虽然这么说着,但从不拒绝。只见她清了清嗓子,坐直了身子,伸长了脖子,未声先形,眼里瞬间堆满了亮闪闪的情绪,她就这样唱下去——

母亲带回英台信

书信上面言安慰

她说道　咫尺天涯难相会

此身未来心已来

但见她珍重二字满纸写

她望我除灾又脱晦

英台啊！可怜我刻骨相思染重病

可怜你要想聚首不能来

见青丝犹如见贤妹

叫山伯睹物思人更伤悲

常言道　结发夫妻到白头

看来你我今生无缘配

……

她唱至此，我已屏住呼吸，她随即便提快了声音——

娘啊

儿有重言要拜托

杭城读书三长载

实指望为梁家增光辉

谁知道为了英台女

染成疾病难挽回

娘啊娘

倘使儿归黄泉路

儿的娘身体须自爱

恳求母亲如儿愿

儿死后要胡桥镇上立坟碑

立坟碑，立坟碑

红黑二字刻两块
红的刻着祝英台
黑的刻着儿梁山伯
儿与她生前不能夫妻配
儿死后要与她同坟台

唱到最后，尾音未歇，她身已立起，我也早已泣不成声。当初，我和王音、天男三人一起听红梅唱《孔雀东南飞》，天男哭得稀里哗啦，我那时一点感觉都还没有，我妈说我“心肠石石硬”。我爸马上站出来说了句公道话：“她连一只蚂蚁都不敢踩，心肠是最软的，她只是太小，没有看懂戏而已，大一点就会看懂了。”实际上，我那时只喜欢热闹，对戏文本身并无多大兴趣。如今，我终于看懂了戏里的故事，并为一段唱词恸哭流涕——我真的长大了。在此后的两年多高中生涯里，我把以前村高音喇叭里无意听到的越剧选段都详细地听了个遍，把自己认为其中比较好的唱词都抄了下来，不明白的请晓君帮我记起来，细细咀嚼并模仿写作，竟也发现了其中的许多奥妙和乐趣。

有一次，学校附近的电影院要上映《金枝玉叶》，我约上晓君一起去跟田老师请假，我们已经想好了理由。“田老师，我们今晚想去看戏，看完后保证写一篇观后感交给您。”田老师眯起他镜片后的小眼睛甜甜地笑笑：“你们不要告诉别人，悄悄地去，悄悄地回。”但事实上，有了“尚方宝剑”，我们是大摇大摆地去，大摇大摆地回来。当然，答应的文章也是一拖再拖，最后不了了之，田老师也没来追究。总之，对越剧的喜爱，让我的生活多了一项消遣的乐趣，也让我对人物的观察更为细微和敏感，心胸随之更开阔。

三月里，班里来了一位新的英语老师，她从头到脚都可爱得叫人惊讶。老师姓周，但一开始大家不约而同地在背后称她为“洋娃娃”：她有一双圆圆的大眼睛，睫毛很浓很长，嘴唇红红的，脸和手都是白白胖胖的。她波浪长发飘着，碧玉手镯戴着，兰花手指翘着，喇叭裙子穿着，走起路来一蹦一跳，身边经过香气怡人。

早春的天气还非常冷，但她每天穿着黑色的大摆裙步态轻盈地飘进教室的讲台，她旋转了一圈后站定，看到我们惊讶的表情，她眼睛连眨三下，扬起娇滴滴的声音：“不冷的，真的！我里面穿着毛裤呢！”结果，这句话就成了经典，无论男女同学，常会在课后相互调侃——

“你穿这么少，不冷吗？”

“不冷的，真的！我里面穿着毛裤呢！”

因为上学期期末考试，我英语得了全班唯一的满分，也就自然地当上了英语课代表。周老师的英文发音非常好听，这让满口乡土气的我一度不敢开口朗读。当然，像我这样来自乡下的学生也不在少数，在她的亲切鼓励下，我们这些人花了足足一个多月时间，才把自己的口音矫正过来。然后，大家便总是看到她竖起大拇指，连声夸道：“Very good! You are great!”

洋娃娃周老师爱打扮，她的上衣几乎每天都不重样，但下身的黑裙子永远都不变。有人猜测是她的腿太粗了，而事实却是她的臀部太大，我去办公室交作业的时候，曾好奇地近距离仔细观察过。不过，我是不会泄露这个秘密的。

周老师心直口快，她常常把我叫住：

“雨晴，你的刘海儿太长了，不好看不好看，快去剪掉。”

“你穿蓝色衣服真好看，显得文静大方，以后让你妈多买这个颜色的啊！”

“你笑起来的时候，不用抿着嘴，把牙齿露出来。快看，像我这样，对，就这样，露出来几颗，这样比较好看。”

……

于是，去她办公室，便成了我最有心理负担的事。当然，有时她也会表扬我今天这样好看啦得体啦，但大多数时候，她会指出我身上的某个不足。然而，在那个年代，我哪有什么条件去满足她这个城里人的审美要求啊，除了徒增我的自卑感，没一点好处。我慢慢有点不喜欢她，为了少去她办公室，我想放弃英语课代表的职位。

那一天，我怯怯地走进她的办公室，低着头不敢看她：“周老师，英语课代表您还是让别人来当吧！”

“啊！为什么？没有人超过你呀。”

“我，我觉得自己有压力。”

“压力？第二名差你好大一段距离呢？有什么压力呀？”

“哈哈，她说的压力，和你说的压力不是一回事。这个我倒能看出来。”这时，旁边的一位女老师开口了。

这下，我们可爱的周老师疑惑地眨巴着她的娃娃眼，表示不懂。

那位女老师朝我笑笑：“你这可爱的周老师啊，因为太在乎你，把你当个宝，把你当成自己人了，所以才会说那些随心所欲的话，明白了吗？小姑娘？”我红了红脸，点点头。她示意我可以离开办公室了，我急忙走了出来。

当天下午，周老师就把我叫到了教室外面的一棵树下，而不是在办公室里，她拉起我的手说："雨晴，你看我这张嘴，没有闸门，但我是好心的。你看你长得多清秀啊！你学习又好，我很喜欢你这个学生的，所以，我希望你各方面都是优秀的，包括生活方面，你懂不懂啊？"

我不好意思地笑着点头。

"我以后不再说那些让你难堪的话啦，你也不许再说不当课代表了。我们扯平，好不好？"

那一刻，我感受到她的大度和乐观。我又重新喜欢上了她，并且像很多同学那样开始关注她的新闻。

听说，她也是师范大学毕业的。从大学直到现在，有很多人追求她，但是她都拒绝了，自娱自乐地过着单身生活。我还听说，教高二的化学老师何老师暗恋她一年了，但何老师是个内向的人，一开口说话就会脸红。老师们大都知道他喜欢着周老师，就他自己还不知道别人都知道了，这一时成为大家的笑话。不过，大家都觉得他们之间的条件相差实在太大，何老师是癞蛤蟆想吃天鹅肉。而我却暗暗地留意着何老师的神态，他那孤孤单单的样子真可怜，哎，我暗暗地同情他。

周老师一直是办公室里的新闻主角，大家总是想方设法在她身上挖素材。有天上午的最后一节自习课，我去办公室交作业时，听到有老师正在谈论周老师的事情。

"她以前在大学时和一个姓李的同班同学谈过一段恋爱，后来她踢掉了他，因为她发现那个男同学虽长得比较大气，心眼却不大。"

“我早就听说了，那个男同学毕业后被分配到乡下初中去教书了，教了两年半，竟然和毕业生搞上了关系，又被发配到更偏远的地方去了。”

……

我突然想起，天男告诉过我，李老师就是师范大学毕业的，难道还有这等巧合？但李老师宿舍和办公室里的合照上面的姑娘可不是周老师，难不成是继周老师之后，李老师又找了新的女朋友？

后面她们再谈什么我已不想听了，我放下作业本，匆忙跑出办公室。我想在第一时间找到周老师问明白。周老师，你在哪里？

我在周老师的宿舍走廊里找到了她，她这会儿正抱着棉被往操场上去晾晒，看到我竟然跑来这里找她，以为班里有学生捣乱，急忙对我说：“哎哟，有噶急的事啊？你去我房间里等我，我把棉被放好就马上回来。”

我站在她的房间里，环顾四周，看到了墙上挂着一张集体照，有两个饭盒那么大。我走近看，上面写着××师范大学××届毕业照。我的心马上揪起来，揉了揉眼睛再上前细看。这下我看清了，周老师坐在前排靠右边，那个李老师站在周老师的身后，目光向下。在前排的左侧，有一张脸看着也很熟悉，我想起来了，就是李老师桌上照片里的那个女朋友。

“哈哈，这老照片里有什么吸引你，值得你看得那么认真，找到我了吗？”周老师已经来到我身后。

“是的。”我把手一指，“喏，这是你。”

“眼睛倒是蛮尖的嘞。”

“除了你,周老师,我还认识你们合影里的一个人。”

“哦?”周老师马上停止了笑,“谁啊?”

我把手指向李老师。

“就是他,李××老师。”

“不会吧?难不成,他是你的初中老师,那么巧?”

“他没教过我,但他是我们学校的老师,他教过我的好朋友,所以我认识他。”

“哦!原来是这样啊!李老师的教学能力应该很不错,大学时他的功课就很出色。”

“周老师,我想问你的不是这个,而是他这个人是一个怎样的人?到底是好人还是坏人?”

这下把周老师给笑得滚到了床上,她重复着我的话:“好人?坏人?为什么这么问啊,雨晴?”

我也被她的反问逗笑了,挠挠头,想起了小时候,那时我们挤在大会堂里看《霍元甲》或一些战争片,好像大都是打打杀杀的场面,大人们总是边看边争论“这个是好人,那个是坏人;这个是正大光明的,那个是笑面虎,内里藏着刀、绵里藏着针”。于是,在我们小孩的头脑里,就渐渐形成了一种思维定式:判定一个人,要么是好人,要么是坏人。

“我就是想问,李老师这个人心肠怎样?他是不是一个笑面虎,表面笑内里却要算计别人?”

“你为什么这么在乎这个事情?这让我很好奇。”

我看了看周老师,觉得她是个好人,所以就把天男和李老师的事情以及我的疑问讲给她听。最后,我说:“我听说你和李老师很熟悉,所以请你一定告诉我,我不会说出去的,我只是想证实而已。”

周老师认真地听完，伸了一个长长的懒腰，定定地看着我好一会儿，又调皮地伸了一下舌头，翻了一个白眼。

“我第一次碰到学生竟然来盘问老师与学习无关的事，你是在给我出难题。”说完，她站起来面向窗外，背对着我，我感觉她一下子严肃起来。

我显得有些紧张，不知该怎么办才好。我记得我妈以前骂我时，曾说过这样的话：“你这个丫头片子，脑子会短路，说话做事不分场合，讨债鬼一个。”其实，我一直不明白她为什么会这样骂我，但是此时，我似乎有点明白了。我想我惹麻烦了，惹周老师生气了，我正想悄悄地从她背后溜走。

“叫我如何说好呢？他这个人。”她猛地一转身，我立马站在原地。

“他其实是个好人。喏，回答了你第一个问题，他绝对不是坏人。他心肠怎样？我不晓得，但他不是我喜欢的那种人，他活得太累、心思太多，而我想简简单单做人。就这样，好了，我回答了你的全部问题。另外，你说他欺骗了你的朋友，让她喜欢上了虚伪的他，这个也不能这么说啊。他本心还是善良的，愿意帮困扶弱。只能说你的朋友情窦初开，被他的优点吸引了，这很正常。再说，老师总是希望学生考好，这并不完全是只为自己啊，应该说是利人利己，还利校利国。你说对不对啊？你看看你们的田老师，他不也为了他的高三学生出成绩，正鞠躬尽瘁吗？”周老师几乎是一口气说完了。

我觉得她好厉害，这么会分析，最后竟然还搬出了田老师。在这之前，我已经听说了，田老师和一位高三毕业生很要好，那位毕业生写作能力很强，田老师常常利用休息时间辅导她，给了她很大帮助，她最终获得了很多作文大赛的大奖。但是，田老师是个好人，他还是我的老乡，我不会在心里瞧不起他的。

想到这里，我突然对自己有了一个新的认识：我总是站在和自己亲近的人的角度看问题。这么说来，我真不该那么怪李老师，也许他也是喜欢天男的，那么他们应该在一起吗？他们还有可能在一起吗？就像田老师和那个高三女学生？

“周老师，还有个问题，这个女老师现在还是李老师的女朋友吗？”我指指照片左侧。

“听说，他们毕业后常在一起，不过，好像去年就不在一起了。哎，其他的我也不知道啦。问完了吧，你可以走了。”

从周老师那里出来，我真是郁闷得要命。不知天男现在过得怎么样？一定还在恨我吧！至于我们的约定，我不知道自己未来会有怎样的变化。但是现在，至少现在，我仍愿意去继续坚守，坚守这个一直让我死死坚守着的约定。

我感觉我的心事填满了整个胸膛，快要溢出来了。

后来，我把这一切都告诉了李晓君，她听得目瞪口呆。

“还有这样的事？你的经历可真是丰富啊！怪不得，我一开始遇到你的时候，就觉得你总是一副心事重重的样子。不过，我认为过去的事情就让它过去吧，不要想太多。至于你们的约定，哎，真是太小儿科了，说出来都会笑死人的。我有一种直觉，你很快就会破了它。”她轻松而狡黠地笑了笑。

晓君的话听起来似乎很有道理，但是这并没有解开我心头的结。当晚，我想约她再聊聊，但她去排练了。我一个人走在校园的竹林边，月光下，影子摇曳，触景生情——

庭下如积水空明，水中藻、荇交横，盖竹柏影也。何夜无月？何处无竹柏？但少闲人如吾两人者耳。

只是苏轼有张怀民可约可谈，我呢？我约谁去？

第二十二章

一个周末的黄昏，我随爸爸去田畈。田鸡叫，田螺开，雉鸡毛顿顿，鹁鸪唱得起劲：“大家gūgū（大家一起住），大家gūgū。”这是妈妈的理解，她说：“鹁鸪是和事佬，最会做老娘舅，它跟谁都好，人要是做到它的份上，真当是大本事。”

这会儿，爸爸却有另一种解释：“这鹁鸪最懒，自己不造窝，看乌鸦没处去，就跟喜鹊去讲情，大家gūgū啊，大家gūgū啊，实际上是自己想去蹭窝。如果一个人也是这样，就是个烂好人，只道是嘴巴歪歪，屁股赖赖，手脚却不动。”

我听了他们的两种解释，觉得都有道理，因为妈妈是那样的妈妈，爸爸是这样的爸爸。我是他们俩生的，我就成了这个我，左看看右看看，都有样。

“不过，人在做，天在看。好人好自家，坏人也坏自家，光明正大顶要紧，暗出出做人顶讨债。”爸爸补充这句话的时候，他已经发现这片被他辛苦开垦出来的自留地里种的花生早就被好吃懒做的“坏人”给挖走了。我禁不住抬头看看老天，老天确实也在看着我们，我们任何一个人都是无处可逃的。爸爸说：“别看它不说话，账簿上可都是记着呢，不是不报，只是时候未到。”

我一时不知如何回应爸爸，便只是默默地按爸爸的吩咐，把田埂上的草垛、杂物、垃圾放到一起，堆成了一座尖尖的小山。爸爸点燃了它们，开始烧灰（农村里将田地里废弃的作物料燃烧成灰，作庄稼肥料用），随着袅袅升起的灰烟，空气中顿时飘荡起一股特殊的焦香味。这是我非常喜欢的气味，它总是给我安慰，也让我放松。我一边闻着，继续添加着杂物，一边问爸爸。

"有些人当面一套背后一套，也是暗出出吧？"

"嗯，这种人要当心，背后刺你一刀你都不晓得。"爸爸回答。

"我真想知道，那个李老师对待天男是不是这样暗出出的，老天会不会记下这笔账。"我自言自语道，但显然，爸爸听到了。

"你突然说起他们，到底是怎么回事啊？"爸爸也直起腰，疑惑地看着我。

我想了想，还是把我的疑问告诉了爸爸——我发现自己一回到这个村，一踏上这片寸寸都印着我和天男足迹的土地，我的心里就会盘着天男的事，就要为她抱不平。我那囿于旧习惯的思想，怎样也化之不去。

"你这是以小孩子的心思，在看大人的做法。"爸爸笑得合不拢嘴，手指点点我，笑道，"都已经过去这么长时间了，还在嘀咕这事，想头噶多。"我想起了一个刚刚读到的词——牵愁惹恨。红梅曾说我："你这个小囡头啊，说你简单，真的简单得像张白纸；说你多思多虑，真的也好比林黛玉。"

我听爸爸轻飘飘地说着，他还是把我当小孩子了。我的小肚鸡肠又作怪，嘟嘟嘴不作声了，一瞬间，只觉得连那头顶上的一朵云都在取笑我。正当我心里怏怏不乐时，忽听得远处传来呼唤声，有人在叫我。我环顾四周，看见我的一位还算要好的初中同学正从远处向我跑来。

她给我带来了两个消息：一是李老师调到城里去工作了。二是天男跟她厂里的一个男人同居了。

第一个消息不足以让我吃惊，那是迟早的事。但第二个消息让我的心猛地一沉，几乎站立不稳。

“这个死丫头，叫我们的脸往哪里搁？我说呢，加班加班，勿回来，原来是在外面乱七八糟瞎搞，噶就永远不要回来了，就当我们没有这个囡了，别想跨进家门口一步。”天男妈妈又像高音喇叭一样播报着。邻居们越劝她，她把音量调得越高，生怕漏下一人没听到。

“我看这囡头罪过宁相（可怜，指生活或处境艰难）啊，一个人那么小就去赚钱，拿了那么多钱回家来，一定是被人哄去的！哎，也没投着好爹娘，准是让别人家看轻了。”我爸对我妈说，我妈则一言不发。

这消息的具体来源出自同在宁波打工的村民，他说，某天清晨天还未全亮起，他经过一个工棚的时候，远远看到一张熟悉的面孔，走近后才确定是天男。正想上前询问时，天男同时也看到了他，却连忙闪进了工棚。接着，一个后生走了出来，目光凌厉，不怀好意地瞪着他，他也不便多问，扭头直接走了。他认为天男是在那里躲避的，因为她的肚子已经挺得很高了，但年龄太小是不能生孩子的，所以要躲藏起来。

接下来的每一天，我都如坐针毡，巴不得时间过得快一点。一天里，我要倒计时好多回，盼着暑假快点到来，我要去宁波找她，她一定是落难了，这次不管三七二十一，我一定要找到她。我跟晓君讲了天男的事，尽管她与天男未曾谋面，但也替天男抱不平，她说她要陪我一起去，心思缜密的她还建议最好找个大人一起去。我想到了红梅，立马写信给她，希望到时她能够陪我们去宁波看天男，她竟然答应了。她回信说："看来，天男这囡头太懵懂了！她爹娘不管，我们去。"

那一天终于到了，红梅特地从城里赶了回来，我们已经提前联系了那个村民，并告诉他我们要去宁波找天男，到时会先去找他帮助指路。那个村民告知了他居住的地址，让我们到了后直接去找他。我本想叫上帅男的，但得知她要上台做一场大戏，没时间。我听我妈说，帅男可不像天男那样顾家的，一颗心野天野地，至今都没给家里拿回一张钞票。她说要自靠自吃，自过日脚，我听罢，倒是暗自为帅男称赞，要是天男有这个性，也许就不会委屈自己吃这么多苦头了！

天男妈妈平静下来后，到底心里也是难过的，顿时哭得一把眼泪一把鼻涕。红梅跟他们打过招呼，也算是劝慰他们："你们要想开，但也要为女儿考虑一下。她毕竟还小，有些事不懂，你们看她噶重要的事也不跟家里来说，底细也不清楚，所以需要我们去了解。这次我们几个朋友一起去，也算是代表娘家先去探一下，了解些实情。下次你们再正式去看望她。"

我爸爸有点担心我们，他是生怕那个男的是地痞流氓，我们三个女人到时会吃亏。红梅笑笑否定了这种担心："天男在那里，我们不会有事的，我们又不是去扰乱的，我们只是去看天男，把事情了解清楚。有些事到时还需要天男父母自家人去处理的。”

我妈妈相信红梅，因为她是个见过世面、聪明又牢靠的女人。

坐上长途汽车后，我一直闷闷不乐，晓君一路唱歌，想让我开心一点，但仿佛无济于事。红梅给我看她的布包，里面装有好几件婴儿的衣服，还有肚兜、围嘴、虎头鞋等小物件。看着这些做工精致、五颜六色的漂亮衣物，我却无法开口赞美，觉得很别扭——我仍是无法接受天男要生孩子的消息，只当那是一个别人的故事，或者只是一个谣言。遂红着脸问红梅：“你缝这些做什么？”

“雨晴，有些事情毕竟已经发生了。带上这些，到时会需要的，也算是见面礼吧。”

“我无法相信。她才十八岁，只比我大一岁。我还是一个学生，她却要做娘了，这让人感到羞愧，真是无法理喻。”

“我知道你还难以接受，雨晴。但是，她的命运就是这样。也许，她自己也认为这样是可以的。有些事，只是我们个人认为是不好的，并不代表真正的不好。也许那个男人对她很好，她很喜欢跟他在一起，她很快乐呢！”晓君也附和着劝我。

“你们快别说这些话了。我心口很堵，我想哭却哭不出来。我想起王音那么早就离开了我们，而天男却要以这样的方式来远离我。我们的约定，油茶树下的约定，难道它是一个诅咒吗？我有点害怕，我也不知道我的下场又会是怎样？”

“雨晴，你的脑袋瓜里面装的什么呀？真是想象力丰富啊！你又想到哪里去了？不会的，我说过，你还要去西湖看荷花的呢。”红梅说。

“你还有我呢，雨晴。”晓君说。

我摇摇头，再也不想说什么了。我把身体靠在椅背上，脸朝着窗外，风吹拂着我的头发和脸庞，一棵一棵树以一片一片林的方式向后快速地移着。我多么希望所有的往事也都随风而去。

下车后，红梅特地叮嘱了我几句：“你看，雨晴，我们现在对实情并不了解，所以，你千万不要轻易评论什么。再说，那个男人的底细我们都还不知道，我们就是来看天男这个朋友的，懂吗？你千万不要激动，不要哭，更不要说那个李老师的事情，说了没有一点好处。听清了没？”我向红梅点点头。

我们很快就找到了那个村民，他说他近期也一直在通过各种渠道打听天男和她那个男人的情况。他获知的信息是天男两年前到宁波一家服装厂做了七八个月的工，认识了一个人。那人自称是领带厂的老板，鼓动天男到他那里去工作，会包吃包住，工资会更高一点，工作会更轻松一点。天男和工厂里的其他两个女工便一起跟他去了。天男凭借自己的手脚麻利和认真细致，很快就成为一级员工。一级员工，可以去组长那里要工钱更高的原料来做，做出来的产品也会高价出卖，或者作为展示样品。天男发现，她以同样的时间和代价，可以多赚近一倍的钱，所以就做得更勤快，晚上也加班到很晚。

她的组长是老板的儿子，他同时还分管着领带的大烫工作，听说技术不错。自从第一次去取料，天男就感觉到他给自己的料特别多。没过几天，他常常会在天男晚上加班的时候来她身边帮忙，帮她理布料、线团等。天男一开始不要他帮，怕人家说闲话。但是那后生一声不吭地照常帮忙，还常常买来零食给天男吃。至于后来到底是日久生情两个人自然好了呢，还是那后生靠权势让天男服从了？就不得而知，反正去年年底，他们俩公开在一起了。听说那后生比天男大八岁。后来天男的肚子一天天大起来，不能随便在公共场合露面了，估计会在那个偏僻的棚子里躲避到把孩子生下来吧！

我一直低着头，抠着手指甲，像听故事一样听着，当我听到“比天男大八岁”，又敏感起来。那个李老师也比天男大八岁。不过，这两件事之间会有什么联系吗？我若告诉红梅，她准会说我又多想了。

了解了这个大致的情况，红梅显得更轻松了。我们跟随那个村民来到了目的地附近，他停住，用手指着一处显然是临时搭起来的蓝色棚屋对红梅说：“千万不要说是我带你们来的哦。”红梅让他放心，便带着我们向目的地一步一步走过去。

红梅总是说，时间是个老好人，它会让人忘记一些事，让痛苦变淡，让伤口愈合。但是此时此刻，我走在这条白花花的石子路上，离我日思夜想的朋友越近，我越是恐惧，我心跳加快，口干舌燥，甚至我有点想转身逃走。两年的时间像一把冰冷的、带着眼睛的刀子，横在我的面前，向我示威，向我挑战，向我狞笑。我以为自己已经做好了要见天男的充分准备，但是直到现在，我发现自己没有准备好，一点儿都没有准备好。我不知道如何面对天男，如何开口说第一句话，如果她拒绝见我，我又该怎么办？

“雨晴，你在干吗？快点啊！”不知不觉中我停下了脚步，晓君和红梅已在前面招手催我。这一路上，她们俩倒像是老熟人一样，讲得很投机。红梅一上车就说：“雨晴，你真是交到了一个活泼、开朗、大方的好朋友，有晓君和你在高中做伙伴，让人很放心。”

我拖着沉甸甸的步伐小跑到她们身边。

“心里是不是忐忑不安？”红梅问。

我点点头。晓君马上抓住了我的手：“有我们一起呢。”

“人啊！总得过一些关卡的。”红梅宽慰着我。

“万一她把我赶出来，怎么办？”

“不至于，不看你面子还得看我面子呢。”

说着，我们已经走到了村民指引的那个工棚前，门紧闭着。红梅贴耳听了一下，好像也没啥动静，她自言自语道：“不会搬地方了吧？逃生的人常常是打游击的，如果住处暴露了，就会马上换地方。”看到红梅皱起了眉头，我心里却放松了下来，甚至有点希望找不到她。

红梅终于举起手叩响了门，“咚咚咚”三下，没动静。再三下，还是没有动静。“看来真是换地方了，我看这附近也没人影儿，我们还是回到那个村民那里去，还得求助他。”

就这样，我们又折回到了村民那里，向他说明了情况。他说他带我们去领带厂那一带找找看，尽管不知道具体是哪家厂子，但生产领带的厂子基本都集中在那里，不妨去打听打听。

我们坐着三轮车，一路沉默着来到目的地，然而大大小小的厂子不少，如何着手打听呢？

红梅突然灵机一动，跑进最近的一个传达室：“请问，你们领带厂的老板是不是有个二十多岁的儿子，大烫做得很好？”对方是个老头，听后一愣，摇摇头说：“你搞错了，我们的老板只有女儿没有儿子,你到别的厂去打听吧。”

“大叔,不好意思,你对附近的厂子熟悉吗？还要麻烦你帮帮忙。”说着,红梅掏出包里早已准备好的香烟往对方手里塞。对方这会儿咧嘴一笑:“这事我还多少晓得一点。喏,那边靠近马路第一家,门口写着‘凯达领带厂’的就是。”

谢过那位大叔,我们转身快步走到凯达领带厂门口,这里有一个非常小的入口,旁边有个老人坐在凳子上。

“大伯,我们想进去找老板,约好了的。”红梅说得很自然。

“那不行的,你得有证据。”

“什么样的证据呢?”

“比方说条子啊什么的。”

“你就通融一下吧,我们马上就出来。”说着塞了一包烟给那个人。

那人一边往口袋里塞香烟,一边嘻嘻笑着说:“老板出去了。”

“那他有个儿子吧,他儿子在吗?”

“他儿子？他自己才二十几岁,还没结婚呢。”

“啊？我听那边的大叔说,这个老板有儿子,儿子做大烫的。难道不是吗?”

“去去去,搞错啦!”

随同的村民终于忍不住破口大骂:“老东西,骗人玩呢。”

红梅使使眼色,她知道骂人无济于事,只能带着没头没脑的我们折回传达室那位大叔那里。我们这时才发现,人已不在了。很显然,那个大叔刚才说谎了。红梅也终于忍不住说了句粗话:“老都老了,良心还要被狗给吃了。”

正在我们一筹莫展的时候，村民突然惊喜地叫起来，他指着不远处一个人："快看，就是他，那天走到工棚外冷眼瞪我的后生，他的样子，我当时牢牢记进脑子里了。天男进去后他出来的。"

"啊？真的？"红梅喜形于色。只见那个人拎着两个大大的袋子，从厂里走出来，正向着门口也就是我们的方向走来。村民怕惹上麻烦，跟我们打了个招呼就快步先离开了。红梅三步并作两步跑到那后生的面前，带着满脸友善的微笑。

"先生，你好！"

对方一愣，看看红梅，又看向我。

"什么事？我好像不认识你们啊？"他歪了一下头，像在努力回忆。

"是，你是不认识我们，但你认识王天男对吧？我们是她的朋友，来看看她，她现在在哪里？"

他带着怀疑的目光上下打量着我们，又环顾了一下四周，发现没其他人，便开口了。

"你们怎么找到这里来了呀！我怎么相信你们呢？"

"哦，那你可以跟天男说，就说周红梅，王——哦，报这个名字她就知道了。"红梅在报完自己的名字后，本来想接着报我的名字的，但是转而又停住了。我知道她也同样担心，万一报了我的名字，天男不想见的话，就会跟这个男人说不认识我们。毕竟两年未见，就连红梅也很难把握天男的真实现状。她只能小心行事。

"好——吧，那你们先在这里等一下。"他有点犹豫，但还是回转了身，朝里面的房子走去。

我们心神不定地等在原处。红梅托着下巴，时而微笑，又时而皱眉，我知道她在思考着下一步该怎么走。晓君靠在墙上轻哼着她最近常哼的歌——《黄土高坡》，因为我对她说过，这首歌听后我的心情总会变得特别敞亮，她每每唱到“不管过去了多少岁月，祖祖辈辈留下我，留下我一望无际唱着歌，还有身边这条黄河”这句时，总会深情无比地看着我。此时此刻，我听着它，抬头望向天空，心里多了些许安慰。幸好有红梅、晓君在，若我自己一个人来，早就没辙了。

男人再次回到我们面前时，已经完全是另一个样子了，脸上挂着谦和的微笑：“久等了，快进去吧，天男在等你们。”我们马上跟随其后，他不时地回头招呼我们，轻言轻语地介绍着：“我叫小邵，天男在坐月子，她在一星期前生下了我们的女儿。嗯——具体情况还是让天男跟你们说吧。”

怪不得！已经生下了，所以，就不用再躲在那个工棚里了。

“哦！你一定很高兴吧！”红梅要在这短短几分钟回去的路上，尽可能多地了解这个陌生却又因天男而变得熟悉的男人。

“嗯，是啊是啊！”他的眼神却是飘忽的。

“天男呢？”

“你是问她什么？身体吗？她年轻，生得很快，我听前来接生的老婆子说的，她生得很轻松，没有痛苦。”

我从侧面看到红梅微微地皱了一下眉。我也在听到这句话的一瞬间，就对这个人没了好感。我听到过我妈生孩子时的尖叫声，我也听红梅讲过生孩子时的痛苦，显然，眼前的这个男人根本没关心过女人生孩子的事，也根本理解不了天男所受的苦。而且,都什么年代了,他竟然没送天男去医院生孩子。

“哦,忘了介绍,这是天男从小的好朋友雨晴,这位是晓君。”红梅指指我和晓君。他转头看看我们俩:“哦,听天男说起过雨晴这个名字,但也没多说,她很少说过去的事。”

我们经过了一个嘈杂的堆满花花绿绿布料的车间,很多女人拿着针线,埋头做着手上的活,旁若无人。为了计件,她们大概是在争分夺秒吧,我第一次进领带工厂,原来是这个样子的,感觉沉闷得一时透不过气来。

穿过狭长的过道,走到尽头,打开一扇门,拐过一个弯,又是一个门。小邵打开门,面前是一块空地,空地的另一侧是一座独立的两层楼房,房子外墙是用白色的瓷砖贴上去的,但已经染上了厚厚的灰尘。

“这是你们家?”红梅问。

“哦,不是,这是我们厂里的宿舍。”

“天男为什么没住到家里去?”

“这个……嗯!先进去吧!”

我们跟随小邵走上了二楼,一直走到最尽头的那个房间。隔着一扇门,我已经听到了天男哄小孩的呢喃声。尽管两年没见,但是她的声音,纵使到了七老八十,我也能听得出来。那一刻,我的心间涌上了一股暖流,几乎就要冲出眼眶和鼻子。

门开了,天男径直投向我的目光瞬间把我的那股暖流给冻住了,连这眼前的时空,也一并凝固……

第二十三章

“天男，你还好吗？我们终于找到你了！”红梅开口，复又融化了被凝固的时空。

“啊，红梅啊，快进来，坐，坐。”天男没有动身，目光从我这里移向红梅，又看了一下晓君，便不再看我，也没提我的名字。

我紧跟着红梅，挨着她在天男对面的长椅上坐下来。晓君坐在我身边，她的手指钩着我的，她一直以这样的方式给我力量。

天男此时正坐在床沿上给孩子喂奶。这样的动作、这样的画面，在我从小到大的成长岁月中，曾无数次近距离观察过，但对象是那些农村妇女，甚至还包括我妈妈。而现在的主角是天男，我怎么看都觉得浑身不自在，她的乳房——曾经半夜里，我爬到她的床头想看它们，她是那么羞涩，在我的强求下才遮遮掩掩地让我看了一眼。当时我借着月光欣赏着它们，那时它们是多么精巧而美好啊！可是今天，她竟然让它们肆无忌惮地晾在外面，我都为之脸红。看着它们，看着天男，看着这房子，我突然感到一切都是如此陌生。但这一切又像一面明晃晃的镜子，照耀着我的罪恶和自私。天男就那样稳稳地坐在床沿上，眼里透着一种淡漠的安静。但我感受到她的气息，丝丝缕缕都透着浓郁的怨愤。

小邵给我们倒了水："那你们先聊一会儿，我出去办点事。"

哦！谢天谢地，我巴不得他走开，红梅一定也是这样想的。

我不知道说什么好，想想怎么开口都别扭，就像一个生手拿起一把胡琴，却无从下手，最后只能化成一声问候："天男，你好不好？"

天男瞟了我一眼，嘴角勉强地咧了一下，却不作答，目光快速地投向了红梅："怎么找来的呀？"

"我们一心想来的，怎么会找不到呢！不过也是够辛苦的。"于是，红梅把路上的波折经历大致说了一下。想不到天男听后轻飘飘来一句："真当是会寻啊！"一时间，空气又陌生得凝固住了。

还是红梅打破了沉闷，她起身去看天男怀里的孩子："哦哟，这小娃头吃起奶来还很有力呢。"忽想起什么，转身从包里取出那些婴儿小物件，像展品一样一件件地摊在床上，自己先左右欣赏一番，然后问天男："怎样？好看吗？晚上时间赶出来的。"天男的眼里终于泛起了欣喜之光，连忙说道："谢谢，很好看，你真是能干。"红梅用手去理顺天男有点凌乱的头发："你自己呢，过得怎样？雨晴在问你呢，我们好久没见你了，都挺记挂你，可你却杳无音信。"

天男简单地讲述了她来宁波打工的经历，语气里带着一丝不易察觉的酸涩的情感，像一杯存放了很久的白开水，无色却又有点馊味。她仿佛是带着点讽刺意味地讲述着别人的事情。她讲的这些事情，除那位村民告诉我们的，也没多少其他详细信息了。说到最后，她突然提高了声音道："我很好啊，一切都没问题，比在家里要好。我不想回去，再说，我妈和天宝也不会允许我这样子回去的。日子这样过下去就可以了。”

“你都坐月子了，为什么不住到他们家里去？按理你婆婆应该照顾你啊！告诉我，有什么隐情吗?”

天男给孩子换了一侧乳房继续喂奶，我看到刚刚喂过的那个奶头白乎乎扁塌塌，又以不易察觉的速度慢慢复原着。她拿过一块毛巾胡乱地擦了一把，把衣服拉下一点，遮住了它。

“他们爹娘不同意，再说我不到结婚的年龄，何况我生的是个囡，这你也懂的。我喜欢这个房间，我来这里工作就一直住在这里，我习惯了，这里很好。”她又轻描淡写地说，目光始终停留在孩子身上。

“可是，天男，你想过未来吗?”

“没有想过。我曾经有过很美好的想法，可是只有想法有用吗？我的命里没有福气，所以和谁过都一样。我现在有了女儿，我只希望她未来能比我过得好。”

“你才多大呀，你二十都不到，人生都还没开始呢，你就给自己断了未来的路?”

“我相信了——命运，红梅。”

“那我问你，”红梅往门外看了看后，轻声问，“你真的喜欢这个小邵吗？他关心你吗?”

“我的感情已经死了，死在了两年前。”天男突然哽咽起来，她把已经睡着的孩子放在了床上，转过头，以无比哀怨的眼神看了我一眼，那眼神让我的心颤抖起来。

她慢吞吞地站起来，挪向窗口，背对着我们，一动不动，像在回忆着什么。

“天男，把你的困难说出来，也许我们可以帮你出出主意，你可一定不能自暴自弃啊!”红梅鼓励道。

过了好一会儿,天男的声音才断断续续地响起。

“来到宁波服装厂后,我一心想赚钱,赚很多的钱,日夜拼命劳作让我的心开始变得麻木,甚至让我上瘾。后来来到了这个领带厂,我也一样拼命工作,在这里比服装厂更有成就感,因为我可以做得比别人更好。小邵帮了我很多忙,我很感激他。一天晚上,他照常来帮我,当所有人都下班走了后,他向我表白,我没有同意,我说我很脏,我只是一个小工人,我配不上他。他说他不在乎。我说那让我考虑几天,他说一天也等不了了。那晚,就在车间的布堆里,他强行地……但也不能全怪他,我也没有死命拒绝。我想,只要有人对我好,和谁在一起都一样。第二天,小邵就和他父母去说,却遭到了他父母的拒绝,他父母不接受我这样身份的人,他们要和小邵断绝关系,我们不久就搬出去了。后来,我发现自己怀孕了,小邵要我去打胎,我死也不肯。我想起我那几个没来得及睁开眼睛就命归黄泉的小妹妹,我决定把孩子生下来,我们就躲到了一个工棚里。孩子出生那天,小邵又去求他父母,让我和孩子住到家里,他妈妈还是不肯,最后总算允许我们住回厂里宿舍,但前提是不允许我们公开。”

我听得心潮起伏,却不知如何表达。

红梅走过去,从天男的背后抱了抱她,再绕到她面前,心疼地说:“天男,真是难为你了,小小年纪受了那么多苦。你有我的地址,为什么不给我写信呢?”

“我想,我这些都是自作自受吧!再说,苦习惯了,这一点苦又算什么呢?”

“那你打算就这么过吗？你确定小邵会一直爱你？”

“过一天算一天吧，我现在的心思都在女儿身上，她是我的全世界。”

“你妈呢？难道你就一直不回去面对她？”

“孩子满月后，我再做打算。现在，我知道她很生气，回去也是难堪。所以，我也没要求小邵去，到时候我一个人回去，如果她不认我这个囡了，我也认了。事实上，她也从来没在心里认过我这个囡，我们只是母女名分而已。名分这个东西，无所谓。”

红梅久久地看着天男，好像是在洞察她的里里外外——这个年仅十八岁的身体里仿佛住着一个八十岁的老人，她仿佛看穿了一切，看清了一切。

但是她真的看清了吗？

这时，天男突然转过身来，冷冷地看着我，带着勉强挤出的笑容，看得我毛骨悚然，我连忙站起身来迎接她的目光。

“你过得不错吧？”

“天男，我还好，刚刚读完高一。”我不知该如何回应，就老老实实地回，她没有再接下面的话。

这时，红梅的左手拉起天男的手，把她拉到我面前，再用她的右手拉起我。她看了看我，再看了看天男，把我们的手叠在一起。

“天男，我——”我想告诉她，我一直很内疚，我一直在想念她，我给她写过两封信，我甚至还想告诉她那个李老师的真实情况。但是她没允许我说下去，她用力地抽回了自己的手。

“不用多说什么了，以后你走你的路，我过我的日子。我

们终究是两个世界的人，我很早就感觉到了，我们的命运是不一样的。你这样的朋友，我高攀不起。”

“为什么？我们以前一直那么要好，无话不谈，王音在的时候，我们三个人形影不离。王音走后，我们俩相依相靠，还有我们的油茶树、王音树，难道这些你都忘记了？难道你能说，那时我们的欢乐是假的，友谊是假的？”

“都过去了，以前的事就勿要讲了。我不想再回忆，你好好去考你的大学吧。”

天男的话越说越酸。这时，晓君走到了天男面前，以她铿锵有力的女高音说道——

“天男，我们尽管第一次见面，可是我早就知道你，我冒昧地来，是为了告诉你事实。这半年来，雨晴每天都在我耳边念叨你，她记得你对她的好，她谈你们的童年和油茶树，但她说得最多的是对你的愧疚。好像除了学习，她的生活中到处都是你的影子。作为她的朋友，我既感动又心疼。现在站在你面前的雨晴，已不是两年前的雨晴，你为何还那么记恨呢？她当时也只是为了保护你，而非故意害你，你怎么这么糊涂啊……”

眼看晓君越说越激动，红梅上前阻止了她，红梅再次拉起天男的手，苦口婆心地劝说：“两年前，雨晴为了求你原谅，来城里找我想办法，出了车祸，差点命都没有了。之后，她也给你写过信，可是石沉大海。她在写给我的信中每次都提到你，她一直想找到你，这次我们能来，也是因为她的再三请求。再好的朋友，也都会有产生误会的时候啊，你要想通些。再说了，那个李老师，也许你是真的被蒙蔽了双眼……”

“别！别提李老师，你们不配提他，我不准你们再提他一个字。他永远在我心里，只是我配不上他而已。即便是天下人都说他不好，即便他真的是坏人，那他也是我最在乎的人，不会再有第二个了。”说完，天男竟然趴到床上呜呜咽咽地哭起来。

见天男这样，红梅无奈地摇摇头，轻轻地叹息。我们等待天男哭声小下去，平静下来。

“好吧，天男，我第一次发现，你真是太固执了。我们会祝福你的，希望你过得太平。我回去也会劝你妈的，让她接受你和孩子，父母不管怎样都会原谅自己的子女的。”

天男坐回到床上，抱起了睡醒的孩子哄弄起来，她背对着我们，似乎不打算再和我们说话。那个小邵也一直没有回来，红梅见状，觉得我们再待下去也没多大意思。她从包里拿出早已准备好的一个红纸包，上前塞到天男怀里，天男用手臂推辞不要，红梅将它放在床头：“这个利时红包你一定要收下。”

我走过去拉了拉天男的胳膊，忍不住低声下气地央求她：“天男，不要生我的气了，好不好？”她硬是挣脱了我的手，看也不看我，继续哼着小调哄孩子。

晓君看不下去了，一把把我拉了过来：“雨晴，你已经仁至义尽了，我们走吧。”红梅连忙向晓君使了个眼色，靠近天男，轻轻地说：“天男，你一个人还是要学会照顾好自己，静下心来好好地为自己打算一下。我们就不再等小邵回来了，我们先走了，下次再来看你。”

“慢走！”天男直接下了逐客令。

从天男那里出来后，红梅紧紧地拥抱了我很久、很久，就在人行大街上。

“雨晴，请相信我说的，人各有命，以后你也不要再纠结这件事了，你已经尽力了。天男的话也对，她有她的路，不用再担心她。要把你的心思全部用到学习上去，考上大学，让自己越来越强。时间老人会有安排的，也许某一天，你们会再走到一起。但一定不是现在，不要再强求和为难自己了。雨晴，嗯？”

“拉倒吧，这样没良心的人，算什么朋友？”晓君很是愤愤不平。我知道，她到底是无法真正体会我们的岁月之重啊！

我早已泪奔，在红梅的双臂温暖我的时候，满腹的委屈、难过和绝望喷涌而出，后来哭声都变了形，上气不接下气。这样的哭法只有在王音走的时候发生过，那是死别。现在，是天男的离开，是生离——她硬是活生生地要把我推开。我们拉过钩的“三人组”，我们发过誓的“三人组”，我们相依为命的“三人组”，此时，只剩下了我，一个人！

夜长不得眠，明月何灼灼。
想闻散唤声，虚应空中诺。

从宁波回来的很长一段时间里，我都陷入了一种失常状态。我总是在恍惚中听到天男断断续续的呼唤声，我也总是情不自禁地应声，然而每每却是空欢喜一场。

晓君为了“救”我出苦海，常常坐公共汽车来我家陪我。我妈妈特别喜欢她，她们两人都属于乐观派，她们有聊不完的话题，还一起唱越剧、黄梅戏，亲密如母女。

晓君有时是一个人来，有时是带着几个人一起来。有一次，还带来了一个我不认识的男生，说是她的初中同学，也是她的邻居，是我们高一同一年级的。经她这么一说，我仿佛觉得又有点面熟，我想大概是在学校里遇见过吧。

“我叫吴学，你或许不记得我，但我记得你。有一次在晓君的广播室里，我们还打过照面呢。”他欢快地说着，露出一口洁白整齐的牙齿。

“哦，我这人记性不好。”我一时脸红，真的想不起来了。

“高二分班后，也许他会跟我们同班。他的作文很好，还被破格选入了创作班呢，你们应该有共同话题。而且，他有很多很多的课外书，整张书桌都堆满了。”晓君说着，吴学显然被介绍得有点不好意思，连忙转移话题：“听晓君说你们这里很有趣，我就冒昧地随她来了，不介意吧？”

我连忙摇摇头，我被晓君提到的课外书吸引了，好奇地问吴学：“你都看过哪些书？”

“我比较喜欢看西方文学，像昆德拉、马尔克斯、大小仲马，还有……最近在看马尔克斯的《百年孤独》。国内的，我推荐你们女生去看萧红的作品，三毛的部分作品也不错。”天啊！我真想钻进地洞里去，吴学说的很多作家的名字我从来没听说过，更别说看他们的作品了。自从田老师帮我打开了阅读之门，我的世界仿佛变得更加广阔。但我还只是在知识的大门前张望着，看着这个吴学同学，我简直就像看着数学里的无限，我张口结舌，不知该如何回应。

正好，妈妈在里屋热情地催我给客人端茶倒水、拿水果，我便转身走进厨房，一颗心却是扑通通地狂跳着。我不知道是因为发现了未知的领域而激动,还是因为这个给我“无限”感觉的人打动了我。

第二十四章

有时候，我多么希望能有一双睿智的眼睛能够看穿我，能够明白了解我的一切，包括所有的斑斓和荒芜。那双眼眸能够穿透我的最为本质的灵魂，直抵我心灵深处那个真实的自己，她的话语能解决我所有的迷惑，或是对我的所作所为能有一针见血的评价。

——三毛《雨季不再来》

吴学让晓君给我捎来了不少书，我却独爱三毛，梦里梦外无数次和三毛手拉手在草原上奔跑、在沙漠上行走。她已然成了我的一位密友——她正在慢慢替代着王音、天男。她的每一个字都像一粒药丸，治愈着我的伤痛，始才感受到岁月之美，本在于它必然的流逝。春花、秋月、夏日、冬雪……三毛说，人情冷暖正如花开花谢，不如将这种现象，想成一种必然的季节。

开学后不久，我们经历了文理科分班和快慢班分层，吴学真的和我同班了，并且座位相邻。在这之前，晓君已跟我详细介绍过吴学的情况，他的父母都是教师，姐姐已经上大学，因为博览群书，他总能和老师当堂辩论。他从初中起就经常在一些作文报刊上发表文章，因为这个写作特长，高一的时候老师特许他一个人一张桌子，允许他把课外书堆放在桌面上，还允许他上课时看小说，同学们都叫他“吴作家”。

看到他整理好的桌面，我一脸惊讶——那砖头一样的书层层叠叠，几乎将他的脸淹没。在我的初中时代，课外书除了几本琼瑶小说，几近空白。高中后，我从田老师那里了解了很多杂志，也读了不少课外书和期刊。而现在，眼前这些看上去就相当诱人的书，令我暗自欢喜。我把已经读完的书还给他，他露出了洁白整齐的牙齿，笑眯眯地看着我。

“嘿，真是巧，我们坐这么近！”

我红了一下脸，忍不住开口道：

“哦——是啊！以后，我可以常借你的书看吗？”

“当然可以啦，随便拿走，只要看完记得还回来。”

“谢谢啊，暑假幸亏有你的那些书，真是让我大开眼界。”

“客气了，这样说就显得生疏了。”说完，他就埋头于自己的书了。

晓君凑到我的身边，轻声说：“怎么样，很幸运吧，现成的图书馆就在你眼前了。”我咧咧嘴：“以后可有事情做了。”

“我也是。”晓君略显无奈但又满含期待地说，她要去参加文艺比赛。

我依然保持着和红梅的通信，她的信从来没有一句废话，也从来都不会让我失望，总是带给我力量和希望。我们心领神会，都不再谈论天男。锁上我的记忆，锁上我的忧伤，不再去想。红梅说她喜欢我把读书的感想写给她，我常常会从摘录本里抄几段给她看。她给我回信，说最喜欢这两段话——

读书多了，容颜自然改变。许多时候，自己可能以为许多看过的书籍都成了过眼云烟，不复记忆。其实它们仍是潜在的。在气质里，在谈吐上，在胸襟的无涯，当然也可能显露在生活和文字里。

一个人至少拥有一个梦想，有一个理由去坚强。心若没有栖息的地方，到哪里都是在流浪。

她在信里鼓励我：

所以，雨晴，我很高兴，也替你自豪，你那么喜欢读书，并且能读到那么多的书。

所以，雨晴，不管怎样，要坚持自己的梦想。

1991年1月5日这天中午，我经过学校的宣传窗，像往常一样边走边匆匆地浏览着报纸。突然，我的眼睛被一行粗粗的黑字牵住了——三毛自杀身亡。

我快速地左顾右盼，想找一个熟悉的同学问问，这是不是真的。我的书包里还放着她的《撒哈拉的故事》呢，但是没有一个人经过。我跑回教室去问吴学。他托了托架在鼻梁上的大框眼镜，定定地看着我失魂落魄的样子，慢吞吞地说："是啊，你才知道？她昨天早晨在卫生间里自杀了。"我一屁股坐在凳子上，不顾同学们疑惑的目光，趴在桌上悲伤地哭起来。

这个消息，硬是把一个灵魂之友从我心间拉走了，又把我抛入了一个老旧的旋涡——我突然又无比想念王音和天男，我缅怀王音，我牵挂天男。

于是，有很长一段时间，表面看来我百分百地投入了学习，身心却沉浸于对往日的遗憾和思念中，难以振作精神。

然而，这一切并没有逃过那双眼睛，那双始终在关注着我的眼睛。

油菜花泛金的春天，我收到了人生中的第一封情书。

满满当当的六张纸，字迹潦草，语言深沉，没有抬头。

你——我已经关注了你两个月零十六天，你和任何一个人都不一样。你的目光单纯却又深邃，我一时看不到底。但我想看清那里面藏着什么，为什么总有那么多的忧愁……上课的时候，你听得那么专注，都没发觉我在侧面悄悄地看你。你的皮肤那么细，在阳光照射下，像婴儿般晶莹剔透。每当你周末从家返校来的头两天，那皮肤泛着被日光晒过的红润，到了第三天，便又恢复如初了，那是我见过的最自然的颜色……

我看到这封信的时候是在傍晚放学时间，吴学不在，我也不敢在教室里看，做贼似的拿着它跑到了宿舍，关上门，大气也不敢出。

你的作文是班上写得最好的，特别是上周那篇《金色的课堂》，老师在朗读它的时候，我闭上眼睛，有种身临其境的感觉。文中心理描写很到位，这样的描写，若非一个内心感情丰富的人，是写不出来的。最可贵的是，你的心还那么善良，我觉得你比三毛更甚。

读到此，我长长地舒了一口气，回忆起那天老师把我的作文当范文读时的情景，那是一篇命题作文，要求写印象最深刻的一堂课。那时，我在做什么？哦，我低下了头。当老师抑扬顿挫地读完后，问大家："我考考你们是否了解自己的同学，谁能猜出这篇文章是哪位同学写的？"教室里有那么一刻很安静，只有墙上的时针走动声，我低着头，我的脸一定是红透了。现在看来，身边的眼睛也一定是在偷窥我——他开口了："王雨晴写的。"老师在一阵掌声中笑着说："这篇文章打动了我。"

它也打动了我，如你一样打动了我，我喜欢你，今天晚上七点半，你来创作室，我等你。

这是信的结尾。

当我读罢信，胸口就像有一只小鸟在扑腾着，我生平第一次感受到不一样的心跳，和过去的紧张、害怕、激动都不同，它有点狂乱，又有点喜不自禁。哦！有点像上次在我家里第一次见面时那样，但更为热烈。它迅速地蔓延到了我全身的每个细胞，我甚至有点难以站稳。我把手扶在床档上，把头靠在上面，反复琢磨这句话。闭上眼，想起了他那叠得高高的书，那冷峻的目光、轮廓分明的脸庞、洁白的牙齿，还有那上课时回答问题时的潇洒自如。

有一回，语文老师讲到一段历史，随口说了一句："没有一个男人的名字是带女字或女字旁的，谁愿意啊！"只见吴学

“嗖”的一下站起来:“老师,有带‘女’字的,萧楚女。”语文老师的脸红了,尴尬地说:“算你厉害,我服你了!”他坐下来的时候,看了我一眼,因为当时我正在专注地仰望着他。想到这里,我心头一暖。

“难道,这就是爱情?”我羞涩地问自己,但转而升起的理性又让我的头摇得干净利落,“他喜欢是他的事,我只是羡慕他的书,欣赏他的才华罢了。”

但是,他的信写得那么好,除了格式不符合要求,我找不出一个病句和别字,就连标点符号,也都用得很规范。我从头到尾又读了一遍,小心地按折痕折回原来的样子,压到了我的枕头底下。现在我要做出决定,晚上是否要赴约?如果我去了,是不是就意味着,我也背叛了油茶树下的约定?

“去吧,看他怎么说,只要自己立场坚定,怕什么呢?”这是一个声音。

“不去,去了就会上他的当,说不定还会被别人看见。”这是另一个声音。

去?不去?

这两个声音在我的脑袋里打架、争吵,直到我头痛欲裂,也定不下来。要是晓君在就好了,我可以马上去问她,但是她不在。眼看时间在一分一秒地接近七点,我拿出一枚硬币——我妈曾这么告诉过我:“当你真的对一件事把握不了的时候,不妨抛抛硬币,让老天替你做决定。”我暗自决定,如果硬币掉落地面时正面朝上,我就去;若是反面朝上,我就不去。

我把硬币夹在拇指和食指之间,高高地举起,轻轻地放手,同时紧张地闭上双眼。“咣”的一声过后,我不敢马上睁开眼睛，内心再次挣扎：如果是正面，怎么办？我还不知道那个创作室是哪一间？如果是反面，我又该怎么回复他？

我把眼睛慢慢睁开——结果，硬币正面朝上！我竟然暗自窃喜。“难道我真的喜欢这家伙？天哪！难道真的是爱情来啦？这可怎么办？”

夜幕降临了，教学楼已经被通明的灯光照亮，同学们大都在教室里上晚自习。我沿着一条偏暗的小道向目的地快速地走去，但就在那个拐角处，那个我从未到过的地方，我发现有左右两扇门，上面都没有标示。我不知道该敲哪一扇，我只知道，学校为一些有创作才华的高三学生特地腾了一个房间，方便他们交流创作，而吴学是破例的唯一一个高二学生。正在猜测间，左边的门突然开了，一个影子闪出来，在我还没来得及看清的情况下，快速把我拉了进去。

房间一片漆黑。

即使没看清，我也知道是他。可我还是徒劳地睁着双眼想要确认：“是你吗？”

没有回答。

我的身体被他紧紧地抱住了，准确地说是被他有力的双臂钳住了。我想挣扎，却无法动弹；我想叫他的名字，但我的嘴马上被他的吻封住了，温热的、绵长的吻，还带着书的香味和男性特有的气息……我像一只被驯服的小鸟，无力地被包围在黑暗的怀抱。沉默的骚动里，我感受到了后背上他的手掌渗入的温度，以及他胸中澎湃的激流。就在他的呼吸急促起来的时候，我的眼前却突然出现了王音一脸愤怒的样子，接着是天男指着我大笑的模样。我那已经完全舒展的心门瞬间

关闭——我一把推开他，他猝不及防，后退了几步，即使我看不清，但我知道他差点摔倒。

“你、怎么了？”他疑惑地轻轻问道。

“对不起，我不能，让我走。”我几乎要哭出来。

“你很讨厌我，是吗？”

“别这么问，我得马上走。”

“好吧！”

他长长地呼了一口气，一把把门打开，我赶紧一闪而出。

跑出教学楼时，我已经泪流满面。我无法回教室，只能跑回宿舍，爬上床，躲进被子里低声呜咽。我没想到，油茶树下的约定已经像一枚定时炸弹一样扎在我的心里，若有人想要冒犯它，它就奋起反抗。

“王音，为什么会这样？你就这么走了，天男碰钉子了，落得这个下场。这一切都在告诉我，不能碰，对吗？刚才我好害怕啊！王音，我好害怕！”

我不知道自己是何时睡着的，我是被一阵吵闹声惊醒的，睁开眼，面前有几个人怪模怪样地俯视着我。见我醒来，她们大笑：“原来你躲在这里睡觉！你在梦里被谁欺侮了？哭得那么伤心，告诉我们，我们来替你出气。”我这才意识到，晚自习结束了，室友们回来了，她们看到我躺在床上，脸上泪痕未干，纳闷地围着我。

那夜熄灯后，我再也睡不着，一次次地回味着那个短暂的约会：我第一次和一位异性那么亲密地抱在一起，还亲了嘴，书上管它叫“接吻”。他的手掌所到之处，我都有触电的感觉，我的身体里好像有一股电流经过，麻麻的、酥酥的，使我全身无力，这就是爱情的化学反应吗？但是，它接着会带来什么呢？身体一定会有损伤吧，那样的话，怎么办？不，我不要，我还在读书，我还有梦想要去实现，父母还在盼望着我考大学，我怎么可以允许这样的事情发生呢？

吴学，不好意思，我觉得我们现在还不能谈恋爱，如果考上大学了，也许可以。你真的不知道，像我这样来自农村的，如果考不上大学，就没有出路。我害怕田里的蚂蟥、山上的蛇，我不想一辈子在农村，我一定要考上大学。你那么有才华，是我崇拜的人，我要多向你学习写作。你也要多努力，完成你的创作，成为大作家。好不好？以后，你就不要给我写信了，我还是会拒绝的。不过，还是谢谢你喜欢我，把我写得那么好，这样让我更自信一点。

第二天，我写了这张纸条，第一个来到教室，塞在了吴学的课本里，然后心不在焉地朗读课文，眼睛却时不时地留意着门口陆续进来的人。直到上课前的最后时刻，他的座位还是空着的。这下，我有点担心了。历史老师的目光落在吴学的座位上："有谁知道吴学为什么没来上课吗？"

一个平时和吴学关系不错的男生回答道："老师，我早上去他家叫他一起上学时，他家人说他生病了。"

我一直担心着吴学，这节课讲了什么，我一点儿也没听进去。

好不容易熬到了下课，我留意着那个男生的动静，看到他站起身往教室外走去，我立马追出去："等等，你说吴学生病了？是真的吗？"

“他家人是这么跟我说的。怎么啦?”

“没什么,那他什么时候会来上课?”

“那就不知道了,或许下午,也或许明天。”

没想到,听到他生病的消息,我竟然会那么牵挂他,甚至心里产生了小小的自责和内疚。

下午,吴学还是没来上课。我悄悄地拿回了那张纸条,又在最后加上这样一句——

今天,听说你生病了,我有点难过和担心,希望你快点好起来,明天就能来上学。

然后,课间时我跑去小商店买了一个信封,把纸条放进去,封口封好,在封面上写上“吴学亲启”,托付给那个男生:“麻烦你放学后把这个转交给吴学,谢谢你!”我没敢看他的表情,说完就跑了。我想当时我的脸一定是绯红的,一个女生把一封信交给一个男生,这不是很明显嘛!

次日晨读时,我仍留意着教室门口,终于看到了吴学的身影。他低垂着头,摇摇晃晃地进了教室,重重地在座位上坐下,窸窸窣窣地在抽屉里摸索着什么。我假装没注意到他,心不在焉地读着书,一颗心总算是踏实下来,他的到来让我欢喜。突然,他把一个本子推到了我的面前,然后指着左上角,我看到了一行很小的字:“谢谢你的信!我们一起加油!等你考上大学的那一天!”

我惊喜地冲他报以感激的微笑,并重重地点了一下头,复又投入朗读。我发现自己的声音突然变得洪亮清脆了,带着明朗的喜悦。

吴学的桌上出现了越来越多的新书，他首先为我推荐了萧红的《呼兰河传》，他说女作家的作品中，他最喜欢读萧红的，她那种质朴又清新的文风，相信我也会喜欢。那段时间，他除了白天上课，自习时间基本上都去了创作室。他悄悄地告诉我，他开始创作中篇小说了。每一天，我盼望着他进教室，目送着他出教室。尽管有时上课我会走神，但更多的是我获得了喜悦和力量，还有鼓舞：我要追赶他的脚步，我要让他看到我的进步。

一天，我和晓君趴在教室门口的栏杆上望着前方——我们俩经常这样，聊聊天，发发呆，感觉也挺好。她说她会在静静地发呆中听见旋律，或是一声汽笛引起的，或是一片落叶生发的。而我会在发呆中看见画面——贯穿古今时空的画面。不知什么时候，吴学也站在旁边了，发现我注意到了他，便清了一下嗓子，说：“我在观察你们到底在看什么，我没看出来前面有什么呀？”

“哦，肉眼没看到，并不意味着心眼看不到。”我随口回了一句，却把他给惊住了，只听他“哇哦”惊呼一声，兴奋地说：“好精辟的话呀！我得记下来，用在我的小说里，你愿意授权给我吗？”

我也随他一起惊喜起来，连忙点头。晓君却调皮地嚷起来：“哪有那么便宜的事！你得付钱买。再说，这也不是雨晴一个人的，还有我呢，是我们共同的，你可不能有了新同学就忘了我这老同学啊！”

吴学被调侃得有点不好意思，连说：“是是是。”

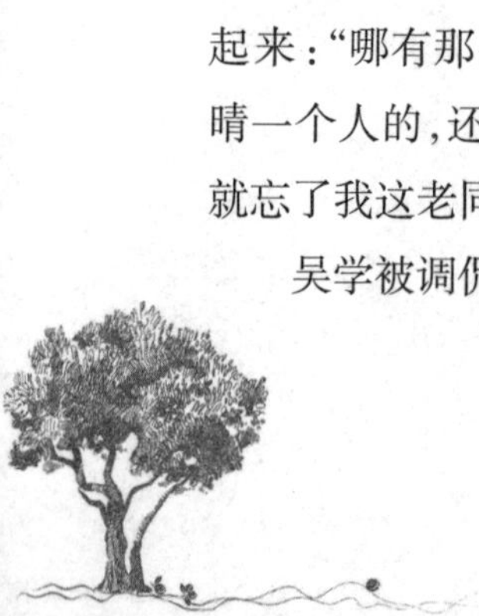

当晚,晓君试探我:“吴学是不是喜欢你?他跟你表白了?”

我连忙把头摇得像拨浪鼓似的,我想瞒着晓君,就像小时候从奶奶那里获得一件独一无二的宝贝,不想与人分享,哪怕是妹妹也不行。

“那就好,他可是在我面前夸过你很多次哦,我警告他了,让他别惹你。你是一个很单纯的人,你的目标是考上大学。他说他不敢的。如果他真的惹你了,一定要告诉我,我去教训他。”

我看着晓君严肃认真的模样,除了心虚地点点头,竟无言以对。

几天后的一次体育课上,吴学和我完成了各自男女组的测试,先后回到了教室。他来不及擦汗,抓紧时机跟我说:“你真的很有写作天赋,只是你以前没有条件而已,我相信你有很大的潜力。”

听了他鼓励的话,我不禁脸红起来。他看着我,温柔地低声说:“你脸红的样子,真的很好看,你知道吗?我……”

他摇摇头,沉默了一会儿又说:“以前我常常是看花是花,看水是水,顶多是把那朵花那塘水描写得细致一些而已。但在你身上,我发现了花和水也有心有魂。我就突然地看见了天地万物,这种感觉真是太奇妙了。我记得有人说过,读书最高的境界是见字如见神,写作最高的境界是下笔如有神,只需要想一下世界,世界就会来到他的笔下。对此,我现在终于有一点点领悟了。所以,我真的要感谢你带给我的启发!”

“哪有那么灵,我哪有你说得那么好。”我一时词穷,却蓦地想起某篇小说里的一句话:我终于明白我的生命在喜欢我的人眼里是多么重要……

第二十五章

晓君终究还是知道了我和吴学的关系。她说她既了解他又了解我，她能从我们的眼神中看出来。于是，她硬是从吴学口中套出了消息。

一天傍晚，我去广播室找她的时候，她正在墙上贴她的偶像——刘德华。

“快看，很帅吧，我梦里梦外都是他。”说着，用粤语唱了起来：

如何面对
曾一起走过的日子
现在剩下我独行
如何让心声一一讲你知
从来无人明白我
唯一你给我好日子
有你有我有情有生有死有义
……

我听罢，边鼓掌边夸好听。

“什么歌?”

“刘德华的《一起走过的日子》,你又可以抄歌词了。”

“是啊,我要抄歌词。你爱音乐,我爱歌词。以后,我作词,你作曲,也许我们可以合作呢!”

我正畅想未来,她却话锋一转。

“呃,说正经的。吴学承认了他喜欢你,让我担心的事终于发生了,你们俩都重色轻友,真是好心没好报。”她对我的刻意隐瞒有些不满。

“我这不是不想让你担心嘛!放心吧!我们有约定,考上大学之后再说,现在不能谈恋爱。”我赔着笑去拉她。

“拉倒吧你,秋波送往迎来的,不影响读书才怪呢!我看你是在步天男的后尘,仔细想想吧!”

“我跟你保证,要不要拉钩?”

晓君被我逗笑了:“我才不像你们‘三人组’那么迂腐,还拉钩,真是小人骗小人,自欺欺人。不行,我得跟你们公开谈判一次。”

于是,她便自作主张地在一个周末约了吴学,又约了我,三个人一起去了溪滩边。

天刚下过雨,溪水汹涌,路面泥泞。晓君走在最前,我在她后面,吴学在我后面。在经过一个上坡路的时候,我脚下一滑,便摔下去,幸好被吴学及时扶住,才不至于全身落地。但是手掌和膝盖处全是烂泥,吴学忙掏出了一块崭新的手帕,要帮我擦,被我挡住。

“这么干净的手帕,我舍不得擦。”我拒绝他。

“没事,擦完去溪边洗一下就可以了,这手帕送你了。”他回应。

晓君见状，立马双手叉着腰向吴学投去一番讥讽：“这么漂亮的碎花手帕，我上次问你要，你都不给。这下真是慷慨大方，偏心！”

我和吴学相视一笑，又听得她一句：“看你们眉来眼去的，我汗毛子都竖起来了。”

晓君趁机就“教育”我们：“喏，我今天正式警告你们俩，在毕业之前，一是你俩不得单独在一起，必须叫上我这个‘电灯泡’；二是你俩不得私底下写信递纸条，一旦被我发现，没收上交，后果你们自负；三是吴学的小说要及时完成，雨晴的成绩也不得下滑，否则我就不跟你们好了。”

她像一个牧师一样，先问吴学：“吴学先生，你同意吗？”吴学一本正经地回答：“同意前两条，后一条我可不敢保证。”晓君扬起手臂作势欲打：“你敢反对？”吴学连连说：“小的不敢，同意同意！”又忙侧脸对我轻声嘀咕，“这个泼辣婆，你也先同意，此为上策。”

“雨晴小姐呢？同意不？”我已经笑得前俯后仰：“同——意！”

“不行，重新来，正儿八经的事，别嬉皮笑脸。”

我来了个立正、敬礼，响亮地回答：“同意！长官！”

“也不行，假正经，还得重新来。”

如此折腾了几回，还是没有通过，她亲自走过来跟我示范，手把手纠正我，最终勉强通过。

那天中午，晓君狠狠地敲了吴学的竹杠，把一小店里的美食吃了个遍。结果当天下午她上吐下泻，又找我算账，到最后，呜呜咽咽地抱着我委屈道："你们倒好，把我搁出，让人心寒，你们还有没有心肝啊！"

我认真地向她再三保证，我绝不会和吴学进一步发展我们之间的关系。我欣赏他的才华，我会向他学习，只会提高自己，不会退步。她这才破涕为笑。我不禁想起天男来，她为了爱情落了榜，从此命运叵测，我真的不想成为另一个她。

这个周末我没有回家，留在晓君家里。周一中午，我从传达室里拿到了我的一封信，是红梅写来的——

雨晴，你的功课那么紧，我本来不想告诉你的，但思来想去，还是跟你说一声吧，我也是刚刚听说。几天前，天宝和天男妈妈到宁波去找过天男，得知小邵是老板的儿子，就上门索要钱财，气势汹汹，把事情闹得很大。他们根本不是去替女儿长气的，是拿天男当工具索要钱财的！这件事，我想高塘村多多少少会有人知道的。结果这事搞得小邵很烦，他最终抵不过自己父母的劝说，便跟天男说："你父母太无赖了，我们这样不明不白的日子也过不下去了。"他们本就没结婚，也谈不上离婚。天男什么也没有得到，又没能力养活女儿，小邵家又不愿接受，就把孩子交给了一对无法生育的奉化夫妻抚养。天男又去其他服装厂做工了，那对夫妻一次性给了天男一千元，条件是天男不准再去看自己的女儿。哎，你看天男的命运，一步错，似乎就步步错了。所以，我想告诉你，在你自己还没有拥有独立的本领之前，不要生出任何依赖他人的心思，我想你明白我的意思。祝你好运！

当我读完红梅的信，心口一阵刺痛，我可以想象天男的伤痛。那天见面时，她说女儿是她生活的世界、她的全部。那么现在，她的世界没了，她会不会……我胡思乱想，很是担心她。我把我的担忧告诉了晓君，她安慰我说天无绝人之路，要我相信天男是个坚强的人，并且她一定会越磨越坚强。“我感觉她的心很硬。”她强调。我不放心，又给红梅写信。红梅很快便回信了——

我不得不佩服时间老人的智慧，长期的生活磨难加上时间的发酵，迫使她日渐成熟，这一切的代价也是她日后活下去的力量。她早已不是过去那个战战兢兢的天男了。还记得我当年送给你们的手帕吗？我给她绣的是梅花，给你绣的是荷花。梅花香自苦寒来，她是一枝寒梅，自有绝处逢生的能力，只是过程会比较艰苦。相信我，雨晴。

红梅，我愿意相信你。我也知道，我所有的担忧对于天男来说，都是毫无意义的。现在的我没有任何能力去帮助天男，我只有眼前的一条路：读书，考上大学，改变命运。只有这样，时间老人才会帮助我成为强大的人，到那时，我或许就有能力去帮助天男了。

为天男的事，我和红梅来来往往写了好几封信，她在最后的一封信里说——

其实，每个人都有难处，万恶的人只是少数。人活在世界上，重要的是爱人的能力，而不是被爱。不懂得去爱人又如何能被人所爱？那个小邵，心里可能也是爱天男的，至少是爱过的，但一定也是有苦衷的。所以，只能说他们没有缘分吧。

我不再一门心思想着去找天男了，却经常在有空时便去天男父母家里看看，有时是去看一下她家里的情况，有时是想去打听一点儿天男的消息。但是天男的父母似乎并不太关心她，我一提起她，天男妈妈就来气，几次下来，我便不再多说。

这个暑假注定是忙碌的。爸爸为了支付我们三姐弟的学费，额外多承包了两大块山地用来种烟叶，还租了三亩田用来种西瓜。以前，我们的西瓜都是种在自留地里，仅供自家食用。但是这次，我们种的西瓜是用来卖钱的。每天上午，甚至有时要到午后，我和妹妹都坐在小凳子上一起埋头穿烟叶，满手都是难闻的黑乎乎的烟油，常常因为赶速度，尖尖的长针刺破了食指，鲜血淋漓，并且大多时候都刺在同一个伤口上，没过几天，伤口就会肿烂，这种情况，我们往往就可以停一天。但每天傍晚，我还要去瓜地里看瓜。

20世纪90年代初期，高塘村盛行种西瓜来增加经济收入。为提防本村或邻村一些好吃懒做的偷摘瓜者，田间地头便立起了一个个用稻草、竹片、麻绳等搭成的形态各异的小茅屋。看守的任务白天交给孩子或女人，晚上当然由男人负责。

其实，我挺享受“望瓜”这个活儿的：除了巡逻、除草、浇水，给每个西瓜做上记号，其余时间我就可以躺在茅屋里看书了。爸爸为了不占用瓜田面积，选择在田边的一条溪流上空，高难度地搭起了一间非常阔气的茅屋。我趴在小茅屋里竹编的凉床上,聆听着溪水叮咚作响,感觉特别惬意。要不是天黑了,我都不想走。但是,这样的时光总是过得特别快,我发现书本里的字越来越模糊时,猛一抬头,太阳早已下山。于是,我开始焦急地蹲在茅屋门口,一边摸着饿得"咕噜"叫的肚子不耐烦地听着百虫鸣叫,一边望着田埂连向大路的方向,等着干完农活的爸爸提着手电筒来和我换班,然后我便可以就着萤火虫的光亮回家吃饭。

一天傍晚,我在茅草屋里远远地看见两个熟悉的身影从田埂的尽头走来。看到我在望着他们,其中一个便挥着手七冲八跌地跑过来,气喘吁吁地站在我眼前:"你想不到吧?"我点头,吃惊地问:"你竟然找到西瓜棚来了?"

吴学是来我们邻村的姚同学家玩的,他说顺便来我家看我,不过,我觉得他在说谎。

"你家里只有你妈在,她告诉我你在瓜棚,我们便循着大致方位一路问到了这里。"吴学开心地说。

我为他们的大胆和自作主张感到恼怒,也担心人家说闲话。姚同学却哈哈大笑:"你妈都不说闲话,你用得着担心别人说吗?"

喜广交朋友的妈妈总是说,在家靠父母,出外靠朋友,朋友要广交,要交好,以后走到哪里都可落脚。所以,我的任一同学来到我家,不管男女,她都热情招待,从不怠慢。但若是男同学,她还是会留一个心眼儿,待他们走后,便会对我详细"拷问"一番。不过,最后她还是选择相信我。

我在田地顺手摘了一个西瓜,我们三个人稀里哗啦地吃完,姚同学走出瓜棚去河边,吴学说有消息要告诉我,是关于

田老师的。我升上高二后，田老师就不再教我们了，但每次路上遇见，他总是热忱地鼓励我，我心中对他满是敬重和感激。

“呃——这是创作室里的同学告诉我的消息，那个刘萍变心了，离开田老师了。”

刘萍，就是田老师一直重点辅导和爱恋着的那个高三学生，去年高考时因作文满分，被保送进师大了。

“她写信给田老师了，在信里提出分手，田老师一片苦心付之东流。刘萍真是个忘恩负义的人！”吴学说出最后几个字的时候，有点咬牙切齿。我看着他，不知说什么好。我只是路上遇见过刘萍几回，没有接触过她，并不知道她是一个怎样的人。但想起田老师是一个重情重义的人，遭遇这样的打击，便替他感到难过。但我转而又想起了红梅的话，字字句句涌上我的心头。

“你也不能这么说那个刘萍，她这么做，一定也不是故意的，凡事都有原因。这只能说明他们没有缘分，希望田老师能遇到一个更好的对象！”我说。

“这就是我喜欢你的原因，你很善良。”

“善良？”

“是啊！自从上高二我们同班后，我一直在观察你，你就是很善良。”

我一阵脸红。我想，我这只是现学现卖，他却发出了低低的笑声。

“那么，你那天晚上突然拒绝我，也一定不是故意的，是有原因的，对吧？”他突然这么问起。

我的大脑有那么几秒是空白的，直到一阵清凉的风吹过。

“可以这么理解吧。”

“那,你愿意和我说说吗?我很想知道,如果你把我当朋友看的话,请告诉我。”他认真地看着我。

“我——”我看了看他,又看了看远方。

最后,我决定告诉他。

我把我们“三人组”的事,以及关于油茶树下的约定,还有后来发生的许多事一口气全说了出来。现在,除了红梅、晓君,他也是知道我们全部故事的人。说完之后,我有过一丝丝后悔,但一下子又消失了,因为我突然发现自己如此地相信他,就像当年相信红梅一样。

“嘘——呵——”他有点艰难地吐出了一口长气。接着,摇头、皱眉、捶胸顿足。“这简直,简直比我爸妈他们每天看的电视剧《渴望》还要曲折。雨晴,你知道吗?第一次见到你,我就想起了《子夜歌》里的一句:‘欢从何处来?端然有忧色。’今天我听了你的故事,算是知你心了。原来你的心里装着那么多沉重的东西。这简直比小说还玄幻,叫我如何……”他有点哭笑不得,我却莫名其妙。

“怎么了?”我想,我问得傻透了。

“怎么了?你竟然还这样问?你知不知道,你们都被一个美丽的约定给欺骗了、给伤害了,并且还在继续被伤害着!”他几乎是吼叫起来。

“可是,我在乎王音,我在乎天男。”

“在乎?在乎就去打破那些东西。那个王音,是为争个不输给男孩的气丢了命。那个天男,为了捍卫一个单相思而丢了幸福。你呢,你为了什么?你还要坚守那个荒唐的约定

吗？真是太可笑了。”

“我不许你这么说她们。”

“好，我不说。我支持你为了考上大学这个理由，但我不希望这个理由是你为那个荒唐的约定而找的！”

我心里明白，这两个原因都有，甚至后者更甚。但我话到嘴边就成了——“我完全是为了好好学习考上大学这个理由。”

“我理解你，我若为你好，也希望你能够离开农村。无论怎样，我都为你加油，你那么有天分，若在农村真是太可惜了。”为了他这一句话，我感动得差点掉泪。

是啊！对于我们农村的孩子来说，高考的成败意味着天壤之别的命运的不同开端：考上大学，可以跳出农村，获得城市户口、铁饭碗；如果失败，那就得回到农村继续世代“面朝黄土背朝天”的生活，也或者像天男一样进城打一份并不稳定的工。因此，只要家里有条件，家长有点长远眼光的，都拼命让孩子去挤高考这座独木桥。正因为如此，能够上大学，绝对是值得摆酒席的事。在我们村里，高音喇叭还会持续地播报这一喜讯。但女孩子读书的机会实在很少，像我父母这样允许我一直读上去，是多么难得！我知道，我父母也在盼望着那一天。

“难得你这么理解我，我总得尽全力吧。”

“那是应该的。但是，雨晴，你要放下包袱，你没有亏欠你的朋友。”

“……”

“你考上大学后，会不会也像刘萍那样？你会忘记我吗？”见我沉默，他又把话题转移了。

“怎么这么问呢？我也许考不上呢，我倒是要问你，你以后若成为大作家，会不会瞧不起我啊？”

“其实，我在想，你考上大学的希望还是很大的。而我，要想成为一个作家，并不容易。我的理科又那么差，若不走保送这条路，估计大学很难考上。所以……”

“别那么想，我们都要加油！”

“无论如何，你不要忘记我。”

“嗯！不忘记。”

天慢慢暗下来了，吴学跟随姚同学去他家里住了，并和我约好次日一早再来我家。从小就在城镇里生活的他想去山岗上看日出，他一直想写一首歌。

当晚，妈妈果然再三地盘问我，得到相对满意的答案后，又说：“人长得一般，脑子倒是活络，接口头也好，做个读书伙伴不错。我想，你心里总也晓得事情轻重，不用我讲出口吧。”我当即向她郑重表态。

次日一早，我从楼上下来，便看见吴学一个人已经在门口等了。

“姚同学怎么没来？”

“嗯，他要随他爸去摘烟叶。”

我带他来到了我小时经常玩耍的山岗，村里的高音喇叭也立在那里，我们就坐在最高点上，远看山脉层峦叠嶂，近看山村炊烟袅袅。他突然说：“如果要用两个词来概括你们这个村庄，我会用宁静和妖娆。”

“为什么？”

“直觉，当然这直觉的生成，离不开你给我讲过的事情。

所以，现在想来，王音、天男，以及很多人的想法、做法就显得不足为奇了。但你很特别，你生于这里，身上有这里泥土一般的宁静气息，却远离在世俗妖娆之外，没有中毒。”

“中毒”两个字一时让我发笑，联想到的竟然是麻将。在这个村里，男女老少都会来一手，冬天或雨天农闲时光，凑齐四人一桌开场，那双沾着泥巴和烟灰的手，有滋有味地摸起光溜溜的“方块砖”时，眼睛顿时放出亮光。平时慢悠悠不声不响的女人一落座，也开始指点江山、豪情万丈。

麻将这玩意儿，和我年龄差不多大或比我小的小孩，比如天男、帅男、我妹妹，他们也都一看就会，还能玩。有的不会玩，却也能叫出每个方块的名堂，但是我自始至终都不认得。我妈玩到兴头处，往往会取笑我：“你噶灵光的脑子，竟然不会麻将！”话毕又觉后悔，怕把我给教坏了，连连说，“你是读书考状元的料，麻将搞不得，脑子要坏掉哦。”

这会儿，吴学说我没有中毒，我乐意听。我似乎一看见麻将就心生厌恶，我妈说这小小方块摸起来手感真好，我却没有一点儿兴趣去摸摸看。小时候与人吵架，我还口的第一句便是：“你爹是个赌博佬。”对方又会还我一句：“你爹是个大大的赌博佬。”其实，我爹赌得并不大，而且次数极少。但是小孩子吵架骂人就是这样一个套路，你说我这样，我说你更这样。我一边笑着一边把这些告诉吴学，把他给笑得前仰后合，连连说：“这都是小孩子的小破事！”

旧日破事一堆堆，总是要被新的事情替代，就如太阳，看似每天一样，却每天都是新的。昨天的已逝去，今日的就要到来，正是“日出扶桑一丈高，人间万事细如毛”。

远处的山峦弥漫着一层轻飘飘的白雾。白雾远处，挂着一片淡淡的桃红色的云霞，不那么浓重，也不那么清淡。渐渐地，太阳露出了小半个脸，红艳艳的，好似一位含羞的少女，却总也不肯露出庐山真面目。她款步轻移，显得那样神秘而美丽。不过，似乎就在一瞬间，她便卸去了面纱，露出了整个脸庞，笑吟吟地俯视着大地以及大地上的我们。整个天空霞光万道，光彩夺目。

“太阳升起的地方，近在眼前，远在天涯，那是什么地方呢？她为何如此热情，让大地没有黑暗！”吴学轻声念叨着，我暗自叫好，却见他猛地站起来，显得异常兴奋：“歌词有了。”我随之站起来，看着他那被晨光染亮了的眼睛，急切地说：“我想听。”

他点点头，清了清嗓子——

白云邀请我
和她一起流浪
我却跟风儿到处去流浪
越过山岗望见那太阳升起的地方
想起了伊人满怀忧伤
去远方，去远方
因为一个向往告别了家乡
去远方，去远方
总有一天会回到你的身旁
……

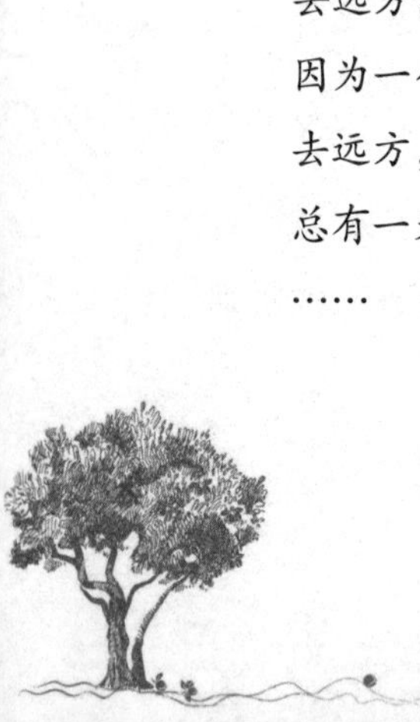

“你怎么想出来的？那么好！”

“真的好吗？”

“是真的，反正我是写不出来的。”

“我去写个谱子，到时唱给你听，好不好？”

“嗯。”

“等开学的时候，你一定可以听到的。”

“嗯。我等着。”

“还有，”他笑笑，“能不能不告诉晓君我来过，让她省点心。”

想起晓君的样子，我会意地向他笑笑。

第二十六章

开学报到那天，爸爸说今天的日头猛，早点去，天阴凉点，路上灰尘也少点。我便趁着太阳还没完全出来就骑上自行车出发了——事实上，暑假两个月来，我已经对繁杂琐碎又没完没了的农活心生厌倦了，皮肤也被晒黑了，手指肚千疮百孔，小腿手臂都是蚊虫扫荡过的痕迹，蚂蟥吸过血的口子还未完全愈合，大腿上莫名其妙地多出了好几块瘀青，膝盖上摔出的伤口还留着鲜艳艳的红药水……看着面目全非的自己，我早向往学校，向往远方了——我是如此坚定地想要告别农村，成为知识分子中的一员。

就在我穿过镇上的马路时，我因为过于惊喜差点忘了把住手中的车龙头——只见吴学扶着自行车站在一棵树下。

“这么早！你怎么在这里啊？”

“我来等你呀，咱们一起去学校。”

“可是，你从你家里骑到这里，要花一个多小时，然后现在又骑回学校去，这，这多累啊！”

“见到你我就不累了。”他说着这句话，眼睛却不停地往我身上扫视，“一个暑假下来，你就从一个仙女变成了土老百姓了，然后得花一个月时间再来蜕变。”

我的脸一定又红了，狠狠地白了他一眼，却也忍不住心生欢喜。

“那就走吧。”

“你在前面，我在后面一点，跟着你的速度。路宽的地方，我再和你并排骑。”

“好吧！”

一路上，尽管和往常任何一次都一样，一路飞尘，一路颠簸，但是，因为知道我的背后有一双关注的目光，我便感觉到了前所未有的轻松，气也不喘了，也不觉得累了。我们时而前后，时而并行，但都没有说一句话。因为路况太差，我的车技也太差，实在顾不上说话。

在距离学校还隔一个镇的三岔路口，吴学突然超过了我，伸出手臂，示意我跟着他转弯，进入了一条小道。接着，前面是一个平缓的上坡，两边有许多高高的芦苇，骑上坡后，眼前呈现出一片开阔的浅浅的水域，旁边开满了紫色的小花，一些白色的水鸟在低空盘旋着、鸣叫着。不远处，还有一群白色的羊群在慢悠悠地吃草。我感觉面前就是一幅美丽的画，此刻我正置身在画中。

“这是哪里呀？这么好的一个地方啊！”

“这是我小时候常常跑来玩的地方，有时和小伙伴戏水、打水漂儿，有时仅仅来这里发呆。我就知道，你也会和我一样喜欢这里的。”

“嗯，我也喜欢！”

我们一前一后在堤岸上推着自行车，边走边欣赏着宁静的画面。在经过一处空地时，他问我想不想坐一会儿，我点点头。

我们把自行车斜搁在一边,并排坐下来。他侧过脸看我,我连忙把脸别开去,却感觉到他的手轻轻地搭上了我的肩头。我不自觉地扭了一下肩,示意他挪开,但他那只手仿佛黏在了上面。

“别动,就一会儿,让我的手心来感受一下你。”他闭上眼睛,似乎屏住了呼吸,他的手掌在微微颤抖,越来越热。没过几秒钟,我的胆怯终于还是强行地中断了他。他睁开眼睛,笑得很明亮,“雨晴,我感受到了你的心,真好!”

我低头不语。

他拿起了随身携带的笛子,他说为了这首《去远方》,这个暑假,他特地写了谱子,还去学了笛子。他要第一时间吹给我听,唱给我听。

笛声悠扬,歌声嘹亮,唱得远处的羊群“咩咩咩”欢叫。我说:“很好听。”他像个孩子一样高兴地跳起来:“真的?谢谢你的肯定,我给我姐听了,她皱起眉头就说,简直是‘笨刀杀鸭子——不着调’。嘿!本来就是给你听的嘛,你说好就行。”

我再次说:“真的好听,是我喜欢的声音。”

“那我就给你唱一辈子。”

我低头抚弄自己的衣角,他总是表白得那么直接,常常让我无语,感到难为情。矛盾的是,我明明心里体会到了甜蜜的感觉。

“我要告诉你一个坏消息。”半晌后,他说。

“什么消息?你觉得我听后能不能受得住?”

“你迟早也是要知道的呀!你们高一的那个洋娃娃周老

师，她得了癌症，就在暑假。她再也不是洋娃娃了，因为她的头发掉光了，她也没法再穿裙子了。”

没等他说完，我一下子跳起来：“你没搞错吧，她那么开心的一个人！怎么会这样？”

“是啊！知道消息的人谁都不敢相信，我也是。直到半个月前，我随何老师一起去医院看她，亲眼所见。哦，我没告诉过你，何老师是我家亲戚。”

“那怎么办啊？怎么办啊？”想起她的音容笑貌，我忍不住哭起来。

“别难过了，还有一个好消息。周老师接受了何老师的表白。现在，何老师每天陪着她，她很开心。她说，生病是检验人心的机会，何老师是待她最好的，以前竟然没发现。她这么说，何老师当然也很开心。他坚定地告诉我，周老师的病会好起来的，她会和他结婚的。你相信吗，他们会在一起？”

“嗯，嗯，我相信。”

“到时，我还要去喝喜酒嘞。”

“但愿如此，周老师会很快好起来的。”

“真是患难之时才见真情。以前追求周老师的人都因为她的病放弃了，只有何老师不离不弃，这才是真爱啊！”

我点头赞同，起来去推自行车：“我们还是走吧。”

“雨晴，再听我说一句话。对于一个真正对你好的人，不要拒绝，他可以等待，但不要让他失望，好不好？”

我依然报以一笑。他点头，仿佛是在替我回答。

到了距学校大门一百多米远的地方，我要求他等一等，我先走，并且提醒他：开学后，不能写信，各自努力。他歪着头，默默笑着，露出招牌式的洁白牙齿，像盛开的栀子花。

尽管高考时间还是在次年7月的7—9日，但是为了迎接“黑色七月”，很多住校生为了省出路上的时间，周末也不回家，都在争分夺秒地学习、备考。

在正式高考前，先是会考，这是一个重要的报考师专的机会。其实，作为大多数的同学来说，读书的主要目的是转户口，端上“铁饭碗”。至于去什么大学，未来做什么行业，大都是盲目的。所以，有些同学为了不再辛苦地去挤高考独木桥，选择了报考师专这条提前的道路，只要通过艺术特长考试，然后在会考中再获得四个A，或者一个B三个A，便可提前离校了。

晓君成功地考上了绍兴师专，令我好生羡慕。那天我为她送行，到了学校门口，我们拥抱在一起，大哭起来，她哭到伤心处，还掐了我一把，痛得我“哎哟”叫出声。我是为她的离别，同时也为自己接下来的重负而哭，她又是为了什么呢？直到一年多后，我才明白。

送走晓君后，我再也不想待在教室里，便在校园里闲逛，经过一处花坛时，意外地看到了爸爸的背影：只见他挑着编织袋，汗流浃背地东张西望着，他是第一次来我们学校，不知道我的宿舍在哪里。我连忙跑过去，还没跑到他跟前，他仿佛有感应似的猛地转过身来，一看见我，顿时眉开眼笑：“我已经找了一圈了呢，你怎么知道我来了？”他擦了一把额头上的汗水，为见到自己的女儿喜出望外。

“我也不知道你来啊，就是刚好经过。爸，那么远，你来做什么啊？”

“我看你三个星期没回来了，就来看看你呀，顺便给你带些米和菜来。你妈还给你买了两瓶维磷补汁，说是补脑子的，可以给你补充一下营养，考得更好一点。”说完，就在路边放下担子，要松袋口，我忙阻止了他，带他到宿舍。他像挖宝藏一样把带来的东西一件件地从袋子里取出来，摆在我的床上，嘴里不停地念叨着，“饭要多吃点啊，不要省，你妈说这个补品每天早晚各喝一小勺，千万不要忘了。”

我一一点头，鼻尖泛酸，心里觉得很内疚。爸爸再次嘱咐的时候，我左手下意识地握紧了拳头：“爸，你放心吧，我会努力的。”爸爸呵呵地笑着，他对自己的女儿充满着自信，从来都如此。他站起身来要走，突然“啊”了一声，复又坐下来，看着我说：“听说天男去美国了。”

“美国？去干吗？”我心跳立马加快。

“她那样的人能去干吗？还不是去打工。听说她和厂里的同伴一起被一个福建老乡叫去的，我们这里工资只有三百，在美国有好几倍呢。看来福建人聪明，有路头。不过听说是半夜偷偷地渡出去的，已经有上万人都去了，都为了钱嘛。”

“那么远啊？人生地不熟的，叫天天不应的地方，她胆子太大了吧，她妈也没有阻止她吗？”

“她妈只要她的钱，帅男只自顾自赚钱，天男弟弟已经无法去上学了，得了一种怪病，经常发烧抽筋，三天两头去医院。大家私底下说，是他们大人做了太多不好的事，得报应了。治病需要很多钱，天男就想去美国打工，听说有那么多钱可赚，她妈就暗自盘算着，没有阻拦。”

“唉，天男的命可真苦啊！”

“你也不要多想了，你和她不一样，她的事你也管不了，安心读书，我也得回家了。”说完，他就起身头也不回地走了。我的思绪还停留在天男的事情里，待我回过神，已经不见了爸爸的影子。

这天晚饭时，去食堂的路上，我被一阵熟悉的笑声吸引，心中一喜，停下脚步张望。就在离操场不远处的小树林里，我看到何老师骑着自行车，向我这边的方向驶来，他的车后座上坐着一个人，尽管脸被何老师的身体挡着，但不用猜测，便知道那声音是周老师发出的。我停下，等着他们过来。果然，何老师在我面前，确切地说，在我们这些停下了脚步的学生面前慢下来。接着，周老师跳下了自行车，还是那张可爱的笑脸，可能是吃药的缘故，也可能是因为没有了原来的长发，她的脸显得更圆了，她的眼睛向我们一眨一眨的，看上去还是个调皮的洋娃娃。

我们都围上去亲热地唤着久违的她，她显得非常高兴：“同学们好啊，我想死你们了，你们想我不？”我们都说：“想。”边上的何老师满脸都荡漾着幸福的笑容，因为瘦，笑得连额头的青筋都凸显了出来。他的目光始终停留在周老师的脸上，带着疼爱和欢喜。没一会儿，他就催促周老师了，像对一个玩过了头的孩子一样温柔地说：“好了，好了，起风了，时间到了，该回去了，今天你已经玩得太多了。”只见周老师听话地坐上了自行车后座，何老师一声“起驾喽”，风也似的骑走了。我目送着周老师，一直到她的影子消失在路的尽头。

想不到这一见，便是永别。半个月后，吴学告诉我，周老师还是没有挺过这场病，走了。他说，是何老师抱着她走的，没有痛苦。

从此，再在路上遇到何老师，就没见他笑过了。吴学告诉我，何老师一生的笑容都在这半年多的时光里灿烂完了。他还告诉我，其实周老师从来都没有爱过何老师，但是，她把最后的时光留给了一个真正爱她的人，成全了他。而何老师并不在乎周老师是否爱他，更不在乎周老师能活多久，只要能陪在周老师身边，能和爱的人在一起，他不在乎天长地久，他觉得相伴的日子，每一分每一秒都是可贵的。

我突然想起了天男，在那美好的青春年华，她不在乎那个李老师是否爱她，只要能每天见到他，感受到他的关怀，她便是甜蜜的。

“能够遇见爱的人，两人在一起的日子，便是最美好的时光。”

吴学问我是否相信，我说：“我相信，但总有太多的阴差阳错，令人遗憾！田老师、周老师、何老师，还有天男，他们最终都没有获得长久的幸福，为了一段短暂的快乐，却要长久地忍受痛苦，倘若如此，不如不遇见。”

吴学长叹一声，抬头向天，口中念念有词——

携手上河梁，游子暮何之。
徘徊蹊路侧，悢悢不得辞。
行人难久留，各言长相思。
安知非日月，弦望自有时。
努力崇明德，皓首以为期。

我并不能完全理解，他道：“无论是生离，还是死别，若能做到哀而不伤，催人前进，何尝不是积极的事？你看田老师从此专注于他的学问，专业水平越来越精湛。而何老师，我想他从一开始就是明白的，所以对天长地久并无过多期待。至于天男，我想，她受过的所有的苦，最终应该不会白受的。”

情绪这东西，真是需要转。转过来，便是清安；转不过，便是浊重。

第二十七章

两年后,我和吴学最终也还是分开了。

事实上,在这两年间,我们在一起的时光加起来也只有三天,其中一天是他来杭州我就读的大学看我,另两天是我去上海他就读的学校看望他,其余的时间都是通过写信来各表相思情。

上高中时,我一直告诉他,我是因为要一心考大学,所以拒绝了和他单独约会,所以他根本没有触碰到我的机会。他对此表示理解。然而,到了大学,我发现,我仍然不能接受他的触碰。

大一的时候,他突然出现在我们的图书馆。那时,我正在专注地看书,就在抬头的那会儿,瞥见站在我面前的他正双手抱胸瞧着我,仿佛从天而降。他说,他已经站了半个小时了,他是特地来杭州参加一个大学生演讲比赛的。当天下午,我便随他去了比赛现场,做他的啦啦队,最终他获得了一等奖。他请我一起去吃晚饭,一起去看电影,那天的电影是《芙蓉镇》。看完后,我们两人坐在影院门口的台阶上,各自抒发着心中的感慨。

"'文革'真是太残酷了!"我心里一直难以平静。

“好在已经过去了。”

“但现实仍在以不同的形式折磨着不同的命运。”每当夜深人静,我的脑海中总是浮现起心心念念的人。

“每个时代,每个人,都有一种天生的力量。这部电影,让我感受到了那股蕴藏在平静水面下的拥有巨大的爆发性和变革性的力量,这力量足以支撑一个人度过最苦难的岁月——就像那句台词:‘活下去,像牲口一样活下去。别人践踏你,你不能也作践自己。’”

“普通人在时代洪流里挣扎的命运,总是无奈又心酸,他们付出的代价太大。秦书田和胡玉音像牛郎织女。”

“牛郎织女的现象哪个年代都有,眼前这两个人也是的。”

还没等我反应过来,他就拉起我的手奔跑起来,径直往旁边的公园跑,跑到一棵树下时,气都没平息下来,他便像第一次那样突然抱住我,并紧紧地钳住了我。容不得我思考,脑中却浮现出这样的画面:王音瞪着我,天男在大笑,笑得很狰狞。我像第一次那样狠命地推开了他,这一次他真的摔倒了,他四脚朝天,先是抬了一下胳膊,然后索性躺倒在地上不再起来。他十指插进头发,几近咆哮:“为什么?为什么会这样?”我除了拼命摇头、低声哭泣,无法回答他,我甚至无法回答自己。就这样,我们背靠背坐在公园的墙角里,一言不发地过了一夜。

次日一早,他双眼通红,严肃地跟我说:“你们的那个约定,已经成了紧箍咒,你被套在里面不能自拔。解开这个咒,只能靠你自己,懂吗?”说完,他头也不回地走了。

后来,我们经历了很长一段时间的沉默,不再给彼此写信。我想念他，但没有勇气先写给他。最后，还是他先打破了僵局写信给我，写的内容大多数是文学和学校的生活琐事，他仿佛在有意避开那个话题。我觉得自己也需要时间来调整心态。红梅曾说，时间老人是智慧的，它会帮助我们解决一切。我想等待，我也相信他会等待我。

大一的假期，晓君来看我，那晚我们躺在阳台上看满天繁星，她向我介绍她的校园生活，以及她的男朋友，她说她正在如火如荼地谈着恋爱，感觉自己是天下最幸福的公主。突然，她问我："你喜欢吴学吗？"我一时无语，不明白她为什么突然这样问我。

"现在我可以告诉你了，从初中开始，我就暗自喜欢吴学，可他似乎从未在意过我。在他心中，我们只是从小一起长大的兄妹，是可以无话不谈的铁哥们儿。直到上高中我才知道，他喜欢的不是我这种类型的女孩子，我再怎么努力表现，他都无动于衷。当我获知他喜欢上了你，我难过得哭了三个晚上……嘿嘿，可笑吧，你还记得那次我约你们去溪滩边约法三章的事吗？现在，一切都过去了。"

听罢，我泪流满面地扑过去抱住晓君。往日种种，浮现眼前，她对我一直那么容忍和关照，我却对她的情绪一无所知。

"真是对不起，我太没心没肺了！"

"什么呀，你又没错，爱情没有错。"

我把我和吴学的情况跟她说了说，重点是我的心理问题。她的嘴巴像炒豆子一样利索地劝说我："你这个人，就是放不下，自寻烦恼。要忘掉过去，勇往直前！告诉你，吴学可是有很多追求者的哦，你若不好好把握机会，就亏大了。"

大二的时候，有男生开始向我表白，我想起晓君的话，明白自己总得面对。我对着镜子跟自己说：“我准备好了。”我鼓足勇气，决定去上海看吴学，尽管在这之前，他已经邀请了我好几次，我都没答应。但是这一次，我想在不告诉他的情况下，突然出现在他面前，给他一个惊喜。我还特地向一位朋友借了一件漂亮的风衣，又去街上买了一盆水仙，抱着它，平生第一次去搭火车。一路上，我都在鼓励自己：不要害怕，忘掉过去，王音和天男都是我最好的朋友，她们只会祝福我，不会伤害我。何况王音曾经在梦里跟我说过，要我放下过去的约定。我越想越放松，越想越安定，尽管这一天外面风雨交加，我的心中却是撑开了蓝天白云，我唱起了那首歌的后半部分：

白云邀请我
和他一起飞翔
我却跟风儿到处去流浪
越过山岗望见那太阳升起的地方
想起了伊人满怀忧伤
去远方啊，我去远方
因为一个向往告别了家乡
去远方啊，我去远方
总有一天会回到你的身旁
……

我想，我们会好好地在一起，一起去美丽的远方，这一天很快就会到来的。

我到达上海吴学的学校时，天已经黑了，我全身也湿透了，抱着盆水仙四处打听他的所在，终于遇到一个认识他的同学，把我引到了一间报告厅门口，让我等着。

见他走出来，我很激动，为能这样见到他。当他张着嘴巴，满脸惊讶地看着我时，我忍不住流下了眼泪，和着滑落的雨水，我旁若无人地投进了他的怀抱。他轻轻地拍着我的后背安抚着我，耐心地等我的哭声停止。

然后，他做了一个夸张的鬼脸："你也太大胆了，这么一个大雨天，你一个人不打个招呼就来了，万一被人拐走了怎么办？不过，见到你我真的是太高兴了。"说着，拉起我的手就要走，我定住，忙抬起另一只手上的水仙："喏，给你的，我小心地抱了一路，但还是在最后时刻折断了。""没关系，我会修理好的，交给我吧。走，我带你去一个好地方，咱们去吃好东西。"

吴学带我拐弯抹角地来到了一个地下室，一个逼仄的入口，里面却是别有洞天：一进去，就听到满口乡音的嵊州人交谈着，原来这是一家嵊州小吃店。看着小笼包、炒年糕、鸡子榨面这些家乡小吃，我已经馋得不行了，闻着亲切的家乡味，肚子便咕咕地叫起来。

"来，看看想吃哪些？点上！"

"都想吃，怎么办？"

"那就每种都点上一份，你吃不完我吃，反正我的肚子弹性足得很！"

随后，他把最有特色的小吃都点了一份，然后又加了一份鸡蛋炖黄酒："为了庆祝你顺利平安到达，也为了压一压你这一冒险行动带给我的惊吓，我得喝点酒。"他显得非常兴奋。

外面下着雨，我们在暖暖的地下小吃店里边吃边聊。我第一次看他喝酒，惊讶地眼看着他的脸渐渐地泛起了红光。几口酒下去后，他跟我谈起了他的家庭，在这之前，他从不提及，我也从没问起。

“我从小就经常看到我的父母吵架，看到我爸打我妈，虽然他是教师，但他文明的外表下藏着一颗专断野蛮的心。后来，我妈有了外遇——那是一个看上去对她很体贴的生意人，她不顾一切地跟随他到了上海，从此杳无音信。那时我还在读小学，不能理解她的做法，和大家一样，认为她是一个坏女人，因此，我跟我爸一样，心底里怨恨她，姐姐也是，我们再也不提及她。直到我上了中学，读了很多书，经历了一些人和事，我尝试从心里去理解她。慢慢地，儿时的记忆明晰起来，我突然明白，我的品性和读书习惯都来自我妈，我的骨子里透着她的气质。高一暑假的时候，我一个人瞒着家里，异想天开地到上海寻找我妈，我把自己的所有压岁钱都用光了，也没能找到她。后来，我越来越迫切地想要找到她，便四处打听她的消息。有人说在上海见到过她，她落难了，被那个男人抛弃后无处可去，又觉得无脸回家，流浪在街头；还有人说她受不了打击，疯掉了。这就是我一心要报考上海的大学的原因，我希望有一天能够在上海遇到她。”

吴学一边讲着，我一边哭着，到后来他也呜咽起来，最后，我们一起趴在桌上恸哭。我想不到他竟有那样的家庭，怪不得高二那年，学校组织大家看电影《妈妈再爱我一次》，班上唯有他一个人没有去看；怪不得大一放假时，他没有回家，而是选择留在上海打工，原来他一直都没有放弃寻找他妈妈。我

突然感觉面前的他像个孩子一样，很想去紧紧地拥抱他。但是，我还是忍住了。我轻轻地摩挲着他的手背，连声说：“对不起，对不起！”我也不知道，自己为什么要说“对不起”，是因为我的到来让他想起了悲伤的往事，还是因为我不能鼓起勇气去拥抱他？

他突然抬起头来，擦干了眼泪，不好意思地笑起来：“真是的，竟然还让你说对不起，你远道而来看望我，我却表现得如此差劲，应该我说对不起！”

我连忙摇头。

“这样，我打算请两天假，带你去上海植物园玩，咱们去寻找一些特别的植物。”

“只要是你喜欢的地方，我都可以。但是，上海滩我还是想去看看。”

“对呀，许文强、冯程程。”他会意地对我一笑，趁着酒兴，唱起了《上海滩》——

浪奔 浪流
万里滔滔江水永不休
淘尽了世间事
混作滔滔一片潮流
是喜 是愁
浪里分不清欢笑悲忧
成功 失败
浪里看不出有未有
爱你恨你 问君知否

似大江一发不收

……

小吃店里的人都为吴学的歌声鼓掌喝彩，在唱到“爱你恨你，问君知否，似大江一发不收”时，他不顾所有人的目光，走过来紧紧地抱住了我，伏在我肩头，呼喊着我的名字。

我一直耐心地等他的情绪平静下来，等他的神志清晰起来。

“不好意思，我总是过于冲动，你刚才不介意吧？”我摇摇头，表示我不介意，我甚至有一丝窃喜，这次意想不到地发现了他的另一面。吴学先把我带到了他的宿舍，参观他的床位，宿舍里的所有男生仿佛早已等待在那里，我们刚进门，屋里顿时响起一阵口哨声和欢呼声，我满脸通红，不知所措。他不停地向他们使着眼色，以求安静，但脸上仍是抑制不住的欢喜。

“这是我的床，你看！”他一边把水仙放在桌上，一边指着那张床，只见紧靠床的墙上面挂着一幅大字——“宁静致远”。他见我欣赏着书法，便解释道，“我时时提醒自己，要静，不要躁。”

“你很躁吗？我没看出来。”

“嗯，会躁，有时心乱如麻，像刚才在小吃店里那样冲动。”

“哈哈，特定时候，想念某人的时候吧！”有个男生插嘴道，接着一阵哄笑。

吴学看着我局促不安的样子，便笑着说：“我送你去女生宿舍，你早点去休息吧，明天我们早点出发。”

他把我安排进了女生宿舍，托付给了他的某位女同学。

当我进门后，宿舍里的全体女生热情地欢呼着迎接我。

“吴学是我们学校的才子呢！他的大作经常被刊登出来，他靠稿费就可以过富裕的日子。还有，他是个冷漠王子，对谁都很冷淡，常常唱一首歌，原来他是在思念你啊！”

“哎，你们认识几年了？”

……

大家七嘴八舌，都向我打听。我被围在中间，不知如何回答。只有那位女同学一直静静地笑着看着我，最后，她为我打圆场：“她奔波了一天，一定也累了，让她早点睡觉吧。”大家只好作罢。

次日一早，吴学便买好了早饭，背着包在门口等我。和他一起经过男生宿舍时，我发现那些窗口都探着一个个脑袋。吴学朝我得意地笑笑，还故意靠近我，伸出手来牵着我的手。“让他们去妒忌，让他们去咬牙切齿！”他靠近我的耳朵悄悄说。

又下起了细雨，我们一路辗转了几趟公交车，来到了外滩。站在这个发生过无数故事的地方，我竟感到了一种从未有过的沧桑感。趴在栏杆上，望着滔滔江水，只有昔日的旋律和那一去不复返的往事翻滚。我特别怀念王音，我也特别记挂天男，如果我们三人在一起该有多好啊！如今我却只身一人，多寂寞啊！

仿佛心有灵犀，只听得吴学在我耳边唱起：

人生路，路迢迢

谁道自古英雄多寂寥

若一朝看透了
一身清风争多少
若一朝，看透了
一身清风争多少

可是，我并非英雄，我也看不透，我只是一个怀念旧情的人。吴学说：“你看，这水都匆匆向前，永不停息，我们有什么理由停下来，还回头？”

沿着江水的方向慢慢走，吴学的右手揽着我的肩头，我的左手环着他的腰，我们俨然一对亲密的情侣。吴学和晓君一样，都喜欢唱歌，他们在初中时还被称作金童玉女黄金搭档。这会儿，他又轻轻地唱起来——

……
他说风雨中这点痛算什么
擦干泪不要怕
至少我们还有梦
他说风雨中这点痛算什么
擦干泪不要问
为什么
……

在去植物园的路上，吴学显得特别兴奋，他向我介绍了他的周末生活：“上大学后，我周末经常来植物园，我突然发现自己爱上了它们，我还采集了很多标本。尽管你是在农村长大的，认识的植物一定比我多，但是，今天我要带你认识一些你们那里见不到的植物。”

看着他眉飞色舞的样子，我的心里由衷地升起一份钦佩，心想，他的爱好怎么那么广泛呢？他对知识的渴望怎么那么强烈呢？

我们先到了一片密集的林子里，只见他拿出了一个本子，将刚刚采集到的湿漉漉的标本在衣服上随便一擦，便夹进了本子并标注好，然后，向我一一讲解，这是什么科，属性如何等等。在经过一片空旷的草地后，他突然让我闭上眼睛，叮嘱我在没经过他的同意前不能睁开。他拉起我的手向前走着，越来越慢，像是转了很多个圈，然后停住了。

“雨晴，继续闭着眼睛，先别睁开，来，先深呼吸。”我照着他说的做了，顿觉心旷神怡，一股清香沁人心脾。

“这是什么味道？我从来没有闻到过。”

“这就是我今天要带你来看的植物，它在一首诗里出现过，我们曾一起朗诵过。”

“哦，能提示一下吗？”

“戴望舒的——”

“《雨巷》？”

“现在，睁开眼睛吧。”

我睁开了双眼，瞬间惊呆了。这一簇簇一团团紫色的小花，我是初次看到，它如此淡雅。我惊讶道：“原来这就是传说中的丁香啊！”

“丁香一样的姑娘——”吴学看着我。

我把目光转回到眼前的花朵上，然后，慢慢低头，再次闭上眼睛，把鼻子凑近了去闻。

“啊！实在是太好闻了，我真是喜欢极了。”

“紫丁香的花语是光辉、不灭，同时也作初恋之解。我总在想，你是我的光辉，不灭的光辉。当然，你也是我的初恋，你呢？也是吗？”

我默默地看他一眼，算是作答。

“现在，我们来仔细看看这些花有几个花瓣。有个美丽的传说，若是看到五个花瓣的丁香花，便预示着幸福。”

“我看到的这些都是五个花瓣啊！”

“不会吧？真的是啊！”

“难道还有不是五瓣的吗？”

“我怎么记得去年看到的是四瓣的，并且大多数丁香花都是四瓣的。”

“那是一个什么样的传说啊？”

于是，吴学便时断时续地跟我讲起了这个美丽的故事——

大约五百年前，紫丁香一直是五瓣的，后来，一个男孩和一个女孩的爱情，改变了这一切。男孩和女孩相爱了，但在当时的社会，他们门不当户不对，男孩为了能够明媒正娶心爱的女孩，便去考取功名。临行前的夜晚，他们偷偷地在紫丁香树下约会，女孩对男孩说：“我等你回来。”男孩说：“我一定会回来的，我们让紫丁香树做个见证。”男孩随手摘下一束紫丁香，交给女孩。离别时，女孩忽然感觉很伤感，她不知道男孩会不会真的回来。她对男孩说：“五瓣的紫丁香会谢，但我对你的情意不会。如果我今生不能嫁给你，这五瓣的紫丁香就会从

世界上消失不见，我也会从这个世界上消失。”男孩听后默默无语，他知道，女孩已把自己的终生作为赌注，他已经没有回头路了，尽管前面荆棘密布，但他必须去争取。就这样，男孩带着女孩的柔情上路了。这一走就是三年，女孩每天都盼望着他归来，每年的紫丁香花开的时节，女孩都会来到树下，呆呆地看着，她拒绝了所有来为她提亲的人，一心等待着男孩归来。然而，三年后，传来了男孩客死他乡的音信，此时正是紫丁香花开的季节。女孩没有哭，只是久久地望着紫丁香，她仿佛看到了男孩在紫丁香树里向她招手，后来，女孩在忧郁中死去了。然而，奇怪的事发生了，第二年的春天，几乎所有的紫丁香都变成了四瓣，偶尔才会有一两朵五瓣的。人们都说，那是男孩和女孩的化身。看到五瓣紫丁香，意味着你会幸福圆满。

吴学讲完了，我仍沉浸在凄美的故事中。

“虽然这是一个古老到再也不能古老的爱情故事，但我仍一直向往着能够找到五瓣的紫丁香。现在我才发现，原来，它一直在等我们一起来见证。雨晴，我们会幸福的，是吗？”

看着他深沉而笃定的样子，我重重地点着头。

“我想会的吧。”

雨开始变大了，我们跑到了附近一个亭子里，在这冷清的亭子下，我们默默地对视了一会儿，他慢慢地朝我走来。这一次，他小心地轻轻拥抱着我，温柔地把我的头抚靠在他的肩膀上。

“雨晴，我不会伤害你的。”

“嗯，我知道。”

“放下你所有的过去和恐惧,你应该拥有幸福,我希望我能带给你。”

我再次点点头。

天快暗下来了,我们步入雨中,尽管打着一把伞,但是雨实在太大,我们还是淋了一身湿,我开始打喷嚏。

“不能这么赶路了,你会感冒的,你同意的话,今晚我们就近找个旅馆先住下来,可以吗?嗯——各自一床,放心吧!”

我看着他认真的样子,点了点头。于是,我们便加快了步伐,买了些食物,就去找旅馆,但是一连问了好几家都被拒绝了,因为旅馆规定男女同住必须要有结婚证件。就在我打算劝说他我们还是赶回学校去时,他停在了第八家旅馆的门口:“如果这一家还不行,我们就回学校去。”他径直走进去,我在后面慢慢跟着。

“老板,请您放宽一下,我们家离得太远,雨那么大,她都要感冒了,您就开个房间让我们住吧!”

老板看看他,又看看我,犹豫了一下,小心地说:“今天雨大,算我破例一次,但你们必须加房钱,等会儿记得分开走上楼去。”

吴学朝我投来一个胜利的笑容,连忙付了钱。就这样,我们一前一后上了楼,像做了什么亏心事一样,轻轻开门,悄悄进去。

房间里并排摆着两张床,一张靠窗,一张靠墙,中间间隔着一米的样子。他让我先选,我指指靠墙的那一张。他低头一笑,就把自己的包先扔向了靠窗的床,再走过去,坐下来,取出包里的食物。

“过来吧,我们先吃东西,然后说说话,再各自睡觉。”

我听话地走过去,在他旁边坐下来,接过他递过来的饼干。在这样一个陌生而又封闭的环境,两个人单独在一起,我感到有种不自在。

“哈哈,看你紧张的样子,好像我要把你吃掉似的。放心吧,君子一言,驷马难追。”

我这才放松地跟着笑起来,看他憨憨地笑,我竟然为自己刚才的担忧和防御感到不好意思起来。

我们吃完干粮,聊起了诗歌、小说,还谈论了我们共同看过的电视节目,一直到我打起了哈欠。

昨天晚上,我和他的同学一起挤在狭窄的床上,确实没有睡好,今天又走了一天的路,我是真的有点累了。他看我眼睛红红的,不停地打哈欠,就提议睡觉。我们分头去刷牙洗漱,然后我只脱了一件外套,和着毛衣藏进了被窝。他也脱去了外套,然后我闭着眼命令他,如果他还要脱其他衣服,就关灯后再脱。他马上关了灯,房间顿时一片漆黑,等他那边吱吱嘎嘎的声音终于停下后,他开口了。

“雨晴?”

“嗯。”

“这样,你放心吗?”

“嗯!”

“那就安心睡吧。”

“嗯!”

“一觉之后就天亮了。”

“嗯。”

“那么,晚安吧!”

“嗯!”

醒来的时候,窗外透进灰暗的光线,我抬起手腕定睛看表,四点差一刻,还很早。我打算继续睡觉,却听得他轻声询问。

“雨晴,你醒来了?”

“嗯,还早呢。”

“可以不睡吗?我想和你说说话。”

“好吧。”

“能不能,我是说我可不可以和你一起?”

“嗯?”

“就是让我到你的床上去,隔着这么远说话,挺费力。在没有你允许的前提下,我不会动手动脚的。好不好?”

我没作声,我不知道该不该答应。

但是,他已经起身,坐在了我的床上。

“我进来了,好不好?”

我竟然没有办法拒绝。

我仰躺着,放在侧面的手臂触碰到了他的腿,我连忙把手搁到了自己的肚子上。他躺了下来,我听到了他沉沉的呼吸声,闻到了他身上特有的淡淡的气息。

“雨晴。”

“嗯。”

“雨晴。”

“嗯。”

“雨晴,让我抱抱你。”

“嗯。”尽管我迟疑了一下,但还是同意了。

他一只手臂从我的颈下伸过来,另一只手臂从上面环过来。这样,他的头离我更近了,他的嘴就贴在了我的额头上,他顺势亲了亲。

“雨晴——”还没等我回应,他突然抱紧了我,呼吸急促。

“雨晴,不要怕,好吗?不会有事的,让我好好地抱抱你。”

我挣扎了几下,但是很快,我便放弃了。我的舌头在他那带着书香气的嘴里流连,我甚至有那么一会儿感到很疑惑,我为什么会有这种嗅觉?他看了很多书,怎么就香在了嘴里?难道古人说的“腹有诗书气自华”是真的?我无法抗拒这味道,我的双臂也环抱着他。渐渐地,我感觉自己的身体在融化,在慢慢地变得轻盈,暖暖地想要飘起来。我想我不会推开他了,不会了,我爱他,像他爱我一样,我已经摆脱了那些令人不舒服的阴影。

然而,就在他的手抚触到了我那段裸露的腰时,我像触电似的弹跳起来,继而全身像插上了钢管一样瞬间僵硬。王音的身影又浮现出来,还有天男的嘲笑声,我呼吸加快,使出了全身的力气,瞬间推开了他,他冷不防被我推下了床,“嘭”的一声撞上了床头柜,几乎是同时,他一声惨叫。

灯亮了,我皱起眉头,不敢睁开眼睛去看他。恐惧感连着那些画面像潮水般慢慢退去,我的呼吸开始变得平缓,身体也柔软了下来,但是,我还是紧紧地抱着自己。我默默地听着他发出的声响,洗手池的水声,搓毛巾的声音,叹气的声音,坐在另一张床上的吱嘎声,然后就是静默,无边的静默。

“对不起——”我依然闭着眼说。

“不要说对不起。”他的声音听起来很不耐烦。

“我控制不了自己,我害怕。”

“雨晴,你在害怕你自己,你的身体里埋伏了另一个你,她在威胁你、掌控你。她在告诉你,那是罪恶,那是背叛。她不让你拥有自己,不让你去享受快乐。每当你要去享受快乐,她就会出来阻拦你:‘你看,王音死了,天男还在受苦,你怎么可以一个人自己享受?’”

“难道我可以享受吗?想起她们,我心里堵得难受,甚至害怕,会觉得有一个不好的下场在等着我。”

“雨晴,你生生地把自己搞得精神分裂。但我告诉你,你的命运不在那个约定,也和她们俩的命运无关,你是一个独立的人。”

“你也相信人各有命?”

“当然,世上纵使有很多相似的树叶,却没有相同的两片,何况是人呢?你走的是你自己的路,你要好好地走你自己的路,从过去中走出来,多为自己着想。”

“我——不知道。我要怎么做呢?”经过这么几次,我是真的不知道自己是否能走出来。

“你问我,我问谁去?”他显得有些烦躁。对,他说过的,他会躁。

我终于睁开眼,从床上坐起来,看见他斜靠在床上,额头上敷着毛巾,右眼皮的上方已经肿起来。

“啊,你受伤了,我真是太残忍了。”我伸出手想去摸,他狠狠地把我挡了回来。

“没关系，只是撞出了一个包，冷敷一下就好了，没有任何伤。但是，雨晴，你心中的伤口有多大，你知道吗？”他用拳头敲了敲他的胸口，几近嘶吼，“在这里，它撕裂在你那里，也撕裂在我这里，比流着鲜血还让人难受和刺痛！”

我的眼泪奔涌而出，在他说难受和刺痛的时候，我真的感受到这滋味，真的很痛。我趴在他的床沿上，泪流满面，我多么希望，它能清洗干净伤口，让我迅速地恢复到一个好的状态。在天亮之前，我们还可以尽情地拥抱、亲吻，让我再一次品尝他的书香气。

但是，直到我的眼泪干涸了，他都没有再来碰我一下。

“雨晴，也许你还不太了解我。我是一个从小缺乏母爱的人，我渴望拥抱和温暖。雨晴，我希望你去看清自己的内心，你现在没有在做你自己。以后，我不会再因我的需要而强求你。雨晴，我会等你，但你不要让我等得太久，好不好？我也会累的。”

我依旧趴在床上，点点头。除此之外，我说不出一句话来，我甚至有点讨厌这样的自己。当我平静下来，当我感受到他就在身边，我的内心其实是渴望他的拥抱的，渴望他的书香气的。但是，我亲手一次次地把他推开——我推开了他，同时也推开了那个真实的自己，一颗心生生地被撕成了两半。

我决定提前返回杭州。

“给我写信，别让我等太久，我会累！”他用口型告诉我，这句话让我顿觉身心沉重。隔着玻璃车窗，我们手掌相合，四目相对，雨水从他的头发上滴下来，滑过眼睑，他眨了一下眼。

车子启动，他松开了手，我回头望，他用手一次次向我飞吻着，他的身影越来越小，越来越模糊，直至消失。

就在一瞬间，我下了一个决定，带着从未有过的果断：给他写最后一封信。

我等不及回到杭州再写，在火车上奋笔疾书。

吴学：

不知要如何开口，但就在刚才车子启动时，看到你的身影在后退，我们相隔越来越远，我就做出了一个决定。也许你会怪我残忍，说我是逃避，遗憾我没有去积极争取自己的幸福。但我还是决定和你分手，在我没有克服心理障碍之前。我觉得，我们的相处太辛苦，我们也许真的不适合在一起。你需要无限的忍耐，我需要激烈的抗争。在你的忍耐面前，我无法面对这样一个自己。但是这样的自己，是那么多年一天天造成的，我清楚我不可能在很短一段时间内让自己成为你希望的模样，所以，我不要你等，我不愿意让你失望。五瓣紫丁香那么完美，但现在的我是残缺的，也许它只是在提醒我未来的幸福，但愿如此！

接下来，我会一个人好好想想，好好练习和自己相处，请你成全我！

不要等我，会有更合适的人在等你。

再见！

雨晴

窗外及时地传来歌声——

再回首,云遮断归途
再回首,荆棘密布
今夜不会再有难舍的旧梦
曾经与你有的梦
今后要向谁诉说
再回首,背影已远走
再回首,泪眼蒙眬
留下你的祝福,寒夜温暖我
不管明天要面对多少伤痛和迷惑
曾经在幽幽暗暗反反复复中追问
才知道平平淡淡从从容容才是真
再回首,恍然如梦
再回首,我心依旧
只有那无尽的长路伴着我
……

听着听着,我早已泪如雨下,我控制不住自己的伤感和心痛,此时我真切地明白,自己是深深地爱着他,却生生地让自己和他分开!红梅说过,当你遇上爱的人,就想和他在一起。可是现在,当我发现我会带给他伤害和失望,我宁可选择离开他。也许对他来说,这是一种解脱。至于我自己,时间老人会帮助我慢慢忘掉的。

到达杭州车站后,我义无反顾地把信投进了邮筒。一回到学校，我便把自己投进了图书馆，除了上必修课，其他时间我就泡在那个可以让我忘记饥饿、忘记寒冷、忘记时间、忘记痛苦的地方。

一周后的一天，班级生活委员像往常一样抱着一堆信件走进教室，她把第一道目光投向了我："雨晴，你的信。"

我的心猛烈地跳起来，我知道是吴学的。我看到信封上的字迹非常工整，比任何时候都要端正。信摸上去很薄，比任何时候都要轻薄。拿着信，我突然便产生了一种失落——我正在失去他，或许这次会永远地失去他了。我几乎是颤抖着双手打开了信，只有四个字——

我成全你

再也没有只言片语，反面也没有，没有称呼，没有落款，没有标点，就只有这四个简单的字，这就是他给我最直接的答案。

我说：请你成全我！
他说：我成全你。

在酸涩的眼泪还没完全涌上来之前，我跑出教室，跑回宿舍，一头撞在枕头上，任眼泪喷涌而出——我知道，我失去他了，他一直为我敞开的门绝望地关上了。往事关了，爱关了，幸福也一并关了。

第二十八章

如果一个人说了违心的话,多半自身也不得清安。

我学会了喝酒,在周末的酒吧里,听一曲《一无所有》。

我学会了跳舞,在夜晚的舞厅里,吟一首《忘情水》。

我一时沉浸在相聚和分手的矛盾中,演绎在温柔和残酷的面具里。我是真的有点懊恼,他怎么可以那么随便就答应了我的要求?那个要求并非我真心所想,我只是害怕,我只是不愿意他失望,难道他真的不懂我?还是他没有耐心?他说过不要让他等太久。

大多数时间,我埋头在一堆堆的书本里。我想嚼尽这世上所有的人生和命运,连同自己的,然后再一起埋葬,永远告别。

我还是常常骑着自行车去西湖北山路。我记得刚到杭州时,安顿好了宿舍,便直奔那里,我要去看红梅说过的荷花。尽管那个季节,荷花已谢,空留荷叶。次年夏天,我便亲眼看到了高洁而又有灵气的荷花,想起《爱莲说》言:“出淤泥而不染,濯清涟而不妖,中通外直,不蔓不枝,香远益清,亭亭净植,可远观而不可亵玩焉。”看来,这爱情,这可爱的人儿,也只能是远远地欣赏,而不可轻易地亲密触碰吧!

我拿出了红梅绣的荷花手帕，对照着，发现她绣得真的很逼真。我在苏堤上一坐就是半天，我不是一个人坐着，也不是一个人欣赏着。红梅说过，我可以替好朋友看，因此，我替王音看，也替天男看。不过，天男去美国了，也许天男在那里已经看到了荷花，甚至看到了很多我看不到的东西。那么，她会像我这样替我和王音看吗？

不管怎样，当我想着我的眼睛同时也代表着她们时，我就满心欢喜起来，想多待一会儿，看个够。有时，当一阵微风吹过耳边，犹如友人在我耳畔低语，我会忍不住地叫出来："王音，是你吗？"我会为此开心很久。

那年深秋的一个黄昏，我突然无比想念家，想念我的爸爸和妈妈，想念天男。于是，我请了一周的假，回到了老家。

我直奔后山，山上的油茶树都已开满了美丽的花，枝头的茶籽紧密饱满。当我径直来到我们三人曾经约定的油茶树下时，一粒成熟的油茶果落了下来，砸中了我的头。我捡起开爆了的茶果，它的表面是如此光滑，棕红的茶籽干净地裸露着。我用指甲在上面轻轻一划，透明的油汁便渗了出来，散发出一股特殊的清香。我从未仔细地观察和抚摸过一粒茶籽，它是如此新鲜，如此富有生命气息。

我以为，它落自其他的油茶树。可在我起身抬头时才发现，就在我们约定的这棵树上，这棵从来都不曾结果的油茶树上，竟结满了密密麻麻、红红亮亮的油茶果！我几近欢呼雀跃，忍不住围着油茶树念叨起来："王音，你看到了吗？天男，你知道吗？我们最爱的油茶树，它结果了，它竟然结果了！"

我飞也似的跑回家，去问我爸，他笑笑说："上次看见，我也觉得奇怪呢,后来也是听人说,以前一直没结果,可能是因为雌雄花粉没有授好,今年结了果,说明是授好了。不过,不管怎样,开花结果,那都是好兆头呢!”

“嗯,一定是好兆头!”我一边回答爸爸,一边也欣喜无比。回头又想起了王音在梦中所说的:“一切都已变化,不要再执着于过去。”

“难道是我真的太执着了吗?王音,连你自己也在否定我们的约定吗?那么,为何它影响我那么深,以至于成为桎梏我的咒语?”

在美国打工的天男一直没有消息,我去她家里枯坐了半天,思绪万千。天男妈妈说她一定是过上了好日子,把我们都忘了。我心里想,但愿如此。

日子一天天过去了,临近冬天的时候,有老乡在杭州大学组织了一场大学生同乡交流会。在那个同乡交流会上,我遇到了高二时的同学潘乐,原来她第一年高考落榜后又复习了一年,现考到了杭州。我们久未见面,就谈起了一些老同学的近况。

“你还记得我们班那个大作家吴学吗?他现在在上海可红了,上个月还开了一个读者见面会,出版了一本小说嘞。”

上高中的时候,因为我和吴学并没有实质性的交往,鲜有人知道我们之间的事。大学后,我们也以通信为主,没在熟人中公开过。所以,潘乐并不知道我和吴学曾经的关系,只知道我和他是班上作文写得最好的同学,平时我们沟通交流比较多,仅此而已。

当我听到她这么说的时候,心里一震。

“是吗？那很好啊。”

“对呀,我还以为你早就知道了呢。那本书的名字叫《紫丁香》,什么时候去买来读读,当然最好过年能遇到他,直接向他索要签名版。不过,他估计都不认得我了,你和他关系好,一定要帮我讨一本啊!”

“《紫丁香》?”我禁不住想要确认一下。

“嗯,听说里面写了一个丁香一样的姑娘,一定是他的心上人吧!”

“我怎么知道啊!”我脸上发烫,幸好我们是在夜晚的草坪上,潘乐没有发现我的异样。

“哎,雨晴,我听以前的室友说起过,吴学对你有过单相思,但你对他没那个意思,有这么回事吗?”

“从没有过。”

“哦,那就当我没说过呗！不过,他现在有女朋友了,是他现在大学的同班同学。”

“是吗？同班同学?”

“嗯。原来我比你了解得多啊！哈哈!”听得出来,她为此感到得意。

我的脑海里突然浮现出一张脸,一张矜持又明媚的脸,就是那次我到上海的第一天晚上,吴学把我引到一位女同学面前:“今晚让我的朋友和你一起睡吧。”那位女同学有点意外地看看吴学,又羞涩地看了看我,低低地说:“好吧。”当天晚上在宿舍的时候,其他的女同学都和我开着玩笑,只有她默默地听着,偶尔红着脸轻声笑笑。躺下后,她却反过来问了我很多问题，都是关于吴学在高中时的情况。我当时还反问她，为什么要了解他的过去，她说只是好奇而已。

此时，我坚信他的女朋友一定是她了。我甚至想，在那之前，他们是不是已经好了，只是他碍于我的存在，不便公开？一定是的！他也一定带她去看过那紫丁香……想到这里，我的胸口升起了一股莫名其妙的难过，所有的解释也变得顺理成章了——怪不得当我去信要他成全我，他毫不犹豫地就答应了。原来，他心中已有她。原来……

我已经很久没有和红梅联系了，我记得有一天她这么说：“雨晴，时间老人把你带到了今天，你已成了一个大人，很多问题自己要学会思考、琢磨，不需要再来请教我这个落伍的农村妇女啦！”

可是，我仍然需要她。她早于两三年前，就已经成为县里知名的裁缝，专门给一些有地位的人裁剪衣服，还开起了培训班。但她依然默默地做着她的事，她很喜欢自己这份事业。她如是说：“可以不出门就阅人无数，多好！”

阅人无数的红梅，你倒是看看我，我觉得自己糟糕透顶了。

红梅，为什么时间老人给我希望，又总让我失望？为什么眼看阳光出来了，突然又阴云密布，大雨滂沱？为什么让我遇到了爱，又把爱夺走了呢？这般捉弄是为了什么？是在惩罚我吗？

雨晴，生命无非就是这些事，就像天气，有晴也有雨，有白天也有黑夜，你为什么说是时间老人在作怪呢？

爱情，是不可靠的。红梅，你看天男，你看我们的周老师和何老师，你看我们的田老师和他的学生，还有我，爱情都是那么不可靠。即便两个人最后靠到了一起，像我的父母那样，也是充满着矛盾和牺牲。但想到你和华明哥，你们为何可以那么好？我想，只因为你是红梅，你有足够的能力来化解那些矛盾。那么，我现在能做的，是要让自己成为红梅你那样智慧的人，来日，不管是否遇到爱的人，我都可以和人好好相处。这样对吗？

雨晴，不仅仅是为了爱情，为了将来的生活，你也需要让自己好起来。当你成长为一个优秀的人时，合适的爱情以及其他美好的一切都会在前方等着你。

大学毕业后，我听说，吴学回家乡县城的文化局工作了，也带回了他的女友。我没有选择回嵊州，而是进了杭州的一家民营单位。我想投入一个完全陌生的环境，没有人认识我，我也不认识任何人，这样，我便可以无所顾忌地开始我的新生活，成为心中想要的真正的自己。我想绘制一幅生命的全新画卷，捧出一个万紫千红的春天。

去单位报到之前，我还专门去了红梅那里一趟，请她为我做两套衣服，一套是米色的，一套是白色的。她上下打量着我：“你本来看上去就清新脱俗，再穿上我做的衣服，让你显得更加精神。去开始你新的人生吧，一切美好的东西都会属于你的。相信我！”

红梅一直送我到车站，阳光下，我第一次发现，她这么优雅的人也已有了皱纹。她的手已经失去了往日的白皙和饱满，上面布满了褶子，但唯有她的笑容，永远没变，依旧是自信的、真诚的、欢喜的。

我是有备上岗，在暑假里，我读了不少关于职场励志和心理学方面的书，我想要改变过去自己用清高来掩饰内心深处那种传统的女不如男的自卑感，我要绽放自己。我妈总说我“洞里狗一只”，意思是我在家里总是叽里呱啦能说会道，到了外面就哑口无言了。她其实并不知道，她的女儿之所以形成这种性格，和她的教育是分不开的——她总是在众人面前挑我的错，她从来都是吝啬于赞扬我，所以，我不敢肯定自己，我也不敢去尝试。但是现在，在一个全新的环境里，在红梅的鼓励下，我决心去尝试，因为我想要“美好的东西在前面等我”。

勤奋，对于我这种从小劳动惯了的农村孩子来说，根本不算什么。我每天早早到单位，把办公室里的公共卫生搞好，当大家啃着早饭进来时，我已经搞好卫生，早早进入工作状态了。每天晚上，我都到车间里去，工作之余去整理和总结，和这些工人多接触，挖掘新闻，撰写报道。因此，在众多的应届毕业生中，我很快便脱颖而出，也很快获得了实习转正的机会。

由于我们单位是一家科技型企业，因此，当时进入公司的大学生多为理科生，女生很少，便个个成了稀有珍品，公司的一些长者或老职工纷纷来给我介绍男朋友。

“哦哟，你这么出色的一个姑娘，一定要有一个优秀的小伙子做伴。我介绍的这个，不光相貌堂堂，而且已经工作两年了，收入丰足，家里还有两套房子，还是独生子，今后家产全是他一个人的，不用再为生活发愁了。”

“我介绍的这个小青年，住在城里，也是大学生，做会计的，下半年要升职了。这孩子稳重踏实，脾气很好，待人和善，今后待老婆一定是好的。”

“喏，那个小后生是跑销售的，这是最赚钱的工作。这种人吃得开，脑子活络，蛮会想办法，年纪轻轻就买了小轿车……”

我的宿舍一时间被踏破了门槛，有的热心人还带来了对方买给我的礼物，一定约我去见见，我全都拒绝了。所有这些跟我谈钱、谈家产的，我一概都没兴趣。心里想，都什么年代了，对象还要人介绍？

直到有一天，我的上司来找我，希望我能够去会会他的一个朋友，我得给他一个面子，便去赴约了。

我是第一次进咖啡馆喝咖啡，尽管我当天穿的衣服有点不搭调，心里也有点忐忑不安，但我已学会了不动声色。我暗自观察他是如何拿勺子的，如何端杯子的，然后我再一一照做。我心想：这也是一个学习机会，毕竟我今天知道咖啡是怎样喝的了。

小伙子毕业于北京理工大学，已工作了三年，在杭州的另一家著名企业上班。他性格开朗，爱交朋友，喜欢游泳和打球，平时喜欢喝咖啡，常常来这家店喝咖啡，家里有一个妹妹，也已经大学毕业参加工作了——这些是他的自我介绍，他说话不紧不慢，神采飞扬。

“你呢？能够详细介绍一下吗？我听红哥简单说起过你，我就是在听了他的几句简单介绍后，便对与你见面充满了期待。”他口中的红哥就是我的上司，也是他大学的学长。

因为抱着无所谓的态度,我便有一种冲动,想把他直接吓走。

“我,一个来自农村尚不谙世事的小丫头,家有一大群弟弟妹妹,杭州大学中文系毕业,刚参加工作,目前还欠着一大堆学费的债。”

他听后却哈哈大笑起来:“就这样?好有趣的介绍,为什么我看到面前的姑娘,不仅是个机灵的姑娘,她还清纯可爱、文采出众、能言善道。”

“那是你眼睛花了,你一定是找错人了。并且,我郑重地告诉你,我还不想谈恋爱,今天来只是为了给你的红哥一个面子。”

他再次哈哈大笑起来。他笑起来的时候,右侧脸上的酒窝很深,有点迷人。但是,我的直觉告诉我,我不会和这样的人在一起的。

这次约会,基本上是在轻松的争论中结束的,最后,他要求送我回单位宿舍,我同意了,不在意地说:“给你个机会吧。”他骑的是一辆高大的摩托车,我第一次坐在人家的摩托车后面,没有任何经验,他一启动,我整个上身都向后倾倒,吓得直冒冷汗。他连忙道歉。

“开慢点可以吗?”

“再慢,你也得抓住我,否则也危险。”他把双手伸到后面,摸索到我的手后,示范着让我抱住他的腰。我迅速抽回手,他无奈道,“抓住我的肩也行,总之,你的安全高于一切,我的责任重于泰山。”想起公司今天早上刚刚挂起的横幅上的这句话,我禁不住笑起来。他说得没错,安全第一,最后,我双手紧紧地抓住了他的双肩。

他一直送我到宿舍,到门口的时候,他恳求我让他进去看一眼："我看一眼就走，你数五秒，到时间我保证转身离开。"看在他送我回来的分上，我打开了房门："你快进去看，我在外面数五秒，到时间你必须出来，否则就是小狗。"

他以最快的速度跑了进去，快速地转着头环顾着我小小的房间，在我数到"4"的时候，他就跑了出来。

"嘿嘿，我不是小狗！"

次日中午，我经过传达室时，门卫大叔叫住了我："姑娘，来拿东西，早上有个开着小轿车的年轻小伙子把这个东西放在这里，说是要交给你的。"

我一脸疑惑，接过他递来的一大包东西，定睛一看，上面写着"方便衣柜"几个大字，旁边还挂着一包东西，好像是化妆品。我看着外包装上那个衣柜的示意图，第一次知道，竟然还有这种布做的漂亮衣柜。拿到宿舍后打开，发现里面夹着一张小纸条，上面写着：

昨晚我见你的房间太简陋了，你的衣服就那样挂在钉子上，很不好看，也容易脏，我给你买了个衣柜。另外，尽管你天生丽质，但是，女孩子化一下妆会更美，像我妹妹那样，每天不化妆是不出门的。一并请收下。

我已经猜到是他买的，但是我知道，不能随便收人家的东西，否则就……说实在的，我对他本无意，又不喜欢他的居高临下——也许"居高临下"不是他的本意，但我不希望我们一开始就在物质上存在那么大的差距，对！我希望心中的那个人和我一样，我们同甘共苦、白手起家。但是，我要如何拒绝他呢?

不得不说,参加工作后,我变得机灵起来了。我没有直接还给他,也没有托上司帮我去还,而是去找了上司的太太——小米姐。她也是我们公司的,还兼职负责我们女生宿舍管理,并且她人热情开朗,之前也为我介绍过男朋友。

“小米姐,这件事拜托您了,我暂时不需要这些东西。”我跟她说了具体情况。

“哪有进攻得这么快的,这个傻子。行,东西先放我这里,我告诉他来取,他若不来拿,就给我了,让他反思去。”她很幽默,笑着安慰我,“没有关系,你不要有心理负担,不喜欢他的话,早点说,我帮你搞定。”

我就趁机说了自己的想法,请她转达。她欣然答应。

小米姐办事很厉害,她不光让那个人再也没有来找过我,还让我的上司——也就是她老公对我没有任何成见。

这只是人生的一个小插曲。记得红梅一直跟我说,别小看那些小插曲,它们在帮助我们成长,增长我们的见识。我想,和吴学的插曲,让我看清了自己的问题,并逐渐变得独立和坚强。而这个插曲,让我看到了自己的自信和勇气,并且清楚地知道自己想要什么样的人生伴侣。

人之所以会遗憾,是因为我们留不住岁月,留不住青春。而人之可贵,在于我们能因时光、环境的改变,在生活上得到长进。岁月的流逝固然是无可奈何,而人的逐渐蜕变,却可以让我们变得坚定有力。

而这份坚定和勇气,让我发现了一个人,一个其貌不扬的“理科男”,一个一直在等我的生命伴侣。

第二十九章

他叫程启。

我们每周有一次大学生座谈会，他总是先耐心聆听，然后不急不躁地发表意见，句句精练，让人听起来似乎没有一句多余的话。每天夜晚，当我们咋咋呼呼热闹着去逛马路，他却常常是抱着书去办公室。每次遇到，他总是呵呵笑着简单打个招呼，让人很难想象他生气时会是什么模样。

有一次，大家聚会，地点就在他房间外面的空地上，结束后，我主动留下来帮他一起打扫卫生。我们有一句没一句地闲聊，突然他问："你还跟那个男的来往吗？"

我一时反应不过来："哪个男的？"

"难不成有好几个男的？"他傻笑。

"不，不是这个意思，我没跟哪个男的来往呀？"

"我记得有一天晚上，有个男的骑着摩托车带你回来。"

"哦，就一面之交，你在哪儿看到的呀？"我感到很意外。

"我当时正在办公室楼窗口，偶然看到的，还以为是你的男朋友。"

"我连他的名字都没问，是领导介绍的，我去见一面而已，没再交往。"

“那就好。”他说完这句，用力地拖着地。

那晚，我们就这样坐在他房间外的空地上聊天。不知道为什么，我们相谈甚欢，在他面前，我畅所欲言，并且感觉轻松愉快，没有任何压力。而他的感觉应该也和我一样，因为在那之前的任何公开场合，我从没有见他说过那么多话。

之后，我常常会买些零食去找他聊天，说是聊天，基本是我说为主，他大部分时间只是听。他真的很有耐心，从不随意评论。于是，我便越说越多，我的记忆像开了闸。我说到了我的家庭、村庄、童年，说到了王音、天男和油茶树下的约定，说到了我的求学之路，说到了我现在的困惑。

“啊！我想我说得太多了，不好意思，让你见笑了！”看到他依然温和地笑着，一副认真倾听的样子，我忍不住向他道歉。

“没有没有，我很感谢你对我的信任，跟我说了那么多你的故事。想不到，你的心中藏着那么丰富的宝藏，你对生活的观察那么细腻。你批判自己过多，对自己过分苛刻了。在我看来，你是那么重情重义和守信，特别是你对友谊的忠诚，你对约定的遵守，这些都是非常了不起的品质。只是生活太变幻莫测，你一时适应不了，又遇上一些变故，心中难免会对未知产生一些恐惧，对命运有点担忧。雨晴，不用担心，这些恐惧和担忧是很正常的表现，每个人或多或少都会有一些，包括我。”

“可是有人觉得我有心理问题，连我自己也觉得我有严重的心理疾病。”

“你不必太在乎，会有那么一天，它们突然就自动消失了。”

“真的？你是这样认为的？这样的说法也算是一种答案吗？但是，它听起来那样令人舒服，以至于，我现在就感到它们不存在了。”我真的有一种豁然开朗的感觉。

我喜出望外，有点手足无措，真的很震惊！以前，每当我跟吴学说起，他都会一脸沉重，然后说这是什么什么问题，我要怎么怎么去做，说得我压力越来越大。而眼前的这个人说这不是什么问题，不需要怎么去做，让我瞬间如释重负。

“相信我说的，也相信你自己。你看上去那么自信，又那么善良。”

之后，他依然在夜晚抱着书去办公室，依然笑呵呵简单和我打招呼。他没有因为自己知道了我的很多秘密而在众人面前表现出很了解我的样子，但他向我默默投来的目光变得亲切了，他会公开表达支持和认可我的言论，他会在会上说：“我同意刚才雨晴发表的观点。”他的笃定、坦荡、细心和关照，让我感到了前所未有的踏实和安全。我的直觉告诉我，我的心依赖上他了。

是的，我迷上了这个名叫程启的大男生，尽管他只比我大了一岁，但是他很稳重、成熟。正如他的名字一样，他启发了我，开启了我生命里最美好的一面。我想，他就是红梅所说的那个“合适的人”，她说过，当你做一个积极向上的人，合适的爱情以及其他美好的一切都会在前方等着你。她又说对了。

我暗自下定了决心，三天内，如果他不向我表白，我就主动去向他表白。为了幸福，这一次，我得学会主动，我要自己去争取。

我几乎是一分一秒地数着，且每一分每一秒都是喜悦的。就在次日夜晚，程启拿着一个茶杯第一次来敲我的宿舍门："我可以进来坐坐吗？"

有那么几秒钟，我的头脑因为惊喜而出现了片刻空白，待我反应过来时，他已经跨进来了。

"来坐，坐吧！今晚不去办公室了？"我故意问。

"这不是来找你了吗？这些天你还好吧？"

"嗯，很好！你那天说的话，让我茅塞顿开，就像、就像是那孙悟空头上的紧箍咒没了一样，通体舒坦自在。"

"哦，那我就放心了。对了，我今天来，是来告诉你，十天后我要出差去山东，领导派我去学技术，估计要三个月。"

"啊？三个月？那么远？那么突然啊？"我"嗖"的一下从凳子上站了起来。

"怎么反应这么大，比我自己听到时还要激动啊！"他看到我紧张的样子禁不住笑起来。他这一笑，我便知道自己的心思已经暴露了。便复又坐下来，我想我一定是满脸通红。

"估计以后不能找你说话了呗！"我故意转移话题。

"你若愿意的话，可以写信给我，我到了那里，会把地址和电话号码告诉你。"

"哦，写信，这是一个好办法。"

"只是你文笔那么好，我一个理科生比不上你，到时不要嫌我写得语句不通，你要见谅哦。"这时，他就像一个大男孩。

"又不是作文大赛，担心什么啊！"这次轮到我笑了。

"明天我要回老家一趟，冬天了，这里有点冷，你看你需要什么，我带给你？"

我摇摇头:“不用了,谢谢关心。”

那晚他走后,我辗转反侧,左思右想:他突然出现在我的宿舍里,害得我脑子不够灵光,没有抓住机会向他表白,接下来,我要如何找机会向他表白?要么索性到时在信里表白?但万一这几天里有人向他表白了呢?唉!不行,这次,我不想失去机会,我希望他能怀揣着我的爱恋之心一起踏上路途。

我最终决定,等他次日从老家返回后,我就去找他表白。

这一天,我魂不守舍,工作时总是丢三落四,惹得同事不停抱怨,我也不生气,连连赔笑。我在心里一遍遍地演练着表白的话。就这样,一直到天黑后,我三次到他宿舍敲门,也没找到他。看着时钟已到九点半,我冻得手脚冰冷,只能坐进被窝看书来消磨时间。

“咚咚咚——”轻轻的敲门声响起,我的心就要跳出嗓子眼了,我连忙用手按住胸口,手忙脚乱地穿好外套,跑到门边,深呼吸,握住门把,拧转,然后打开。

映入眼帘的不是他这个人,而是一团火一样的红色。

“啊!你干吗抱着棉被?”

只见他二话不说,气喘吁吁地快步走进屋里,把一床体积庞大的棉被放到床上,显出一身轻松的样子,笑着跟我说:“我那晚发现你这个被子太薄了,我的都比你的厚呢!今天回家去,我妈正好给我准备了这床冬被,先给你用,我反正就要出差了。”

“啊?要你这么照顾我,多不好意思。”

“没有什么不好意思的。我觉得自己能够有一点点机会来照顾你,那也是我的荣幸。”

“你真好！叫我不知道说什么好了。”

他微微笑着，走过去松解绑在被子上的印花绳。我寻思着，一颗心紧张又无措，却把演练了多次要表白的话都忘光了。

“程启——”

“嗯？”

我低着头，眼睛却看到了他手上绿色的绳子，以及轻轻地挪到我面前的双脚。一直活跃的心再也按捺不住了，我眼睛一闭，就扑了过去……

他没有说话，就势顺手抱住了我，一动不动，没有松开，也没有更进一步。此刻，仿佛空气凝固了，时光停滞了，我的心终于安耽了。就这样也很好，我们什么话都不说，让两颗心依靠着。

过了半晌，他终于松开了手臂，把手搭在我的肩上，目光从我的头顶一寸一寸地下移，然后再回到我的眼睛。

“雨晴，我感到很突然，确切地说，是惊喜。”

“我知道。”

“这是你最终的决定吗？你考虑好了吗？”

我勇敢地看着他，用力地点点头。

“你对我还不完全了解吧，我都没跟你介绍过我的具体情况。”

“如果你也喜欢我的话，那么这些就都无所谓了。”

“你有权事先了解我。”

“那就以后慢慢了解吧，总会了解的，但是你的人本身比那些更重要。”

“我真高兴你能这样想，这也正是我所想的。”

“那么——”

“那么，雨晴，我来告诉你。”

“告诉我什么？”

“我告诉你，我一直喜欢你，从你第一天来公司报到我看到你的第一眼开始，我就喜欢上你了。但是，我觉得，作为男人，我才工作不久，家境也一般，目前两手空空，我还没有资格去追求你这么优秀的女孩子。我希望再过三年后，我事业有成了，到时若你还是单身，我就勇敢地向你表白。这期间，我的上司也给我介绍过女朋友，我以事业为由拒绝了。有一天晚上，我偶然看到一个男的骑着摩托车带你回来，我竟然心生妒忌，真想一下子跟你告白了。但我还是忍住了。尽管你并不知道，我的心里已经装着你了。你一直在我心里，鼓舞着我，推动着我，让我努力工作，早日完成三年目标。雨晴，我说这些，你会信吗？你会笑我傻吗？”

我早已感动得泪流满面，激动地说：“程启，我信，你一点也不傻，你那么好，那么冷静，我除了感动，就是感谢。我早该发现的，你没有必要定三年目标，现在就可以，我不在乎你拥有什么，我就是希望和你一起从零开始，我们一起努力。”

这一次，他用力紧紧抱住了我，手掌不停地抚摩着我的背，下巴不断地蹭着我的头顶，抑制不住满心喜悦，道：“雨晴，雨晴……我太高兴了，我真是太高兴了……”

当他再次松开自己的手臂看着我时，我微微地仰起头，自觉地闭上了眼睛，从未有过的坦然和放松。仿佛过了很久，他那厚厚的、柔软的嘴唇轻轻地触碰到了我，他就这样温柔地亲了我一下，便松开了。

“雨晴，谢谢你能接受我。今天是我过去所有日子以来最幸福的一天，我不能太贪婪，我们来慢慢共享未来的美好日子。今晚不早了，明天还要上班，你早点睡，我也该回去睡了。”

我点点头，他在我额头上轻轻地亲了一下，然后转身离开，轻轻关上门，脚步声渐渐远去。

这个晚上，我盖着大红绸缎套着的大棉被，温暖、安心、甜蜜，仿佛已经把一生的幸福给绑定了。

我的生活从此变得不一样。早上，程启会来叫我一起去吃早饭；中午，他会打电话告诉我，他已把饭菜买好；晚上，他会来约我一起去他办公室看书。第三天，我突然想赶在他去山东前给他织一条围巾，让他时时“围”着我，时时感受到我的气息。

当天我便去附近的街上买来了咖啡色的毛线和编织工具。晚上，我俩听着熟悉的老歌，我坐在被窝里编织围巾，他则坐在床沿上看书，时不时地抬起头来朝我一笑，或者强行抢下我的针线，让我休息一会儿。这时，我们就会紧紧地拥抱在一起，从第一次我俩拥抱开始，我以前的那种恐惧和紧张便消失得无影无踪了。尽管王音和天男还会出现，但往往只是一晃而过。我的灵魂没被她们带走，我在爱的幸福里荡漾。

原来，适合你的人，同时也是一个治愈你的人。因为程启，我所有的心理问题都奇迹般地消失不见了，就像因为一盏灯的到来，整个屋子里的黑暗和邪恶都自动消失不见了一样。

“你到底爱我什么？”我终于忍不住好奇地问。

“我说不出来具体的，嗯，全部。”他认真老实地回答。

“我一定要你说出来呢？比如脸上哪个部分你最喜欢？”

“嗯——你好坏！如果一定要说，就是眼睛。”

“为什么？”

“因为眼睛是心灵的窗户，你善良又美丽的心全写在那里，干干净净的。”

“好吧，原来理科生也会这么甜言蜜语，算你过关。”

“我也只有在你面前才会说出这么多好听的话，平时我都说不出来呢，所以是你激发了我。”

“又一句甜言蜜语。”

“好好好，我闭嘴了，你也闭嘴。”他一口闷住了我。

长长的、厚实的围巾终于赶在他出差的前一天织成，我把它一圈一圈地绕在他脖子上，再按实了。他说，这是他第一次享用女生为他织的围巾。

“这是我们的爱，从此不分离，相互温暖一辈子。”我说。我还要给他织一件毛衣，等他回来时就可以穿。他高兴得像猴子一样在房间里奔跑起来。

次日凌晨四点多，他来敲门，看到他已经背着重重的行李，围着那条围巾，我鼻子就泛酸。他微微笑着，五指与我紧紧相扣，默默地牵着我来到马路口。一路上，我一言不发，生怕一说话，就会让时间溜走。他懂得我的心思，只用指尖轻轻地抚摩着我的手背。

公共汽车很快就到了，他在我额头上亲了一下，便松开了我的手。

“回去继续睡，我到了地方就给你写信。”说完他就跳上了车。

昏暗的路灯下，车子由慢及快，越来越远，消失在路的尽头。我突然有一种心被抽走的空虚感，想到我们才刚刚相拥，就要经历漫长的分离，我蹲在黑暗的马路边，不禁生起了丝丝悲凉。但是，又转念想到我们的未来，那悲凉的感觉很快就过去了。

我几乎把所有的闲暇时间都用来织毛衣，把我的思念编织进去，边织边等他的消息。等到他离开的第九天，我终于收到了他的信，一封厚实的信。当我拿到它的时候，我宝贝似的揣进口袋里，一口气跑回宿舍。我用剪刀小心翼翼地剪开封口，轻轻地铺开信纸，先数了数，总共有六张信纸，数到最后一张，看到落款处画着一颗心，边上写着大大的“我爱你”三个字。这是他第一次向我说出这三个字，我满意地笑出了声。

我找了个最舒适的姿势，靠在床上读信，慢慢读，仔细读，生怕漏掉一个字，直到读完，才知道也就最后这三个字还算带点浪漫色彩。这封理科生写的信，从头到尾都是板正、严密的叙事，比如：去的路途上发生了什么，到了那里之后发生了什么，他住的房间是怎样的，他的工作是什么，指导他的老师是怎样的，等等，没有一句是对我的思念。于是，我就反复地读着末尾落款处那三个字——我爱你，以慰藉自己深深思念着他的心。

我想他可能不善于用文字来表达自己的情感，于是，我用心地回了一封信，不光是在信中处处流露出我的真情，同时，还在格式上特地布局了一下，希望他下次的信有点温度。但是第二封、第三封……尽管他的信每天或隔天就能收到，但基本都是流水账，只是末尾一定不忘写上“我爱你”三个字。后来，我也习惯了。

他信中问:“你的信写得真好,你怎么写出来的啊? 我怎么就不会写呢?”旁边画着一个无奈的哭脸。

我回道:“你内心想什么,就写什么,比如想我了,就写下来。”

他说:“我想你的时候是很专心的,想好了,再去写信,否则会打折扣。”

我说:“打折扣也写几句嘛。”

然后,他在下一封信里就写道:“以前,我不明白为什么有些恋爱中的人会有弱智的举动,为什么有些失恋的人会有失常的行为,现在我全都明白了,每当想起我们正相爱着,无限的骄傲与幸福感便将我包围。此生为人,便无遗憾。雨晴,你是天上掉下来的林妹妹,但在我眼里,你要比林妹妹强一千倍一万倍,我再也不会让你离开我,再也舍不得让你流泪。当我闭上眼睛,你就在我身旁;当我睁开眼睛,你就在我心里。雨晴,我真的很想你,看到的每一样东西都会让我想起你,觉得全世界都是你,甚至走路也想你,结果今天就撞上了电线杆。真的,我头上的包还没下去呢,我希望它一直留着,作为证据,等到我回来你就能看到。”

我既心疼又想笑,为了让他不再发生惨案,我回信认真严肃地告诫他:“走路要专心,工作也要专心,想念和写信其次,我规定你最多一个星期写一次。”

他顺从地乖乖执行了,偶尔会给我打来一个长途电话,汇报他的工作和生活状况。

大约两个月后的一个晚上,我正在加班,桌上的电话突然急急地响起来,原来是他打来的,我欣喜若狂。

“雨晴,你现在去传达室一下,快去,我有一个礼物送给你,你赶紧去拿吧。”他言语间充满着一种抑制不住的激动,我放下电话赶紧跑出去,当我跑到半路时,看到他正迎面站在寒风里,满脸绽放着笑容——原来,他把自己作为礼物打包带回来了。我疾步跑过去,张开双臂抱住了他这个大礼。

“我的天哪!怎么回事啊?”

“想给你一个惊喜嘛!惊喜吧?”

“惊喜!太惊喜了!不要吓我,好不好?老实说,为什么突然临时回来?”

“没有突然和临时,本来说好就是两个月的。我当时告诉你三个月,就是想让你有长长的心理准备,然后给你一个意外的惊喜。”

“原来你早就谋划好了,真是小看你了。”

“哈哈,我不会写信,但我会动脑筋。这下,服了吧?”

“服了。”

我们深情地彼此对望着,眼中充满着相思和牵挂。

我们在各个方面都相处得非常和谐,我知道,这和谐主要来自他的包容和乐观。我个性比较强,有时眼看我就要发火,他便装傻充愣,不动声色地将之扑灭,他处处包容着我。

香港回归的那一天,我将程启带回高塘村去见我的父母。爸爸见到他笑得合不拢嘴,妈妈表情严肃,连问了几个问题后,也对他还算满意。

我还特地带他去见了红梅,还有在中学教书的晓君,她们看到程启也都非常欢喜。红梅硬是塞给他一个见面红包,还特地给我们做了一套情侣西装。

程启主动提出要去看那棵油茶树。来到后山上，我一时恍惚，弹指二十年，物是人非，我不禁唏嘘不已。程启挽起袖子为油茶树培土，他说："我们培土，是让王音的灵魂安息，是祈祷天男早日回来，是让你们仨的友谊之花早日繁茂。当然，也愿我俩的爱能结出果实。"他说他很喜欢这棵树、这座山、这个村庄，他说下一次见到天男的时候，他也会像我一样去关爱她。

"我们的约定，我们'三人组'，王音失去了生命，先撤一步；天男因为她的初恋，第二个撤走；现在，我因我的真爱、婚姻，第三个撤离。但是，我想，我们的友谊会再回来的，不分时空。是吗？"油茶树下，我平静地问程启。

"雨晴，你说得很对，那个约定只是一个儿时的游戏，'三人组'也只是一个名称而已，它们都不重要，重要的是你们相互之间的感情，那是永恒的。只要你信守，天男一定会回来的。"

1998年，我和程启相约在杭州，领到了属于我们的鲜红的结婚证。在我的提议下，我们请示了双方父母并经他们同意后，没有办酒席，而是买了一个照相机，两个人去了海南的天涯海角。我想，那里代表着一切的存在，有王音，也有天男。我想请她们共同见证我的爱，没有偏见、没有迷信、没有恐惧，只有平等的爱。我愿我们在那里立下一个新的约定：

……

来吧　来吧　相约九八

来吧　来吧　相约一九九八

相约在甜美的春风里

相约那永远的青春年华

心相约心相约

相约一年又一年

无论咫尺天涯

我没有想到的是，待我们返回杭州时，我的桌上放着一个包裹，我一看到上面的字迹，便知道是谁寄来的。我想他一定在背后默默地关注着我，打听着我的消息。

“程启，这是吴学寄来的，我跟你说过的那个高中同学，也就是我的初恋，他现在是一个作家。你替我拆开这个包裹吧。”

“不，雨晴，你自己拆。拆了后，你自己决定要不要告诉我内容，无论你怎么做，我都尊重你的做法。你懂我的。”

最后，我还是请程启看着我拆，最上面是一张红色的卡片，上面写着——

雨晴，祝福你找到了自己的幸福，愿你永远快乐、美丽！也请你祝福我，下半年我也要结婚了，并且，我的妈妈也找到了。

我笑了，此时我真的感到很幸福，为自己，也为他。想起当时生硬地离开他，也是因为爱他，希望他不要为我受苦。卡片的下面，是他的书《紫丁香》，还有一束五瓣的丁香花——那象征幸福的花，尽管已经有些蔫了，但依然散发着迷人的芬芳。我扑入程启的怀里，不知什么时候，他已背下了《雨巷》这首诗，断断续续、磕磕巴巴地吟来——

撑着油纸伞，独自
彷徨在悠长、悠长
又寂寥的雨巷
我希望逢着
一个丁香一样的
结着愁怨的姑娘

她是有
丁香一样的颜色
丁香一样的芬芳
丁香一样的忧愁
在雨中哀怨
哀怨又彷徨
……

“丁香一样的姑娘，我已经逢着了；丁香一样的姑娘，不会惆怅了；丁香一样的姑娘，不会消失了。”程启自言自语，我紧紧地靠在他的怀里。

第三十章

我们跨越世纪，共度四年光阴，但迟迟没有孩子。最初的两年，我们自己不想要得那么早，后来被父母催急了，想要孩子了，却一直怀不上。各项检查都做了，也没查出原因，我俩的身体也都很好。妇产科医生告诉我，可能还有心理压力大的原因，除此之外，就是不明原因，若是如此，可以选择做人工授精、试管婴儿。

我主动提出要去看心理医生。尽管遇到程启后，我已经消除了被异性触碰的阴影，但我不知道是否还有不明后遗症存在。

经过前期与心理医生的一系列交谈后，我们已经彼此熟悉了，有一次，心理医生和我聊天，我突然就道出了连我自己都感到惊讶的想法，我说："我的公公婆婆只有我先生这么一个儿子，我很想为我先生生一个儿子，我想他一定也希望我生的是儿子。"

天哪！我为什么会有这种想法？我是一个女人，内心深处却不喜欢女儿，我是怕她来到世上会受苦？还是怕我的公婆和先生会不喜欢她，从而也会不喜欢我？我怕自己万一怀上女儿怎么办？我们只有一次生孩子的机会，所以，我担忧，担忧怀不上男孩。我的真实想法是这样的吗?

我为我自己——一个读过大学的现代女性有这样重男轻女的想法而感到羞愧难当。曾经,我怨我的妈妈重男轻女,让我感受不到来自她的母爱。我鄙视天男的爸爸妈妈,为了生儿子,做出了天打雷劈的事,以至于天男的命运如此艰辛。也曾愤愤不平,只为王音不服她爸妈只带哥哥不带她外出而失去了生命。而这一切,堆积出来的怨恨和不满,统统存在了我的记忆中,然后它们变成我的担忧和恐惧。

医生耐心地开导我:“这就是你问题的根源所在,当你没有足够的热情来欢迎你们的孩子,那么孩子也是不会到来的。你的偏见制约了你,也把孩子拒之门外了,他(她)绝不会选择一个焦虑的妈妈的。放下这些想法,真诚地欢迎孩子的到来吧！无论男女,都是你们的孩子。”

从医院出来后,我一时没有想好是否要把这个情况跟程启汇报。回到家后,程启却先开口了:“雨晴,我们没有孩子也没有关系,我不愿意让你去做什么人工授精、试管婴儿,那太折腾人了。我的父母,我会说服他们的。如果你想去领养,我们就领养一个;若不想,我们就这样过二人世界,对我来说,有你在,就已经足够了。”

“可是,我想要,我渴望我们有一个儿子,长大了像你。”

我最终还是和他说了自己这些年来的心事,包括向心理医生倾诉的生女孩的担忧和恐惧,他听得目瞪口呆,一把把我紧紧地抱在怀里,手掌不停地抚摩着我的后背,几近哽咽:“雨晴,原来你的心上还有一根刺横着,让我心疼,你在受苦,我却一直不知道。对不起!”

“不，和你无关，我自己都不明白是怎么回事。这根刺，那么多年了，已经长进了心里，连进了骨肉，我根本不知道它的存在。直到心理医生帮我打开，我才发现，它就那样不见天日地生长在那里。”

“所以，这是多么大的一个发现啊！你发现了，好在你终于发现了。我来帮你拔去，不要怕，好不好？”

我满面泪水，用力点着头。

“那么，现在，雨晴，我很肯定地告诉你，我爸妈和我，绝不重男轻女。无论是男是女，我们都会疼爱无比，因为他(她)是我们爱的结晶。如果是男孩，我们就按照男孩的特点来抚养他，让他成为勇敢有担当的男子汉；如果是女孩，我们就按照女孩的喜好来抚养她，使她拥有高贵的灵魂和美丽的气质。而你，是孩子最伟大的妈妈，是我最好的妻子，我对你的爱不会由于任何原因而有丝毫变化。”

这一年初冬，我和程启回到我的老家，我们照常去油茶树下，程启为它培土，我为它拔除杂草，忽听得有人在唤我的名字。我扭头，发现天男妈妈带着一个女孩经过旁边的小路，我连忙跑过去。

“雨晴，这是天男的囡，叫梦圆。”天男妈妈拉着小女孩向我介绍。

“啊？都长这么大了！我只在她刚出生那会儿见过她。梦圆，名字很好听呢！”我蹲下来，想要仔细地瞧瞧她。真像啊！特别是眼神，和天男小时候一模一样，我永远也忘不掉。我伸出手想去摸她的小手，她却怯怯地把手藏到背后去了。

“胆子小，上个月刚刚来。”

“嗯,那她需要一个适应过程。”

我知道天男妈妈口无遮拦,还没等她后面的话说出口,我就把她拉到了一边,回头跟孩子说:“梦圆,你先在那边玩一会儿,我和你外婆说会儿话。”

天男妈妈,这个还没到五十岁就已经满脸皱纹满头花白的妇人,一把鼻涕一把眼泪,满怀怨愤地向我絮叨起她的家事——

“自从天男弟弟生了怪病后,天男跟着福建人偷偷跑去美国打工,说是那边工资高,但是这么多年来,一直杳无音信,也没有汇钱来。今年开始,天宝的手不知怎么回事,突然就时不时发抖、发麻,无法正常干活了。但是,这活总要有人干啊!哎,这些事搅得家里日子不得安宁,全靠帅男做戏文赚的一点钱来度日。你知道的,帅男个性强,不听话,扬言说要自己过日子,不能老为我们卖命。一个月前,那家抱养了天男女儿的女人通过熟人找上门来,说是男人出车祸瘫在床上了,女人一个人支撑不下去,把孩子送还回来,还跟我们说,都养这么大了,不跟你们算钱了。这都什么话呀!命苦啊!这日子,得怎么过呀!梦圆还得读书,哪有钱供她读!帅男曾经托人去福建那边打听过天男的消息,有一种说法,领她们去的那个福建人因为赌博骗钱被关进了大牢,要天男她们几个打工赚钱替他还钱赎罪,等他坐完大牢出来后,她们才能回来。也有另一种说法,天男在美国赚了大钱,已经在美国成家了。谁知道呢?但不管怎样,总得来个消息,你说对不对啊?”

这之前,我每次回老家都是匆匆忙忙,逢年过节,不管多忙碌,我和程启都会去天男家坐一坐。我们去,也是为打听天男的消息,但每次都是失望而归。现在一下子听到这些,我感到心烦意乱，不知所措，只能安慰天男妈妈，告诉她天男一定不是故意的。

程启不知什么时候已经站在我身边了，他一定也听到了天男妈妈说的这些，感觉到了我心情很沉重。他把手搭在我肩上，仿佛是在给我力量。他对天男妈妈说："您也不要太着急，凡事总有办法，这孩子的书还是要让她继续读的，大家一起想想办法看。"

"是啊，你这话说得好哦。雨晴是好姑娘啊，你们俩都是好人，每次到我家来都拎着大包小包，真过意不去。"

这时，梦圆突然从外婆身后探出头来，忽闪着大眼睛，抬头看了程启一眼，咬着下嘴唇，露出了一个友好的微笑。程启连忙蹲下身，把手搭在她肩上："梦圆，我们见到你真高兴。"只见她笑得更开了，脸上泛起红晕，那羞涩的模样，简直是天男小时候的翻版。

我们目送着她们一老一小的背影慢慢远去，快要走出树林时，小梦圆突然又转过身来，看了我们一眼，马上又躲到她外婆的身前去了。程启在我耳边说："看来她喜欢我们。""特别喜欢你。"我说。他满脸欣喜地凝视着远方，良久后，他认真地看着我。

"雨晴，我们来资助天男的女儿读书吧。若是她愿意，我们甚至可以带她去杭州，我们来抚养她，天男妈妈家的情况实在不利于她成长。这样，今晚我们去她家看看，到时再具体决定，好不好？"

我看着满脸真诚的程启，感动得热泪盈眶，连连点头。他把我揽入怀里："我知道，你和我想的是一样的。你看，这也是冥冥之中自有安排吧!”

我除了抱紧他,感动得一句话也说不出来。

晚饭的时候,我和程启跟我爸妈说了这件事,想不到他们也很支持,爸爸说:“这一家子,看着他们风风雨雨地过来,也是颇多坎坷。这孩子也苦,从小没自己的爹娘来亲。书总得去读,读了书,日子才是有希望的。”

我和程启便来到了天男家,程启已经提前把我们这次随身携带的钱,全部用一张纸包起来,放在了我的口袋里,我取出来放到天男妈妈的手里。

“先用这些去交学费,让孩子马上回学校去,现在插班进去,还跟得上的。以后,梦圆的学杂费都由我们来给她交,一直到她上完大学为止。”

天男妈妈的脸像菊花一样绽开了,程启看看我,对天男妈妈说:“可惜现在天男不在,也不知她何时回来。如果您可以做主,梦圆也愿意的话,那么,下个学期我们可以带她去杭州上学,一直到天男回来为止。雨晴和天男从小一起长大,感情那么好,天男的女儿也是我们的女儿,我们会把她当自己的孩子一样来关心。”

梦圆听到最后两句话时,眼睛睁得很大,闪烁出一束明亮的光,照在我的脸上,那光里有惊喜。她看看我,一声不响地转身跑进了另一个房间去。我和程启会心地交换了一下眼神,他便跟了进去。天男妈妈接着我递过去的钱,手微微发抖,哽咽着道:“这如何过意得去,这么多钱,天男却不知道。这么好的一个朋友,她都不认——”她一直边哭边说着一些模糊的话,我无法完全听清。但是,隐约知道她在忏悔,替自己

忏悔,替天男忏悔,替死去的孩子们忏悔。

我蹲在她面前,拍着她的背安慰着,想起往事,想起远在异国境况不明的天男,我自己竟也禁不住哭起来。

天男妈妈拉起我的手,摩挲着我的手背,又拍拍我的手心:“哎哟,难为你们一片慈心。梦圆,她刚刚回来,只怕是太胆小怕生不愿去。如果说她自己想跟你们去,那是她几生几世修来的大福气,我还谢天谢地呢,我一点儿意见都没有。”

正说着,程启牵着梦圆的手从屋里走出来,脸上荡漾着浓浓的笑意,看来他们沟通得非常好。程启看看梦圆说:“那叔叔帮你说了?”梦圆红着脸点点头。

“刚才我们商量好了,梦圆说小学就在这里读完,如果天男到明年夏天还没回来,初中就去杭州读,她很愿意和我们一起生活。”

我高兴得几乎跳起来,扑过去抱住梦圆:“真的呀？那太好了,我们欢迎你,我太喜欢你了,梦圆。”梦圆一直咬着下嘴唇害羞地笑着,似乎在努力抑制那突如其来的兴奋,我想,她一定是感受到了我们的友好和真诚。

回到杭州后,我去商场给梦圆买了一些衣服、糖果和一个芭比娃娃,还给她写了一封信,简单地说了一些我和她妈妈之间的有趣故事,一起邮寄了回去。当我做这些事情的时候,我想起了小时候天男为我做的一切,因为她是我们三人中年龄最大的,总是最操心。上初中的时候,她每次都早早地把我们的床铺整理好。每次去树下读书,她总会把最好的位置留给我。还有一次,我的裤子裂开了,她悄悄地在我睡着后,帮我缝好了……想起这些,我的鼻子阵阵发酸。

"天男，不知你现在怎样？过得还好吗？希望你早点回来。你的女儿，梦圆，和你一样美丽，我见到她了，她也在等你回来，我们一起等你回来。"

没几天，我竟然收到小梦圆的回信了，尽管只有很简单的几句话，但足以让我惊喜。

雨晴阿姨：谢谢您！您给我寄来的这些衣服和礼物，我都很喜欢。也谢谢您和叔叔给我交学费让我读书。我很想念我的妈妈，我不知道她长什么样子，外婆家里没有她的照片，您如果有的话，能不能寄一张她的照片回来。谢谢您！

我马上去翻找我的相册，记得在初中的时候，那个李老师给我们拍过一张合照，那是我们唯一的一张合照，是在学校旁边的油菜地里拍的。那天，天男穿着红色的衣服，我穿着绿色的衣服，油菜花是黄色的，李老师看着镜头说："红绿黄，非常鲜艳的色彩。"照片洗出来后，我们一人一张，宝贝一样夹在日记本里。后来，时间一长，我发现照片边上有些泛潮受损，就把它转移到了家里墙上的玻璃相框里。再后来，上了大学，我又把它取下来，放进了相册里，带到了学校。

现在，我看着这张有点发暗的照片，天男的音容笑貌再次涌上心头。她长得那么好看，她的脸蛋永远是红扑扑的，她的眼睛那么深那么黑，像藏着无尽的故事。我拿着这张照片，去公司的档案室，请同事帮我塑封了一下，当天就把它寄去了。在照片背面，我写了一句话："致永远的友谊——雨晴和天男！"

刚进入腊月，去医院体检时，我竟然被告知自己怀孕了，医生说已经三个多月了。

程启蹲在我的脚前，把头贴在我的肚子上，喜极而泣。他对着我的肚子大声呼唤：“宝贝，你终于来了，爸爸妈妈在美丽的地球迎接你。”

接下来，我成了家里的国宝级人物，处处被他呵护，我只负责吃。洗衣、做饭、拖地等，样样都被他承包了。

“我们给宝贝起什么名呢？”他挠着头，一副很伤脑筋的样子。

“还不知道是男孩还是女孩，慢慢想，来得及呢。”

“那就先各备一个嘛，你有才华，你来起名。”

“我现在什么都圆满了，唯有天男让我放不下。一是她的安危，希望她平平安安，美丽如初；二是希望她能原谅我，我们的友谊长长久久。”

“哈哈，有了，名字你已经起好了。程谊久，男孩子就叫这个。如果是女孩子，就叫程谊美。怎么样？”程启一脸自豪地说。

“哎哟！你这下怎么这么有才啊！”

“嘿嘿，是你启发的。你看，友谊天长地久，友谊和美，多好的寓意和祝福！”

“嗯，我们的宝贝，一定会给我们带来幸运。”

次年六月，我产下了一名男孩——程谊久，我们的久久，他像极了程启。红梅、晓君跟我父母一起特地赶来杭州看我，红梅带来了她亲手缝制的婴儿衣服，就像她带给天男的一样。她祝福我："相信一切美好的事物都在等着你，因为你是那么美好！"

儿子满月后，我和程启回了趟娘家，顺便去给梦圆办转学手续。为了迎接她的到来，程启跑了不少地方，委托了不少人，终于定下了一所口碑较好的私立学校。他还专门把一间客房整理了出来，新刷了粉红的油漆，买了温馨的书桌和床。

"一下子，我们拥有了女儿和儿子，合成一个'好'字，我真是天下最幸福的爸爸了，你也是天下最幸福的妈妈了。"他乐滋滋地说着，又补充道，"当然，梦圆仍然可以叫我叔叔，天男回来的话，梦圆也随时可以回到她身边。但她依然可以做我们的干女儿，你的想法是不是也是这样的？"

我连连点头，夸他考虑得周全。

一段时间没见，梦圆个子蹿高了很多。我们长期保持着联系，她面对我们时变得活泼大方了，一见到我们，就主动地跑上前来叫我们，亲热地来挽我的手，还要来抱久久。看着梦圆像天男小时候那样懂事，我既心疼又觉得欣慰。

"梦圆，那边一切都准备好了，美好的新生活要开始了，你期待吗？"

"嗯，我心里像有一只小鸟在飞一样。"说完，她脸又红了，连忙低下了头。

次日，我去了镇上的初中母校。

自从毕业后，我再也没有踏进过这个学校大门。那么多年过去了，学校已经焕然一新：那个月季花架已经变成了一个花坛，原来的宿舍那里已经建起了五层高的新楼，教室也宽敞明亮了，路上遇见的老师面孔也大都是陌生的。我办完了梦圆的转学手续，便爬上了后山，却发现这里已被开垦成了一片整齐划一的梅林，那棵“王音树”自然也就不知去向。

我在原来的位置坐下来，俯视着整个校园，它在眼前慢慢模糊，又清晰成了往日的模样。耳边似乎传来了那首熟悉的《冬天里的一把火》，又仿佛是《大约在冬季》的旋律，转而被一阵风吹远，慢慢带来天男的声音：“雨晴，我们会一直在一起，一起慢慢变老，老了还在一起，天长地久地在一起……”

天色渐渐暗下来，我从山的另一边绕下去，径直向原来的教师宿舍方向走去。果然，这里除了多了两幢高楼外，原来的一间间小房子都还在。我直接走到原来李老师住过的那排房子前，发现房前已经杂草丛生，估计这些小房子都已经不住人了吧。正在我转身要走的时候，我听到了一个苍老的声音：“王雨晴？是你吗？”

我循声望去，尽管他头发已经灰白，人也苍老了许多，但我还是很快就认出了他。他是我们当年读书时执教历史的大王老师，因为和我们同村，所以，他那时待我和天男很和善。当然，主要原因还是我俩的成绩都很不错。记得那时候，他已经四十多岁了，他的儿子已经上大学了，放假时会回来小住，常见他们父子在校园里散步，遇到了我们，就会叫住：“天男，雨晴，你们要向哥哥学习哦，好好努力，争取考上大学。”

我快步走到大王老师跟前，向他问好，并为自己那么多年没有返校来看望他而道歉。他上下打量着我，发出爽朗的笑声：“我早就跟你爹说了，你会有出息的。这不，就成了。”他一定要请我去他的屋子里坐坐，说他退休后哪里也不去，太太跟着儿子他们去城里住了，他却喜欢一个人待在这小镇上，住在这宿舍里。

我一边喝水，一边环顾着他的房间，墙上挂满了照片，多是一些发黄的老照片。他戴起老花镜，指着当年的老师，一一问我是否都还记得，我都一一点头，当他指到李老师时，突然停住了。

“他呀，脑子忒活络，小聪明多，潇洒了十多年，前些年，进去了。”大王老师指着他，摇着头。我一时摸不着头脑：“进去了？是什么意思？”

“哦，你不知道，他当年离开我们学校，在别的学校待了一年，就调到城里了，很快又调到局里工作。后来，他又下海了，跟人合伙做生意，做了手脚，这下好了，被抓进去了。具体什么罪我也搞不清，反正是身败名裂，得坐好几年牢。”

我长叹一口气：“哦——那是要后悔了。”

“你还记得吧，当年那个谁的囡？对，天男，你们很要好的。她读书那么好，一个小姑娘，懵懵懂懂，被他哄得晕头转向的，结果连师范都没考上。后来听说她去打工了，现在是不是在美国打工，还杳无音信？哎！还是你行——王雨晴。”

“大王老师，过去的就不说了。我得走了，小孩子太小，我妈帮我带着，估计已经饿了。您自己要保重啊！下次回来再专门来看望您。”

我已经坐不下去了，也听不下去了，赶紧找借口离开。我不知道，如果天男知道了这个消息，她会有何感想。当年她在宁波时，我曾经写信告诉她，我所听到的那些关于李老师的消息，但是她没有收到信，后来见面，她不愿意和我谈论他。至今,她一定还怀有对他的好印象吧!不过这样也好,心存美好,何必一定要知道真相呢!只是,当我又听到了李老师的消息,心里又不免惋惜。

梦圆来到我家后,无论是学习还是生活,都适应得很快。她和程启尤其谈得来。她喜欢画画,每天都画,但尤爱画两样:一样是油茶花,一样是天男。尽管她从小没见过天男,只凭着那张老旧的照片,仍画得惟妙惟肖、鲜活动人。画中的天男衣着华丽,笑容满面,手执油茶花。

梦圆还很会哄小孩,放学一回家,就接过我手中的小久久,唱歌给他听。晚上时,我偶尔会看到她房间的灯很晚仍亮着,我问她在做什么?她回说写日记。有一天,我和梦圆一起睡,我问她:"你喜欢现在的生活吗?会不会后悔来杭州?"她用力摇头,轻声回道:"我很喜欢这里,从来都不后悔。只是有时晚上会想起妈妈,不知她过得好不好,而我过得这么好,觉得有点不应该。"

我把她紧紧地抱在怀里,安慰她:"不,梦圆,俗话说母女连心,如果你过得好,开心了,你妈妈无论在哪里,都会安心的。"她点点头。

两天后的一大清早,我接到了爸爸的电话:"天男昨晚半夜回来了,你们速速带梦圆回来吧。"

我高兴得忘了换衣服,激动地跑过去抱着梦圆,告诉她妈妈回来了。我们跑去找程启带我们回老家。

程启二话不说,脱下工作服,去跟领导请好假,然后大步向我们走来:"走,我们抓紧回去。"

梦圆拿着两张画，一张是花果同枝的油茶树，一张是天男的肖像。

“这是我要送给妈妈的见面礼。”她说，我听见她的声音都像是轻快地跳着舞的。

当我们一家四口快马加鞭回到老家时，已近中午，进村后，我们没回娘家，而是直奔天男妈妈家去。

第三十一章

但是——天男已经离开。

她与我们擦肩而过。

梦圆“哇”的一声哭着扑进我的怀里:“妈妈又走了,这下真的不会再回来了。”我抱着她,万般滋味涌上心头。

我把疑惑的目光投向天男妈妈:“怎么回事？她刚回来,又要去哪里?”

“天男她昨天晚上到家的时候,我们已经睡下了。她就那样突然出现,叫我妈,叫天宝哥,叫她弟弟,进屋后,拿起梦圆的照片问我:‘这是我的女儿吧？因为我梦见过她,就是这样子的。’她又询问了家里的一些情况,我都告诉了她,也把你的情况告诉了她,包括一直资助梦圆读书,把梦圆当女儿,常回来看我们,常打听她的消息,你一直记挂着她……她听得很认真,一直是微笑着的。她没有再说什么,拿出了一沓钱给我,然后就上楼去了。她说自己赶了一天的路,累了,想早点睡觉。”

“她看上去还好吗？我是说她高兴吗?”

“看上去还是高兴的,就是脸上多了一道长长的疤。”

“疤?”

天男妈妈点点头："这些年经历了那么多事，我亏欠她太多，也不敢多问她到底发生了什么。她如果想说，我就听；她不想说，我就不问。"

我感觉自己的心被揪了一下，心疼得说不出话来。

"今天她一大早起来，先去了她爸爸的坟头，然后又去了后山，还采了一把油茶花来，你看，还插在瓶子里呢。"我顺着天男妈妈的指引，看到一个玻璃瓶里插着三枝花，心底的浪头扑上来，顿时眼里起了雾。

"她记得我们，我和王音。"我自言自语。

"哦，对了，还有那个，她说一个给雨晴，一个给梦圆。"说着，天男妈妈从桌上拿来两块绣花布，一块绣着油茶花，一块绣着小姑娘——她心中的梦圆。

梦圆两眼通红，声音哽咽："妈妈绣的，和我画的一样。只是我画了她，她绣了我。"

"真的是母女同心啊！"程启轻叹。

"然后呢？天男妈妈，然后发生了什么？快点告诉我啊！"我迫不及待地问。

"然后，她就上楼了，中午的时候我才知道，她一个上午都在写这封信，她交给我，让我等你回来的时候给你。午饭的时候，她又叮嘱了一下，带回来的这些钱，给弟弟和天宝治病用。至于梦圆，她说，自己只是生下了她，没有抚养，她说自己没有资格做梦圆的母亲，反正从小没见过，索性就不见了。由雨晴照顾，她可以安心离开了。然后，说是有位恩人在等她，任我们怎么劝说，她还是坚决地走了，让我们不要再记挂她，说她现在的选择，是最好的出路。她说一时无法向我们解释，说你读了信会慢慢告诉我们的。她再三恳求我，让我们放心。她走的时候，跪在我和天宝面前，磕了三个头，说对不起我们。我真是不明白啊！雨晴，她都回来了，为什么还要去吃苦头。”说到这里，天男妈妈泣不成声。

程启一直紧紧地抓着我的手，听到这里，他反而松开了手，上前跟天男妈妈说：“阿姨你放心吧，天男一定做好了充分的心理准备，也许真的是件好事。”他朝我笑笑，“真的，雨晴，我相信她以后会很好。你先读天男的信吧，她会告诉你原因的。”

我从天男妈妈手中接过信，暂时跟她告别。

回到娘家，我一个人上楼，打开了信。

雨晴：

展信好！

早上，你爸爸来告诉我，你们要回来看我，本想等你回来当面聊，但是见与不见，都是一样的。我还是按原计划的时间先走了。

离开中国这片土地整整十年，今日回来已见翻天覆地的变化。这世界变化真是大，人又何尝不是！

但一切都是最好的安排，累积的生活经历终于在特定的时间，让我领会到了生命的可贵，以及如何去爱——爱自己和他人。在我三十岁的时候，我已经没有遗憾、没有怨恨，只有满足和感恩。所以，我带着全新的生命、宁静的内心，向新的生活出发了。除了为自己，为爱我和我爱的人，也为这所有家庭的和谐安宁。

雨晴，我很久没有读书、写信了，头脑和手都显得笨拙生硬，但这封信，我是用心真诚地写给你的。我欠你一封回信，一欠就是十五年，愿这封迟到的回信能消除我们之间所有的误会、愧疚。

就让我来跟你做个简单的回顾吧！

我把我过去的人生粗略地划分为几个阶段：

第一阶段是从出生到十五岁。这个阶段，我生活在家庭的暴力和阴影中，生活在对女性的自我否定和悲伤中，也生活在我们“三人组”约定的桎梏中（现在想起这个儿时的约定，我会笑出声来，你会吗？）。但因为有你和王音的陪伴，我终究还是快乐的。特别是你，像一把火，总是照亮和温暖着我的路，哪怕仅仅是只能看见前面的一小段，我也是对未来充满着希望。是的，我所有的希望都源于你。

第二阶段是从十六岁到二十岁。这个阶段，因为遇见了李老师，我体验到了爱情。我以为我的幸福就要来到，谁知那是昙花一现。我没有想到你会那么坚决地阻止，尽管我现在知道，你纯粹是重情重义，是对我的保护。但那时，我的固执、我对生活的恐慌，让我觉得你不懂我。对于我来说，就像是从来没有吃过糖的孩子突然闻到了糖的香甜，可还没等我剥开糖纸，你就把它夺走，扔进了河里。从此，我生活在对你和命运的怨恨中。我坚定地认为，是你一手毁灭了我的幸福，带给我无尽的悲惨。我的爱在十六岁那年就止步了，我以自虐为快，几近放弃自己，这才有了那段荒唐的关系，把无辜的梦圆带到了这个世上，这是我最大的罪恶和自私。

第三阶段是从二十一岁到三十岁。这是一段流亡的噩梦般的生活，但它置我于死地而后给我以重生。

我无法用语言来一一诉说，那真是十年如百年啊！困顿不堪的生活让我失去了梦圆，我成了一棵随风飘零的草，盲目听信了一个福建人的话。他表面看上去老实可信，我需要更多的钱，要给弟弟治病，要报复那个男人，更想把梦圆领回来。于是，我和其他几个人跟随那个福建人偷渡到了美国的一家工厂。

开始时，我加班加点，每天看着自己与日俱增的生产量就很开心，想象着它不久就可以转换成金钱。但是有一天，那个福建人喝醉酒后把我强暴了，并公开宣称我是他老婆。在那样举目无亲的环境中，我没有办法，只能忍气吞声和他过日子。你知道吗？这世上有那么一种人，白天一副正人君子的模样，待人慷慨仁慈又宽厚，但是一到夜里，关起门来，就成了一头野兽。那些日子，我白天拼命为工厂干活，晚上被他逼迫为他服务，他酗酒、赌博，喝醉了或赌输了就找我发泄。

有一天，他看到我和一个男人说了几句话。当晚，他就把我绑起来，拿刀子在我脸上划了长长的一道，说要把我毁容，再也见不得人，还逼我第二天跟人说谎，说是我自己不小心划破的。

我把仅有的一点自由时间都用来思念家乡和梦圆，小时候从红梅那里学得的一点点绣花技术，我用上了。我绣梦中见到的梦圆，我绣我们的油茶花，一针又一针。他发现后，烧了它们。我又绣，他继续烧，我就继续绣。

后来，他有一次赌博输了一大笔钱，便动了坏心思，去老板那里偷钱，被抓住了，关进了监狱。这时，大家才知道我的真实情况，都很同情我。我明白机会来了，我可以跟着别人回国了。但是，我的证件都被他藏起来了，我求他还给我，他不给，但他承诺我说，如果我能等他三年，他出狱后就带我回国，但期间我要给他赚钱还账。就这样，我继续打工赚钱，替他还钱，并时不时给他送生活费，直到他被释放出来。我要他兑现承诺，他却耍赖。他拉我到了江边，拿出我的所有证件，一把把它们扔进了江水中，让我眼睁睁地看着它们被滚滚江水带走。我是真的绝望了，他走后，我一跃而起，跳进了江中。

看到这里，雨晴，你也许会焦急地跺脚，你会问，发生这么多事，为什么不打电话向你们求救？我还会吗？当时我的头脑里，已经没有什么人可以值得我信任了。我觉得，我从来都是一个多余的人。

醒来时，我躺在医院里，一位慈眉善目的年长男士正坐在我身边。我浑身无力，感到口渴难耐，便慢慢地把手挪过去，去触碰他的衣服。他见我醒来，一脸惊喜。

他就是我的救命恩人胡叔叔，那天他正好从公司里出来，驱车经过江边，看到了我跳江的一幕，便让人把我救了上来。

我向他原原本本地讲述了我的经历。我告诉他，我没有活下去的勇气了，我没有去处，也没脸见任何人，里里外外都脏透了。他耐心听完后，郑重地劝慰我说："一个人要来到这个世界上，是何其不易，不光是父母，还要有天地的成全。所以，你的命不是你自己的，你没有权利去结束它，纵使经历万般苦难，你也不能舍弃生命。"

胡叔叔说，他也曾有一个女儿，如果还在世的话，应该和我年龄差不多。但他女儿十年前因为失恋自杀了，留给家人无尽的悲伤。他花了四年多时间，终于放下心中的伤痛。

“其实，对于已经发生的事情，接受，是第一步，也是最后一步。宽恕他人，就是放过自己。凡事都在一念之间，悲和喜、苦和乐、好和坏、爱和恨、生和死，都是一念之差，就像是一枚硬币的两面，细细思量一下，倘若没有过去发生的一切，就没有今天的模样，你也不会在此时此刻遇到我。”胡叔叔说。他白手起家，现在已经创办了好几家公司，经历过数不清的磨难，甚至是生死存亡的考验，他都是一步步挺过来的。

接下来的三个多月，胡叔叔一面托关系办理我的回国手续，一面让我去他的美国公司帮忙做事。因为服装行业的相通性，他看到我精湛的手艺后，大加赞美。在他的公司里，每个人都对我非常友好，尤其是胡叔叔，经常开导我，让我对自己有了重新的认识，也对他人和这个世界有了全新的认识。

我开始认识到，原来，以前的那么多年，我是那么无知和愚蠢，我完全生活在自我的局限和制约中，因为错误的思维和消极悲观的思想，让我遇到了不好的人和事。

胡叔叔说，所有的不幸和苦难，不是社会和他人带来的，是我自己的受苦意识造成的。所以，我必须改变自己，转变观念。

一天，胡叔叔给我买了一个日记本，我便开始写自己这些年来的经历和反思，写着写着便痛哭流涕。你知道吗？雨晴，我过去曾流过那么多眼泪，那都是悲伤、绝望的眼泪。而那天，我流的却是滚滚热泪，它将我心中沉重的坚冰融化了，将我身上沉积的污垢洗净了。那仿佛是一个长长的噩梦醒了，一个新的生命重生了。接着，我高烧了整整一天，再次醒来，我眼前所看到的每个人，甚至那一草一木，都变得生动活泼，似乎整个世界也变得可爱了。

胡叔叔曾和我说，他觉得孔子的这句“未知生，焉知死”也可以倒过来说，“未知死，焉知生”，就我个人的体验，我非常认同，这段心死复生的经历，这三个月的领悟，胜过我过去三十年的思考。那些年，我怎么可以把自己活成了那样？

胡叔叔见我一天比一天开朗起来，也很高兴。他教我静思，让我读一些经典，用知识来拓宽自己的视野。我沉静下来，尽可能多地去丰富自己。一个月后，我的心变得越来越平静、越来越宽广。

胡叔叔说，他在国内有一位智者老师，如果我有兴趣，可以在回国后找她帮忙。我当然有兴趣，于是回来后马上去拜访了她，我决定跟随她。

这次匆匆回来，除了看看家里，我还去祭拜了父亲，还去看了看山上的油茶树，那棵我们约定的树，如今已经长得更大更繁茂了。在树下，我想起了我们俩的童谣，你还记得吗？“雨过天晴白云飘”，雨晴，对我来说，人生真的是雨过天晴了！

我没有告诉我妈和天宝我的经历，他们生活得够艰辛了，我不想让他们再难过，你知道即可。另外，我的决定他们可能一时不能理解，也可能很长一段时间都无法理解，但这些终将过去，一切都会好起来的。

我现在明白了，我们一家人，为什么会有那么多苦难，这都是自作自受。我今天的选择是对他们最好的报答。至于女儿梦圆，她是我最大的错，当时硬是生下了她，却又抛弃了她，她是一个比我还不易的孩子。幸运的是，她和你们生活在一起了，我非常安心。她在婴儿时就离开了我，也没有爸爸，是你们给了她一个完整的家，所以，我不见她比见她更好。感谢你们夫妻为她付出的一切！我会为你们和你们可爱的儿子（听说叫久久）祈福！当然，我们的王音，我也永远想念她。

另，代我向红梅问好，感谢她为我们所做的一切！愿她永远美丽、幸福！

李老师的事我也听说了，无论他是怎样的一个人，他都是我心中最初的李老师，没有什么要原谅和宽恕的，一切都是最好的安排。我依然心存感激！

还有，生命中出现的所有人，一一致谢！

我把信认认真真地读了三遍，泪水早已湿透了衣襟。我花了几分钟时间，让自己慢慢平静下来，然后把梦圆叫到了楼上，我捧着她的手，跟她耐心地解释了她妈妈的决定，告诉她妈妈是如何一直爱着她的，并将以另一种方式继续爱她、祝福她，等妈妈安顿好，我们再一起去看望她。

我又把程启叫上楼，把信的内容一一告诉了他。他静静地看着我，把我紧紧地拥在怀里。过了很久，他哼了起来——

怎能忘记旧日朋友
心中能不怀想
旧日朋友岂能相忘
友谊地久天长
……

“爸爸，妈妈——”我和程启闻声同时转过身，看到梦圆笔直地站在那里，双目闪闪发光，“我能叫你们爸爸妈妈吗？”

“梦圆——”我有点抑制不住心中的欢喜和感动，声音都颤抖了。

“梦圆，如果你已经决定了，那么，我们很高兴，我们为拥有你这样的女儿感到骄傲。”程启连忙回道。

梦圆上前来，张开双臂抱住了我们：“嗯！我已经决定了。我还想和你们有一个约定。”

“你快说。”

“每年的今天，我们一家人一起回来看油茶花，我想把每一年的油茶花都画下来。”

“当然可以。”

“我爱你们。”

“我们也爱你！”

（完）